GÜNTHER THÖMMES

Der Papstkäufer

ZIELE DER FUGGER Der aus bescheidenen Verhältnissen stammende Augsburger Kaufmann Johannes Zink ist selbst in der korrupten Zeit zu Beginn der Renaissance eine ungewöhnliche Erscheinung. Als Faktor von Jakob Fugger in Rom kauft er alles und jeden, um seine Ziele und die der Fugger durchzusetzen. Fürsten, Bischöfe und sogar Kardinäle stehen in seinem Sold. Nebenbei bereichert er sich selbst noch schamlos. Vom Handel mit gefälschten Reliquien bis zu Pfründenschacher, von Erbschleicherei bis zum offenen Betrug reicht die Palette seiner Untaten. Er wird päpstlicher Familiar, bleibt aber gleichzeitig Kaufmann im Sold der Fugger. So ist er der weltlichen Gerichtsbarkeit entzogen. Als sich eines Tages die Möglichkeit ergibt, für die Fugger einen hohen Ablass zu erwerben, schießt Zink nicht nur mit der Bestechung des amtierenden Papstes über sein Ziel hinaus. Zinks Jubelablass wird der Anlass für die größte Umwälzung Europas seit der Völkerwanderung und verursacht die religiöse Spaltung des Christentums …

Günther Thömmes stammt aus Bitburg in der Eifel. Er ist gelernter und studierter Bierbrauer. Nach über 20 Jahren als Weltreisender in Sachen Bier und Brauereien, machte er sich 2010 mit der kleinen Erlebnisbrauerei »Bierzauberei« am Rand des schönen Wienerwalds selbstständig. In der mittlerweile als »Kleinbrauerei des Jahres« ausgezeichneten »Bierzauberei« braut Thömmes obergärige Bierspezialitäten und freut sich über bierinteressierte Besucher.

Er hat zahlreiche Fachartikel zu den Themen Bier und Brauhistorie veröffentlicht. 2005 erschien sein amüsantes Bier-Lexikon »Jetzt gibt es kein Bier, sondern Kölsch«, 2010 der Bildband »Die Geschichte der Brunner Brauerei 1790–1930«. 2008 gab er sein Debüt als Romanautor. www.bierzauberer.info

Bisherige Veröffentlichungen im Gmeiner-Verlag:
Malz und Totschlag (2011)
Der Fluch des Bierzauberers (2010)
Das Erbe des Bierzauberers (2009)
Der Bierzauberer (2008)

GÜNTHER THÖMMES

Der Papstkäufer

Historischer Kriminalroman

Original

GMEINER

Besuchen Sie uns im Internet:
www.gmeiner-verlag.de

Im Ehnried 5, 88605 Meßkirch
Telefon 07575/2095-0
info@gmeiner-verlag.de

1. Auflage 2012

Lektorat: Claudia Senghaas, Kirchardt
Herstellung: Julia Franze
Umschlaggestaltung: U.O.R.G. Lutz Eberle, Stuttgart
unter Verwendung des Bildes »Porträt des Papstes Leo X. mit den Kardinälen Giulio de' Medici und Luigi de' Rossi« von Raphael;
http://commons.wikimedia.org/wiki/File:Raphael_-_Pope_Leo_X_with_two_cardinals.jpg
Druck: GGP Media GmbH, Pößneck
Printed in Germany
ISBN 978-3-8392-1297-4

Meiner Mutter gewidmet, der ich diesen Roman
vor einigen Jahren versprochen habe.
Ich hoffe, das Warten hat sich gelohnt.

»Ich habe den alten Zink
mit großem Eifer am Werke gesehen.
Die Fugger verdienen,
die Fürsten der Kurtisanen zu heißen; …
Sie haben dort ihren Marktisch aufgeschlagen
und kaufen vom Papste
was sie später höher verkaufen.«
(Ulrich von Hutten: Die Räuber)

»Man sollte keinen Versuch zur Ehrenrettung derart eindeutiger Gestalten wie Johannes Zink unternehmen. Diese Menschen gehören zu den unausbleiblichen Schattenseiten jener Epoche. Jedes Bemühen, ihr Andenken reinzuwaschen, hinterlässt auf dem Bilde nur noch ärgere Flecken, entkleidet es seines morbiden Charmes zwischen aller Korruption.«
(Götz Freiherr von Pölnitz: Die Fugger)

»Dieser Mann …
rechtfertigte das Vertrauen des Augsburger Kaufmanns:
Zink wurde zu einer der abschreckendsten Figuren
in der Kirchengeschichte.«
(Günter Ogger: Kauf dir einen Kaiser)

PROLOG: DER GROSSE TAG

DER HELLE TON DER GLOCKE ZERRISS DIE STILLE.

Gefolgt von einem ungeduldigen Ruf.

»Herr, Eure Kutsche ist bereit.«

Der Mann, dem dieser Ruf galt, stand vor dem Spiegel und musterte sich selbst mit kritischen Augen.

Heute musste alles passen, durfte nichts danebengehen.

Heute war sein großer Tag, der wichtigste seines bisherigen Lebens.

In weniger als einer Stunde hatte er eine Audienz bei Papst Leo X.

Dort würde er, wenn alles gut ging, zu einem der mächtigsten Männer der Kurie aufsteigen.

Zwei Stunden hatte er bereits vor diesem Spiegel aus venezianischem Quecksilberglas mit dem mannshohen, vergoldeten Rahmen verbracht; nicht der kleinste Makel durfte seine Erscheinung trüben, wenn dieser wichtige Moment gekommen war.

Viel zu zäh war dabei die Zeit verronnen, die Stunde des großen Auftritts viel zu langsam näher gerückt.

Nun war es soweit.

Das immer ungeduldiger klingende Läuten der Glocke drang erneut durch die weit geöffneten Fenster ins Innere seiner feudalen Villa.

Fast schien es, als werde es auch lauter.

Geziert setzte sich Johannes Zink seinen Hut auf, den er eigens für die heutige Vorstellung gekauft hatte.

Er wollte wohlhabend, gleichzeitig aber ein klein wenig demütig erscheinen. Jedoch auch wiederum nicht zu demütig, denn schließlich war der Papst sein Schuldner, und er wusste einiges über Leo X., was dieser mit Sicherheit nicht unbedingt in der Öffentlichkeit hören wollte. Auch im Zusammenhang mit dem neuen Jubelablass.

Er nahm einen Schluck vom guten Falerner, den er immer bereitstehen hatte. Er schnalzte mit der Zunge, als der teure Rote seinen Gaumen erreichte. Spielerisch gurgelte er kurz mit dem Wein – eine Angewohnheit, die er von dem völlig dekadenten Borgiapapst Alexander übernommen hatte. Dem ersten von mittlerweile vier Päpsten, die er in seiner Zeit als Fuggerfaktor hier in Rom erlebt hatte.

Gierig war er auf diese Beförderung aus gewesen, seit vielen Jahren. Denn als päpstlicher Familiare war er ab sofort ausschließlich der päpstlichen Gerichtsbarkeit unterstellt. Kein weltliches Gericht könnte ihm mehr etwas anhaben. Für einen Kaufmann eine fürwahr verlockende Vorstellung!

Und, in der Tat, das war unerhört, so etwas hatte es noch nie gegeben: Der Mann, der dem Papst Geld lieh, für ihn mit Pfründen schacherte und seine weltliche Seite vertrat, dieser Mann sollte nun auch selbst in den offiziellen Genuss von Pfründen kommen.

Der Konflikt, der zwangsläufig daraus entstehen sollte, die Unmöglichkeit der Treue zu seinem Brotherrn, dem Augsburger Jakob Fugger, UND zu seinem zweiten, neuen Herrn, Papst Leo X., störte ihn herzlich wenig. Seine Dienste waren käuflich, immer schon gewesen. Wer mehr zahlte, dessen Lied er sang. Eine Hand salbte die andere. Die größere Handsalbe entschied. So war halt der Lauf der Welt.

Was Jakob Fugger darüber dachte, interessierte ihn dabei nur am Rande. Grundsätzlich war der einverstanden, erhoffte er sich wohl auch noch mehr internes Wissen aus dem Zentrum der Kurie. Mehr Geschäfte natürlich auch. Und er zweifelte anscheinend auch nicht an seiner, Zinks, Loyalität.

Beiläufig tätschelte er seine Almosentasche. Ein allerletzter Blick in den Spiegel, mehr um seine eigene, lächerliche Eitelkeit zu befriedigen als zur wirklichen Prüfung. Er war immer noch ein stattlicher, gut aussehender Mann, er, der Johannes Zink aus Augsburg.

Vor allem aber war er mächtig.

Und überzeugend.

Denn sein ebenmäßiges, von einer immer noch recht vollen, braunen Haarpracht eingerahmtes Gesicht wurde komplettiert von seinen stechenden Augen, diesem Blick, für den er berühmt geworden war. Diesem Blick, der Frauen gleichzeitig abzustoßen und zu faszinieren schien, und der seinen Vertragspartnern schon oftmals die Unterschrift quasi aufgezwungen hatte, sie Unterschriften hatte leisten lassen, die sie später bitterlich bereuen würden. Diesem Blick, den der reiche Fugger so schätzte.

Kurzerhand beschloss er, den Weg zum Papst nun doch zu Fuß zurück zu legen.

Keine Kutsche, keine Sänfte.

Die Straßen waren trocken und der kurze Weg zum Vatikan halbwegs sauber.

Die Vorfreude auf den Triumph wollte er ganz alleine genießen.

Auf Italienisch, das ihm nach so vielen Jahren in Rom fließend über die Lippen kam, wies er seinen Diener in scharfem Ton an, die Kutsche wieder fort zu schicken.

Er sollte langsam losgehen.

Dieser Tag würde vieles ändern in seinem Leben.

Lange hatte er darauf hingearbeitet.

Heute war Zahltag, der Tag der Ernte.

Man schrieb den 23. März 1515.

Es war ein schöner, sonniger Frühlingstag in Rom.

KINDHEIT UND AUSBILDUNG

I

Ein eigenartiger Mann war er immer schon gewesen, sein Vater Burkhard. Solange Johannes sich erinnern konnte. Während andere Väter mit schöner Regelmäßigkeit auf ihre Söhne einprügelten, was das Zeug hielt, war seiner meist hinter zwei Buchdeckeln zu finden gewesen. Johannes Zink musste über fünfzehn Jahre alt werden, um zu verstehen, dass sein Vater gar nicht so wunderlich war, sondern seit vielen Jahren dabei war, etwas zu schaffen, das ihm den Einzug in die Geschichtsbücher garantieren sollte.

Die ersten Jahre seines Lebens hatte Johannes seinen Vater überhaupt nicht als solchen wahrgenommen. Er war für diesen ein spät –, eigentlich zu spät Geborener. Als er das Licht der Welt erblickte, hatte sein Vater schon mehr als sechzig Jahre auf dem Buckel und drei Ehefrauen begraben. Nachdem seine vierte Frau, Johannes' Mutter, bei der Geburt dieses ihres ersten Kindes unter großen Schmerzen gestorben und der Vater mit dem Säugling hoffnungslos überfordert war, hatte eine Amme die Pflege des Kindes übernommen. Die älteren Geschwister waren alle schon aus dem Haus, so dass sich sonst niemand um den kleinen Nachkömmling kümmern konnte. Die Amme stillte den kleinen Johannes, bis er zwei Jahre alt war, wickelte ihn einmal täglich und rieb ihn mit Öl ein, drückte seine Ohren regelmäßig an den Kopf, damit sie nicht abstanden, und badete ihn einmal in der Woche. Es blieb aber nicht bei dieser einen Nährmutter; sie wechselten sich schneller ab, als den Zinks lieb sein konnte. Zum einen erwartete der alte Zink, dass die Amme auch den Haushalt in Ordnung hielt. Außerdem befahl er, solange sie stillte, sich ohne Salz zu ernähren. Auch Knoblauch und scharfe Gewürze waren Tabu. Burkhard Zink las eifrig Gesundheitsbücher, in denen derlei Sachen standen. Da blieb nicht viel Schmackhaftes übrig für den Ammen-Speisezettel. Außer Getreidebrei. Damit waren jedoch die Frauen in der Regel nicht einverstanden und verließen das Zinksche Anwesen unter Protest. Wenn sich dann doch mal eine fand, die länger blieb, wurde sie spätestens durch die Zudringlichkeiten vergrault, die der alternde, einsame Witwer als Beweis seiner Zuneigung missverstand. So mühte sich der Zweimännerhaushalt mit seinen häufig wechselnden Ammen durch die Jahre, bis Burkhard Zink eines Tages beschloss, nun sei es genug der weiblichen Unterstützung.

»Du bist acht Jahre alt. Zeit für dich, etwas Anständiges zu lernen«, stellte er Johannes vor vollendete Tatsachen. Was er indes unter ›anständig‹ verstand, das wusste er selbst nicht so genau. Auf jeden Fall war Schluss mit den Spielen, die er mit den anderen Kindern auf den Straßen Augsburgs gespielt hatte. ›Himmel und Hölle‹, Bockspringen, ›Plumpsack‹ oder Murmel werfen. Also begann Burkhard Zink, nachdem die letzte Amme fortgeschickt worden war, seinem Sohn zuerst einmal das beizubringen, was er selbst wusste. Im Lateinischen und in der Bibel, da kannte er sich ganz passabel aus. Und im Rechnen. Zwischendurch erzählte er seinem Sohn von seinem bewegten, abwechslungsreichen Leben, von seiner Kindheit im nicht so weit entfernten Memmingen. Wie ihn dann sein Vater, ein kleiner Kaufmann, nach Ried in die Mark Krain geschickt hatte, damit er dort zur Schule gehen sollte. Unter der Obhut seines priesterlichen Onkels hatte er wahrlich viel gelernt, dann aber den vorgesehenen Gang zur Wiener Universität verweigert und war als Jüngling nach Hause zurückgekehrt. Der Vater war jedoch in der Zwischenzeit verstorben. Daraufhin hatte er kehrtgemacht zurück zum Onkel, aber auch der hatte, während er selbst auf Reisen war, das Zeitliche gesegnet.

»Da war ich ganz allein auf der Welt, verstehst du?«

Der kleine Johannes schaute ergriffen, derweil sein Vater weitererzählte.

»Dann zog ich jahrelang durch Süddeutschland, arbeitete hier und dort, als Lehrer oder Skriptor, manchmal musste ich betteln, manchmal stehlen. Kürschner hatt' ich lernen wollen eigentlich. Weißt du, was das ist?«

Johannes schüttelte den Kopf.

»Ein Buntfutterer, jemand, der aus Tierfellen schöne Kleidung macht. Doch trotz des Renommees, die der Beruf mit sich bringt, letztlich gehört er doch zu den unreinen Berufen, und da hab' ich mich dagegen entschieden. Aber zum Glück konnte ich lesen und schreiben, was ja längst nicht alle können.«

Er nickte zur Bekräftigung. Johannes tat es ihm nach.

»Schreib dir das jetzt schon einmal hinter die Ohren: Lesen und Schreiben zu können ist eine Gabe, die du nicht hoch genug einschätzen kannst. Und wenn du dazu noch rechnen lernst, wirst du niemals Hunger leiden.«

Er überlegte kurz, bevor er fortfuhr:

»Dass ich dann mit meinen dreiundzwanzig Jahren in Augsburg Anstellung beim Kaufmann Jos Kramer gefunden habe, hatte ich nur diesen Fähigkeiten zu verdanken. Und viel gereist bin ich weiterhin, auch für meinen neuen Brotherrn. In Venedig bin ich gewesen, in Frankfurt, Bamberg, Ulm und Nürnberg hab' ich Geschäfte erledigt für den Kramer. Tuch und Barchent hab' ich gekauft und verkauft. Gewürze und Metalle. Alles, was sich handeln ließ.«

Viel erzählte er ihm im Laufe der folgenden Monate. Von seiner ersten Frau, der Elisabeth, die beim Kramer Jos als Magd beschäftigt war. Die hatte er mit vierundzwanzig Jahren geheiratet, obwohl sie beide kein Auskommen hatten, nachdem er wegen seiner Liebelei mit der Magd seines Dienstherrn von diesem entlassen worden war.

»Verzag' nicht, mein Burkhardle«, hatte Elisabeth ihm Mut gemacht.

»Ich geh' spinnen, du kannst ja Schreibarbeiten für die hohen Herren machen.«

Tatsächlich hatte er Schreibarbeit beim Bischof gefunden, bis auf einmal der Jos Kramer wieder auf der Türschwelle gestanden war.

»Magst doch wieder für mich arbeiten? Es war ein Fehler gewesen, dich zu entlassen.« Natürlich hatte er Ja gesagt. Viel reisen musste er dann, viel Geld hatte er auch verdient. Denn der Kramer hatte ihm erlaubt, nebenher auch seine eigenen Geschäfte zu betreiben. Ein kleines Vermögen war dabei zusammengekommen. Der Kramer war dann gestorben und dessen Söhne hatten ihn entlassen. Danach hatte er beim Peter Egen Arbeit als Waagmeister gefunden. Und wenn er in Augsburg geweilt hatte, dann war er immer brav bei seiner Elisabeth gelegen, die ihm in den Jahren zehn Kinder geschenkt hatte. Die meisten davon waren bald gestorben, die Familie war aber dennoch groß genug geworden, um in ein größeres Haus zu ziehen.

»Ich hatte schließlich aufgehört mit dem Reisen und war Angestellter in städtischen Diensten geworden. Ich war Zahlmeister, Kornungsgelter, Siegler beim Weinstadel und sogar Stadtzinsmeister. Und nebenbei war ich im Getreidehandel tätig. Das war höchst profitabel. Mein Vermögen betrug damals, im Jahr 1440, mehr als eintausend Gulden! Kannst du dir das ausdenken?«

Der kleine Johannes mochte sich unter solchen Summen nichts Rechtes vorzustellen, schaute aber voller Ehrfurcht hoch zu dem Erzähler, seinem Vater.

»Dann hab ich ein schönes, großes Haus gekauft, in der Nähe der Wertachbrücke. Und just, nachdem wir eingezogen waren, ist mir die Elisabeth weggestorben.«

Für einen kurzen Moment schluckte Burkhard, so übermannte ihn die Erinnerung an sein erstes Weib.

»Danach brauchte ich wieder eine rechte Beschäftigung, und weil ich eine solide Reputation hatte, wurde ich für drei Jahre Gesellschafter im Handelshaus der Meutinger, damals des reichsten von Augsburg. Die waren reicher als die Fugger dazumal! Dann hab' ich dic Witwe Agnes von Adelzhausen kennen gelernt, schön und von Adel, aber arm wie eine Kirchenmaus. Und sie bald geheiratet. Für ihre zwei Buben aus erster Ehe war auch Platz bei mir im Haus.«

Bei nächster Gelegenheit erzählte der Zink-Vater dann seinem Sprössling von dem heftigsten Streit seines Lebens, der mit einem der größten Skandale der Augsburger Geschichte verknüpft war.

»Der Goldschmied Franz Bäsinger, der Sauhund, der war der Verwalter der St.- Anna-Kapelle im Augsburger Karmeliterkloster. Und Augsburger Münzmeister dazu. Mit dem hab' ich mich ordentlich gestritten damals. Der Meuting wollte halt eine Kapelle stiften, weil die Geschäfte so gut liefen. Ich sollte den ganzen Kram für den Meuting erledigen, mit der Stiftung, dem ganzen Geld, den Urkunden und so weiter.

Da ist der Bäsinger so eifersüchtig geworden und hat

überall in der Stadt schlecht über mich geredet. Da hab ich's ihm heimgezahlt. Der Meuting hat mich noch in Schutz genommen. Weil der auch mit den Fuggern gut konnte, so manches Geschäft haben die schon gemeinsam gemacht. Und Jakob Fugger* war ja dem Bäsinger sein Schwiegersohn.

Und wie wir so richtig im Streit sind, in einem Streit, der durch die ganze Stadt geht, da kommt raus, dass der Bäsinger schlecht gewirtschaftet hat als Münzmeister. Selbst war er durch den Silberhandel einer der reichsten Männer der Stadt geworden. Und dann kam raus, dass er ungeheure Schulden hatte. Zuerst musste er in den Schuldturm, dann ins Gefängnis. Der Jakob Fugger hat eine ordentlich hohe Bürgschaft hinterlegen müssen für seinen Schwiegervater. Dann ist der Bäsinger aus der Stadt geflohen, mit üblen Schulden und einem noch übleren Andenken. Seitdem war der Fugger nicht mehr gut auf ihn zu sprechen. Hat ihn viel Geld gekostet, dem Bäsinger sein Fersengeld zu finanzieren.

Dann kehrte wieder Frieden ein.

Ich konnte dem Meuting seine Kapellenstiftung in Ruhe fertig machen, nachdem der Bäsinger aus der Stadt raus war.«

Nach den drei Jahren im Haus Meuting hatte er sich dann endlich selbstständig gemacht als Kaufmann.

»Da hab' ich dann ein weiteres Haus gekauft, dies hier, in der Judengasse, wo wir heut noch drin leben.

---

* ›Der Ältere‹, nicht zu verwechseln mit seinem Sohn ›Jakob Fugger dem Reichen‹ (Anm. d. Autors)

Und hab' Fernhandel betrieben mit venezianischer Baumwolle. Nach neun Jahren ist mir dann auch die Agnes weggestorben. Dann mochte ich erst gar nicht mehr heiraten. Die Kinder waren alle alt genug, um auf eigenen Füßen zu stehen. Also war ich erst mal alleine, bis ich mich dann mit einem ›Fräulein‹ eingelassen hab, der Segesserin Margret. Ohne den Segen der Kirche, und hab's beinah teuer bezahlen müssen. Halb mein Geld hat sie mir stehlen wollen übers Gericht, wie sie so plötzlich auf und davon gewesen ist mit unseren zwei Kindern. Zum Glück hat das Gericht mir Recht gesprochen und ich hab ihr nichts zahlen müssen. Dann hab ich mich doch noch ein drittes Mal verheiratet, diesmal mit der Münsterlin Dorothea. Ach, eine glückliche Zeit war das gewesen! Und wieder viel zu kurz. Ohne Kinder, ohne den Sturm der Jugend, haben wir einfach so unsere Liebe genossen. Die Dorothea war auch schon über vierzig und aus dem fruchtbaren Alter heraus.«

Johannes schaute fragend.

»Was das ist, fruchtbar und alles, was dazu gehört«, sagte der Vater nun ungewöhnlich unwirsch, »dafür bist du noch zu jung. Das wirst du zu gegebener Zeit lernen.«

Wie um Vergebung für sein Poltern bittend, strich er Johannes über seinen dunkelblonden Haarschopf.

»Nun, sei's drum, auch die Dorothea ist mir nach zwei Jahren wiederum weggestorben. Und dann hab ich deine Mutter geheiratet. Das war mein größter Fehler.«

Fast mitleidig schaute er nun auf sein jüngstes Kind herab.

»Nein, nicht wegen dir, du bist das einzig Gute, was sie hinterlassen hat, die Anna. Mein Gott, zänkisch war sie, trotzig und zornig. Wenn ich vorher geahnt hätte, was für eine Xanthippe ich mir mit der ins Haus holen sollte, glaub mir, mein Sohn, dann gäb's dich heut nicht. Zum Glück gibt's dich aber doch. Das letzte von meinen zwanzig Kindern, das bei mir geblieben ist. Die Pocken, die Diphterie und die Röteln haben einen hohen Zoll eingefordert.«

Der Junge rang sich ein mühsames Lächeln ab, angesichts der Tatsache, dass er überlebt hatte.

»Aber nichts hast du versäumt, mein lieber Johannes, dass du deine Mutter nicht hast kennen lernen können. War besser so. Obwohl, gezüchtigt hab ich sie nicht, wenngleich ich das Recht dazu gehabt hätte. Und sie es mehr als verdient.«

Dem stimmte der kleine Johannes zwar nicht zu, ändern konnte er es indes nicht.

»Und nachdem ich die Anna glücklich unter der Erde hatte, da hab ich beschlossen, nichts mehr mit Weibsbildern am Hut haben zu wollen.«

Das konnte Johannes nur bestätigen. Von den Zudringlichkeiten, die sein Vater einigen seiner ersten Ammen angedeihen hatte lassen, konnte er nichts wissen. Er kannte seinen Vater nur als alten, leicht wunderlichen Mann, der entweder schrieb oder las, solange das Tageslicht vorhielt. Die geölten Leinwände, mit denen in den Fensteröffnungen Wind und Kälte außen vor gelassen werden sollten, ließen ab dem Nachmittag nicht mehr viel Licht hindurch. In diesem schwäbischen Haus wurde gespart, da wurden keine Kienspäne leichtfertig verfeuert. So saßen sie des Abends meist in der guten Stube, in der wenigstens das Kaminfeuer für ein wenig Erleuchtung sorgte. Und Vater erzählen konnte …

»Was schreibt Ihr eigentlich die ganze Zeit?«, ergriff Johannes schließlich auch einmal das Wort.

»Ihr seid doch nicht mehr im Handel oder als Schreiber tätig.«

Burkhard Zink ging zu seinem Kathederpult, hob eine der zahlreichen Kladden auf und zeigte sie seinem Sohn.

»Schau, mein Sohn, wenn du im Herbst deines Lebens angekommen bist – nicht, dass ich jetzt schon abtreten möchte – und du hast Zeit deines Lebens genügend Geld aufgesammelt, um dir einen sorglosen Lebensabend zu garantieren, dann kannst du tun und lassen, wonach dir der Sinn steht. Und mein Sinn steht seit einiger Zeit danach, unser Leben und das Treiben hier in Augsburg aufzuschreiben. Die kleinen Sachen, die unbedeutenden wie die großen, die auch die hohen Chronisten notieren. Über unser Leben will ich berichten, damit spätere Generationen einmal nachlesen können, wie es uns so ergangen ist in dieser Zeit.«

Er legte die Kladde zurück.

»Zwei Bände habe ich schon fertig, ich denke, ich habe noch genug zum Erzählen für zwei weitere.«

Ein beeindruckter Blick seines Sohnes würdigte die filigrane Schreibarbeit in dem schönen, ledergebundenen Band.

So gestärkt im Willen, etwas Anständiges zu lernen, ließ sich Johannes Zink mit großer Begeisterung unterrichten. Korrektes Lesen und Schreiben beherrschte er mit zehn Jahren, Rechnen konnte er bald besser als die meisten Erwachsenen. Auch ein Lateinlehrer ging im Haus in der Judengasse ein und aus, als Vaters Kenntnisse erschöpft waren. Der predigte seine Sprüche allerdings neben dem Zeigefinger auch mit der Rute auf den nackten Hintern, was zum Streit mit dem Vater und zum baldigen Abschied aus dem Hause Zink führte.

Mit vierzehn Jahren war Johannes ein stattlicher junger Mann. Der dunkelblonde, kindliche Haarschopf war einer braunen, schulterlangen Mähne gewichen. Nicht übergroß war er, sondern genau im Mittelmaß. Ein Gesicht, in dem die Männlichkeit gerade zu sprießen begann. Mit ersten, zarten Bartstoppeln um einen Mund mit schmalen Lippen und ebenmäßigen Zähnen. Unauffällig, aber gut aussehend und kräftig. Gerade so, dass die jungen Mädchen anfingen, sich nach ihm umzuschauen, wenn er durch Augsburg ging. Sprach er dann schüchtern zu einer, ob beim Einkaufen oder sonst wo, hingen ihre Blicke immer an seinen Augen. Sowohl Iris wie auch die Pupillen waren ungewöhnlich blau, so dass diese Augen in ihrer Gesamtbläue unwirklich, nicht von dieser Welt, erschienen. Der Blick des Jünglings wirkte dadurch irritierend, beinahe stechend, und die Mädchen wussten nicht, was sie davon halten sollten. Einige beschlossen, es hübsch zu finden und so wurden Johannes stets gekritzelte Botschaften unbekannter Verehrerinnen unter seiner Türe hindurch geschoben.

Die Liebesbotschaften wurden noch zahlreicher, nachdem er angefangen hatte, wie schon sein Vater, auch beim Meuting zu arbeiten. In der Lehre lernte er zuerst die Grundzüge des Kaufmännischen, bald erledigte er auch schon anspruchsvollere buchhalterische Aufgaben und schrieb Rechnungen und Mahnungen.

Bereits im ersten Jahr seiner Lehre wurde er von Meutings Hausmagd verführt, die nicht schreiben konnte, daher diesen Umweg ausgelassen und direkt an ihn Hand angelegt hatte. Der schüchterne, unerfahrene Bursche hatte der mehr als fünfzehn Jahre älteren Frau nicht widersprochen und war ihr, mehr aus Neugier als aus jung erwachender Lust, in die Speisekammer gefolgt. Dort, zwischen von der Decke hängenden Speckschwarten und Würsten, zwischen Tonkübeln voller Lauch und Zwiebeln, hatte sie ihm das Hemd aus der Hose und diese bis zu den Knien hinunter gezerrt, und ihn eine neue Erfahrung gelehrt. In seiner aufkeimenden Euphorie hatten seine zuckenden Füße einen Tonkrug mit in Salzlake eingelegten Heringen umgestoßen. Die Strafe dafür nahm die Magd auf sich, die sich davon zusätzliche Abenteuer mit dem Jungen erhoffte. Stattdessen wurde sie sofort entlassen und Zink war nicht unfroh, dass ihre Nachstellungen aufhörten.

Konrad Meuting hatte mittlerweile Barbara, die aus der Familie der Fugger von der Lilie stammte, geheiratet. Als der erfahrenere und, zu dieser Zeit zumindest, reichere Patrizier-Kaufmann half er seinen Schwägern Ulrich und Georg, wo er konnte. Zum beiderseitigen Nutzen. Zu Anfang des Jahrhunderts war die Meuting-Firma noch die größte Augsburger Handelsfirma gewesen. Die Welser, Baumgartners und Gossembrodts hatten jedoch stark aufgeholt, auch die Fugger saßen bereit, die Führung zu übernehmen. Da schadete es nichts, Allianzen zu schmieden. Konrad Meuting übernahm die Leitung der Fugger-Faktoreien in Antwerpen, Innsbruck und Hohenkirchen. Bisweilen sogar in eigenem Namen, was den Fuggern so unrecht gar nicht war, weil sie die Diskretion über alles schätzten.

2

NACH SEINEM ERSTEN JAHR im Augsburger Handelshaus ging ihn sein eigener Vater um Geld an. »Mein lieber Sohn, du musst mir aushelfen. Mein Geld, das ich mir für meinen Lebensabend erspart und beiseite geschafft habe, ist fort.«

»Fort, wie meint Ihr das? Gestohlen?«, fragte der verwunderte Johannes.

»Nein, ausgegeben. Du hast die Teuerung vor zwei Jahren noch nicht mit eigenem Geld miterleben müssen. Die hat mich einiges gekostet. Meine Chronik bringt mir nicht genug ein. Und ich leb' schon viel länger als erwartet.«

Damit lag er fraglos richtig; Burkhard Zink ging auf die achtzig Jahre zu, ein selten gesehenes Alter. Johannes Zink lieh ihm das benötigte Geld, jedoch nicht, ohne sich einen Schuldschein unterschreiben zu lassen. Als sein Vater einige Monate später im Sterben lag, rief er ihn ans Totenbett.

»Nun, mein lieber Johannes, ich kann dir meine Schulden leider nicht zurückzahlen. Bitte vergib mir und, nach guter Kaufmannssitte, lass mich nicht als Schuldner sterben und erlasse mir meine Schuld.«

Johannes wollte selbstverständlich zustimmen, da fuhr sein Vater fort:

»Eines muss ich dir noch gestehen, bevor ich diese Welt verlasse: Deine Mutter ist nicht tot; ich habe sie nur fortgejagt, weil sie so ein böses Weib war. Vermutlich lebt sie in Nürnberg. Und denkt, ich sei schon lange tot.«

Zornig wurde er da, der Johannes.

»Warum sagt Ihr mir das erst jetzt?«

»Ich sage dir doch, sie war ein böses Weib. Warum

hätte sie dich besser behandeln sollen als mich. Sei froh drum, dass du sie nie gesehen hast.«

Froh war der aber nicht und beschloss sogleich, sie sofort nach dem Tod des Vaters zu suchen. Zu seinem Vater gewandt, sagte er:

»Hättest du dein Geheimnis besser mit ins Grab genommen. Nun habe ich keinen Frieden mehr, bis ich sie gefunden habe. Daher gönne ich auch dir keinen Frieden und erlasse dir deine Schuld nicht. Mögest du dafür im Fegefeuer schmoren, bis deine Schulden getilgt sind.« So starb sein Vater zwar äußerlich friedlich und schmerzlos als alter Mann, aber innerlich gebrochen. Nach Burkhard Zinks Tod musste der Sohn sogar noch für einige andere Schulden seines Vaters geradestehen. Nun war es endgültig vorbei damit für Johannes Zink, von seinem Vater und dessen Lebenswerk beeindruckt zu sein.

»Wenn so ein tüchtiger Mann sein Leben lang hart arbeitet, allzeit ein ehrlicher Kaufmann ist und doch am Ende seines Lebens mit leeren Taschen in den Himmel fährt, dann ist was faul dran.«

Noch ein weiteres Jahr nach dem Ableben seines Vaters arbeitete er für einen kleinen, aber immer pünktlich bezahlten Lohn, zur größten Zufriedenheit seines Brotgebers. Ausbildung und Arbeit bei einem Kaufmann hatten den großen Vorteil, dass viel weniger gezüchtigt wurde als in den groben Handwerksberufen. Regelmäßig wurden Lehrlinge im Maurer-, Zimmerer- oder Weberhandwerk von ihren Meistern an den Rand des Todes geprügelt. Auch wenn die Strafen für die Meister mittlerweile drakonisch waren, um die Todesfälle in Grenzen zu halten. Beim Meuting wurde hingegen überhaupt nicht geschlagen.

Zinks Sparstrumpf schwoll langsam, aber beständig an. Er war genügsam, lebte im Haus in der Judengasse, das er geerbt hatte, und konnte immer ein wenig Geld zurücklegen. Sogar eine weitere kritische Teuerung überstand er ohne finanzielle Blessuren. Nebenbei studierte er noch Juristerei und hatte kurz vor seinem achtzehnten Geburtstag seinen Magister in der Tasche. Meuting beförderte ihn sogleich.

Als Anerkennung seiner besonderen Fähigkeiten wurde er zum Vermögensverwalter – Prokurator– des Klosters Frauenchiemsee ernannt.

Dann aber kam – aus heiterem Himmel – ein Angebot von der am schnellsten wachsenden Firma Augsburgs: Der Firma der Fugger von der Lilie! Als sich die unverhoffte Möglichkeit ergab, für diese erfolgreichen Emporkömmlinge zu arbeiten, hatte Zink schon lange beschlossen, nicht als ehrlicher Kaufmann reich zu werden. Da gab es sicher andere Möglichkeiten.

Bereits im nächsten Winter begann Johannes Zink im Augsburger Fuggerkontor mit seiner Arbeit. Schon rein äußerlich waren die Unterschiede nicht zu übersehen. Meutings Kontor war klein, vollgestopft mit Kladden und Truhen, bei den Fuggern herrschte penible Ordnung sowie, im Gegensatz zu Meuting, ausreichend

Licht zum Lesen und Schreiben. Hier wurde nicht an Kerzen gespart, die die Fugger aus Italien kommen ließen. Bei Meuting arbeitete man noch beim Licht von funzeligen, harzgetränkten Kienspänen. Für die Fugger hatte dies den Vorteil, dass die Arbeitszeit länger in den Abend hineingehen konnte. Auch war reichlich Platz hier, und dennoch wurde ständig erweitert. Sowohl in den Arbeitsräumen wie überhaupt am ganzen Fugger-Anwesen. Ein neuer Erker hier, ein neuer Arkadengang dort. Man wollte seinen wachsenden Wohlstand unbedingt auch zur Schau stellen. Das schaffte Vertrauen für weitere Geschäfte.

Auch kleiden musste man sich entsprechend. Wer auf sich hielt, dessen Kleidung zeigte mehr und mehr Pelz, Damast und Samt. Und Schmuck, bei Männern wie Frauen. Das galt für die Mitglieder der Fugger-Familie, jedoch in bescheidenerem Rahmen auch für die Angestellten. So wanderte ein guter Teil seiner ersten Gehälter in eine neue, aufwändigere Garderobe.

Als Magister wurde er gleich von Anfang an, wie bei Meuting, höher besoldet und durfte bald schon in die vertraulicheren Aspekte der Fuggerschen Geschäfte Einblick nehmen. Es dauerte eine Weile, bis Johannes Zink entdeckte, dass Ulrich Fugger, der Regierer im Hause Fugger, ihn schon geraume Zeit beobachtet hatte, bevor er ihm anbot, für ihn zu arbeiten. Ulrich war einige Male zu Meuting gekommen, um gemeinsame Geschäfte zu klären, dabei hatte er dessen fleißigen Buchhalter jedes Mal gemustert und ihm unauffällig über die Schulter geschaut. Als den Fuggern dann einer ihrer Angestellten weggestorben war, hatte er nicht lange gezögert und Zink die Arbeit angetragen. Vorerst tat Johannes Zink also das Gleiche wie vorher beim Meuting, nur dass das Fugger-Geschäft ungleich schneller wuchs. Und wuchs.

Und wuchs.

Monat für Monat.

Jahr für Jahr.

Drei Jahre nach dem Tod seines Vaters war Johannes Zink aus der Fugger-Kanzlei in Augsburg nicht mehr wegzudenken. Den Vorsatz, seine tot geglaubte Mutter zu suchen, hatte er schon lange vergessen. Wichtiger war es ihm, in der Fugger-Firma aufzusteigen. Zur gleichen Zeit etwa trat der jüngste Spross dieser Familie, das Jaköble, in die Firma ein. Nachdem der Markus Fugger in Rom jung verstorben war, hatte Jakob seine Kleriker-Laufbahn an den berühmten Nagel gehängt und sich, nicht ganz ohne Widerwillen, für das Kaufmännische entscheiden müssen. Beinah täglich trafen und saßen sie nun in der Kanzlei zusammen, der vielversprechende Spross der erfolgreichen Fugger und der nur wenig jüngere Sohn des mäßig erfolgreich gewesenen Augsburger Fernhandelskaufmanns Zink. Ob Jakob Fugger von dem Streit zwischen Zinks Vater und seinem eigenen Großvater Franz Bäsinger wusste oder nicht, war gleich. Das war fast dreißig Jahre her. Und somit Geschichte.

Jakob Fugger war kein schöner Mann, beileibe nicht. Eine knollige, große Nase steckte mitten in einem meist mürrisch dreinschauenden Gesicht. Zwischen den Augen mit den schiefen Pupillen zog eine Sorgenfalte ihre Furche, die mit zunehmendem Alter immer größer und tiefer werden sollte. Aber gewisse Eigenschaften konnte niemand Jakob Fugger absprechen. Energie und Bauernschläue gehörten fraglos dazu. Und Menschenkenntnis. Mit dieser erkannte und schätzte er sehr bald das Verhandlungsgeschick Zinks, das dieser bei zahlreichen Gelegenheiten offenbarte. Mehr als einmal saß er scheinbar unbeteiligt daneben, während Zink seine Verhandlungspartner geradezu zu hypnotisieren schien. Sein stechender Blick widersprach seinen freundlichen, oftmals schleimigen Worten aufs Heftigste, es war aber scheinbar genau dieser Widerspruch, der seine Kontrahenten verwirrte und die Verhandlungen so ungewöhnlich oft von Erfolg gekrönt sein ließen.

Einige Monate darauf sollte Jakob auf Ausbildungsreise gehen. Nach Venedig und Rom, dorthin, wo die hohe Schule des Handels zu erlernen war und wo mit wirklich harten Bandagen gekämpft wurde.

»Das wäre eine gute Schule, um auch unserem jungen Zink einmal die große, weite Welt des Handels zu zeigen«, hatte Ulrich vorgeschlagen. »Auch er sollte die neuen Geschäftsmethoden lernen, mit denen die Italiener arbeiten.«

Johannes Zink jubilierte innerlich. Das war die perfekte Gelegenheit, sein Können und seinen Ehrgeiz zu demonstrieren. Den älteren Fugger-Regierern wie auch dem jungen Jakob. Kühn und unternehmungslustig wollte er die Welt erobern, wie ein echter deutscher Kaufmann eben. Allein auf sich gestellt; weder vom Reich noch vom Kaiser unterstützt. Nur seiner Nase und seinem Geschäftssinn vertrauend. Sonst niemandem. Sich selbst um seine eigene Sicherheit kümmernd. Dass der Weg zum Erfolg steinig und dornenreich war, dachte er sich natürlich. Wenn es so einfach wäre, als reisender Kaufmann Erfolg zu haben, dann wäre ja jeder reich.

Aber vielleicht gab es ja Abkürzungen auf dem Weg zum Reichtum?

Die Reise von zehn Tagen kam den beiden jungen Männern erheblich länger vor, so sehnten sie die Ankunft in der prächtigen Lagunenstadt herbei. Die Reise verlief allerdings nicht gerade so, wie Zink es sich in seiner Fantasie ausgemalt hatte. Der gut aussehende junge Mann hatte, jung, unerfahren und noch kaum gereist, Ideen von abenteuerlichen Spelunken, riskanten Übernachtungen und wilden Frauenzimmern in seinem Hinterkopf gehabt. Den Zahn hatte der nüchterne, völlig humorlose und Vergnügungen gänzlich abgeneigte Jakob ihm jedoch schnell gezogen. Einzig die Übernachtungen schienen etwas riskant zu sein, wenig Vertrauen erweckend, und es war angebracht, immer auf der Hut zu sein. Alles andere blieb Fantasie. Sie nahmen abends ein karges Mahl ein, ein Becher Wein war das Höchste der Gefühle. Es war alles so ganz anders als in Augsburg, wo doch mit dem steigenden Wohlstand auch Gewürze und guter Wein aus Italien und Tirol Einzug gehalten hatten. Enttäuschend. Ein regelrechter Rückschritt.

Nach dem Abendessen wurde noch ein wenig übers Geschäft geredet. Dann begab Jakob sich zum Abendgebet, dann zu Bett. Von seinem Untergebenen erwartete er das Gleiche. Wie fieberte Johannes Zink der berühmten Stadt an der Adria entgegen!

Ob die Venezianer sich wohl von dem Schrecken erholt hatten, als nur zwei Jahre zuvor osmanische Horden ihr Hinterland geplündert hatten? Vom Campanile, vom Markusplatz aus waren die türkischen Rauchzeichen – brennende Höfe und Kirchen – zu sehen gewesen. Nur knapp war die Stadt davongekommen.

Venedig! Größte Stadt auf dem italienischen Stiefel, mit mehr als dreimal so vielen Einwohnern wie Rom. Wahr gewordener Traum eines jeden Kaufmanns.

Das Jahr näherte sich bereits merklich seinem Ende, kalter Nebel lag über den Lagunen, als die beiden jungen Kaufleute endlich die Stadt erreichten. Dort angekommen, eröffneten sich neue Welten für die Reisenden und das nicht nur im Fondaco dei Tedeschi – dem Haus der Deutschen Kaufleute, seit über zweihundert Jahren am Ponto di Rialto, an der Biegung des Großen Kanals gelegen. Weil dieses aber seit geraumer Zeit aus allen Nähten platzte, erhielten die beiden jungen Reisenden die Genehmigung des Dogen, außerhalb zu nächtigen. Ein Privileg, das sie dem bereits gereiften guten Ruf der Familie Fugger zu verdanken hatten. Andere deutsche Besucher mussten über Nacht im Fondaco bleiben, so argwöhnisch fürchteten die Venezianer, bei aller Gastfreundschaft, neugierige Besucher aus dem Ausland.

Welch ein neuer Geist wehte hier durch die prall gefüllten Lagerhallen und die Kontore der Kaufleute! Kein Vergleich zum muffigen Augsburg.

›Genauso muffig wie Jakob‹, dachte Zink wiederholt.

Jakob war einige Jahre zuvor schon einmal kurz hier gewesen, um in Vertretung seiner Brüder ein kleineres Geschäft abzuwickeln. Und dennoch, auch er war nun beeindruckt, als sie wirklich hinter die Kulissen des venezianischen Handels schauen konnten. Der ungeheure Reichtum, der sich ihnen dort offenbarte, als krasser Gegensatz zum sinkenden politischen und militärischen Einfluss Venedigs; das Geschick und die Raffinesse, mit dem die dortigen Händler ihren Geschäften nachgingen; aber auch die Möglichkeiten, die sich ihnen eröffneten. Vierundvierzig Banken konkurrierten mit über siebzig Goldschmieden um Geld und Gold der Vermögenden. Sechzehntausend Weber fertigten Seide und andere edle Stoffe, mit denen sich gewinnbringend handeln ließ.

Wenngleich die deutschen Kaufleute selbst nicht auf eigene Faust handeln durften – alle Geschäfte hatten über venezianische Makler zu laufen –, hier sahen sie zum ersten Mal Handel um des Handels, um des Profits willen. Nicht aus einer Notwendigkeit heraus, den Mitmenschen die Dinge des Alltags zu beschaffen. Die fortgeschrittene Buchhaltung beeindruckte Zink überdies. Das hier waren keine kleinen Geldverleiher, das war hohe Schule des Kreditwesens! Beide saugten alles auf, als wären sie ausgetrocknete Schwämme.

Nicht nur geschäftlich lernten sie viel, die italienischen Umgangsformen ließen die beiden jungen Männer schnell merken, wie bäuerlich und provinziell sie sich verhielten. So achteten sie bald darauf, nur noch mit sauberen, vom Schlamm der Straße befreiten Schuhen anderen Menschen gegenüberzustehen. Zink hatte sich zuerst ein seidenes Einstecktuch besorgt, mit dem er sich fein säuberlich vor jeder Besprechung die Nase putzte. Sonst hatten sie den Rotz immer im Ärmel verrieben und die Tropfen, die wie Eiszapfen an der Nase herunterhingen, einfach zu Boden geblasen. Eine Woche später besaß auch Jakob Fugger sein erstes Taschentuch. Sie lernten den Umgang mit Zahnstochern, um ihre Zähne nach dem Essen dezent zu reinigen, anstatt auf schwäbische Art an der Tafel mit beiden Händen im offenen Mund herumzufingern. Auch hörten sie zur Gänze auf, sich das Ungeziefer von Kopf und Kleidung zu kratzen, stattdessen wuschen sie sich regelmäßiger als je zuvor. Die Frauen der Stadt dankten es ihnen mit erhöhter Aufmerksamkeit.

Der venezianische Winter war kalt, ungewöhnlich kalt. Mit schöner Regelmäßigkeit fror alle zwölf Jahre die Lagune zu. So auch in diesem Winter. Was taten die Venezianer, als die Gondeln im Eis feststeckten und die Schiffe weit draußen vor Anker gehen mussten? Sie ließen sich nicht verdrießen. Es wurde gefeiert und gut gelebt wie sonst auch. Ein regelrechter Winterkarneval brach aus. Maskierte Reiter ritten über das Eis, Kutschen mit verkleideten Damen durchquerten die Kanäle auf dem Weg zu den Lustbarkeiten. Auf dem Eis neben dem Markusplatz fanden Ritterspiele statt. Die ganze Stadt war auf den Beinen, niemand verkroch sich frierend hinter dem Ofen.

Fast wollten sie nicht weiterreisen nach Rom.

Der Überfluss Venedigs blendete sie beide. Wein, gutes Essen – Wild, Geflügel und Gewürze, schöne Frauen – alles, was das Leben für vornehme, junge Männer lebenswert machte, hier war die Schatzkammer voll – und offen. Sie mussten nur zugreifen. Sogar der spröde Jakob ließ sich ab und an zu einer kleinen Extravaganz oder einer Schlemmerei hinreißen.

»Lass uns hierbleiben und reich werden«, bat Zink seinen Juniorchef mehrmals eindringlich.

»Das geht auch außerhalb von Venedig«, antwortete dieser.

»In Rom liegt das Geld ebenso auf der Straße. Wir müssen es nur aufheben.«

Zudem fürchtete der Fugger sich vor der Pest, die die Lagunenstadt mit schöner Regelmäßigkeit heimsuchte.

Murrend reiste Zink mit Jakob schließlich weiter in die Ewige Stadt. Wenn Rom auch im Mittelalter Jahrhundert für Jahrhundert an Glanz verloren hatte und längst nicht mehr die ruhmreiche Millionenstadt der Antike darstellte, reich war es allemal noch. Wenngleich auf dem Forum Romanum die Kühe und Ziegen grasten, von den übrig gebliebenen sechzigtausend Einwohnern lebten viele im Umfeld des Vatikans in Saus und Braus. Sie stiegen ab im Gasthaus ›Zum Goldenen Kopf‹, dessen Besitzer ein Bekannter aus Augsburg war.

Die beiden jungen Männer waren auch von dieser Stadt fasziniert, ganz gleich, wie sehr sie von erfahrenen Reisenden vorher gewarnt worden waren. Die Gerüche nahmen sie zuerst wahr, weil sie so ganz anders waren als im heimatlichen Augsburg. Diese Mischung aus Gewürzen und Kräutern – Pfeffer, Kardamom, Basilikum –, dem fischigen Aroma des Tibers, dem Blut der Schlachter, die ihre Ware, an Haken hängend, auf der Straße präsentierten, den Kloaken, deren Gestank je nach Wetterlage um die Häuser zog, dem Schweiß unzähliger Menschen, vermischt mit dem Duft erlesener Hölzer, den Rosenwässerchen der zahlreichen Prostituierten und Lustknaben, dem Essengeruch der vielen einfachen Garküchen, es war ganz einfach unwiderstehlich.

Rom hatte mehr und tiefere Abgründe als andere, weitaus größere Städte. Viertel mit düsteren Gassen, voller Lasterhöhlen, denen keine menschlichen Begierden fremd waren. Johannes Zink sollte in seinem späteren Leben noch reichlich Gelegenheit erhalten, Bekanntschaft mit den dunklen Seiten der Ewigen Stadt zu machen.

Vorerst kamen die beiden Fremdlinge mit einer Mischung aus Vorsicht und Frechheit über die Runden. Sich nichts gefallen zu lassen, gleichzeitig sich so bald wie möglich in Rom gut auskennen zu müssen, das war überaus wichtig. Sie lernten schnell.

Die römische Filiale der Firma Fugger wurde geleitet von einem Mann namens Jakobus de Doffis, einem Kleriker aus Florenz.

»Hier, im Herzen des Christentums, lässt du deine Interessen am besten von einem Mann des Glaubens vertreten«, erklärte Jakob mit aller religiösen Ernsthaftigkeit, zu der er fähig war. Währenddessen hatte der eher nüchtern denkende Zink sogleich die Vorteile dieses Arrangements erkannt. Er scherte sich nicht um Glaubensdinge, aber als Geistlicher hatte de Doffis natürlich viel leichteren Zugang zum Vatikan. Dorthin, wo das Geld lag. De Doffis betrieb die Fuggerschen Geschäfte zwar nur als Ein-Mann-Betrieb, die Resultate waren jedoch bereits recht erstaunlich. Besonders unter Berücksichtigung der Tatsache, dass de Doffis zwar kein Heiliger war, aber sich dennoch an das Verzinsungsverbot für Kleriker hielt und selbst keinen Geldverleih tätigte. Nur ein wenig privaten Pfründenhandel, der durfte ja wohl noch erlaubt sein. Seit vor drei Jahren die ersten Gelder aus dem hohen Norden – damals aus

Schweden, über die Fugger an die Kurie in Rom transferiert worden waren, flossen mittlerweile Gulden und Dukaten aus Bremen, Krakau, Breslau, Utrecht und sogar Glasgow durch die Hände und Bücher der Fugger nach Rom. Und überall waren Provisionen und Zinsen zu Fuggers Gunsten fällig, und nicht zu knapp.

Auf dem Rückweg nach Augsburg machten sie noch Station in Tirol und Salzburg.

»Wir sollten uns mehr im Bergbaugeschäft engagieren«, verriet Jakob Fugger seine nächsten Ziele. »Da ist einiges zu bewegen. Mehr, als meine Brüder von träumen können.«

Johannes Zink interessierte sich nicht sonderlich fürs Montangeschäft. Er wollte in erster Linie reich werden.

Sehr reich.

Mit aller gebotenen Vorsicht hatten sie unterwegs sogar so manche zwielichtige Herberge überlebt, in der sie übernachten hatten müssen. Sie waren nicht auf gepanschten Wein oder betrügerische Wirtsleute hereingefallen. Unversehrt, wohlbehalten und um viele unvergessliche Eindrücke reicher, kehrten die zwei jungen Kaufleute also zurück nach Augsburg.

Völlig unterschiedlich waren jedoch die Lehren, die die beiden Kaufmannslehrlinge aus ihren neuen Erfahrungen zogen. Über Jakob Fuggers Wandel auf dieser

Reise sagten Zeitgenossen später: »Ein Lehrling zog nach Rom und Venedig. Ein junger Meister seiner Kunst ist aus Italien nach Augsburg heimgekehrt.« Von Zink wird nichts dergleichen berichtet.

Denn während Jakob Fugger ständig über neue Möglichkeiten nachdachte, die Geschäfte zu erweitern, grübelte seither Zink Tag und Nacht, wie er in eine Position gelangen könnte, dass ein größeres Stück dieses schmackhaften Kuchens auch einmal auf seinem Teller landen könnte. Das sollte indes noch einige Jahre dauern. Aber bald schon ergab sich eine Möglichkeit, sein intrigantes Können unter Beweis zu stellen. Sein erstes ›Opfer‹ sollte gleich ein hochrangiges sein, von Adel …

TIROLER GESCHÄFTE

3

Jakob Fugger sollte bald Gelegenheit bekommen, Erfahrung im Bergbaugeschäft zu sammeln. Gleich nach ihrer Rückkehr hatte er angefangen, alles zu lesen, was mit diesem Thema zu tun hatte. Vom Fuggerschen Firmenbuch, um zu sehen, wie viel Geld sie den Grubenbesitzern in Tirol schon geliehen hatten, bis zu technischen Unterlagen über Wasserkunst und Bergbau.

Schließlich sprach er beim älteren Bruder Ulrich vor.

»Wir sollten mehr in den Silberabbau einsteigen, würde ich vorschlagen. Die Grubenbesitzer sind alle knapp bei Kasse.«

Ulrich schüttelte den Kopf.

»Glaubst du, du bist der Erste mit dieser Idee? Weißt du, wie viel Geld wir schon drinstecken haben in den diversen Bergwerken?«

Er korrigierte sich selbst.

»Natürlich weißt du es. Hast ja seit Wochen deine Nase aus dem Firmenbuch nicht mehr herausgekriegt. Aber wenn du's weißt, warum fragst du?«

Jakob war um eine Antwort nicht verlegen:

»Ich meine nicht, dass wir Geld verleihen sollten. Wir sollten Anteile an der Grube erwerben, und zwar so lange, bis uns die Grube gehört.«

Das war ein unerhörter, neuer Ansatz für die älteren Fugger-Brüder.

Jakob fuhr fort:

»Die Anteile einer Grube nennt man Kuxe. Wir können anfangs einen kleinen Teil, ein Zwölftel, ein Fünftel oder aber gar die Hälfte der Grube erwerben. Da geht es nicht um einen Nennbetrag.«

Georg, der andere Bruder, ging sogleich auf Distanz.

»Warum sollten wir das tun? Uns ohne Not Ärger aufladen! Die Zinsen und der Handel bringen genug ein. Fugger graben nicht nach Silber. Fugger handeln damit!«

Jakob startete einen letzten Versuch:

»In Gastein gibt's die Grube vom Fuchsinger. Der wäre bereit, mit uns zu handeln. Dazu müssten wir allerdings die Steiermärker raus drängen, die mit einem Sechstel beteiligt sind.« Schließlich gaben Ulrich und Georg nach. Jakob konnte sie sogar überreden, dass er selbst die Reise machte, um die Verhandlungen zu führen. Sein erstes größeres Geschäft, das er alleine abschließen dürfen könnte. Irgendwo musste er ja schließlich Erfahrung sammeln. Georg und Ulrich ließen ihn dann schließlich reisen.

»So viel Schaden kann er zum Glück nicht anrichten, wenn es denn schiefgeht.«

Wenn sie sich da mal nicht täuschten …

Und wie alles, was Jakob Fugger in seinem langen Leben noch in Angriff nehmen sollte, machte er auch hier, bereits zu Beginn seiner kaufmännischen Karriere, keine halben Sachen. Wochen–, monatelang strich er durch die Bergwerke, redete mit jedem, den er traf, fragte, hörte zu, lernte. Bei Wind und Wetter, ob Sonne, ob Regen, ob Schnee oder Hagel: Jakob Fugger war immer da. Während er alles über das schwierige Montangeschäft lernte, ließ er indes die hohe Politik nicht außer Acht. Denn die Schürfrechte für alle Bergwerke des reichen Tirol gehörten natürlich dem Landesherrn. Und der war kein geringerer als der habsburgische Siegmund mit dem für Tirol standesgemäßen Beinamen ›Der Münzreiche‹. Schon bald hatte sich der Fugger dort bekannt gemacht, hoffte er doch, diesem vielleicht noch die Schürfgenehmigung für die eine oder andere Grube entlocken zu können. Denn Siegmund war leider nicht so münzreich, wie der Name assoziierte. Ein passenderer Name wäre gewesen: ›Der Ständig Bankrotte‹. Oder der seines Vaters, des volkstümlichen ›Friedrich mit der leeren Tasche‹.

Trotz allen Reichtums, den die Silberminen von Schwaz zu bieten hatten: Siegmund gab grundsätzlich immer mehr aus, als er einnahm. Er stolperte ständig von einer finanziellen Verlegenheit in die nächste. Und das gedachte Jakob Fugger auszunutzen. Jedoch, nicht mehr nur die Schürfrechte wollte er haben. Nachdem er lange genug in Tirol gewesen war, hatte er beschlossen, gleich den gesamten Herzog in seinen Sack zu stecken. Das musste er natürlich geschickt anstellen. Siegmund war zwar gierig und versoffen, aber nicht gänzlich dumm. So rief Fugger nach seinem Magister Zink und ließ ihn heimlich aus Augsburg herkommen.

Rein zufällig lernten sich so also der tirolerische Fürst und Johannes Zink kennen. Der Augsburger war immer gut und nach neuester Mode gekleidet, verströmte eine Aura von Wohlstand, Esprit und Freigiebigkeit und war somit ein Mann, um dessen Freundschaft auch für einen Herzog gut buhlen war. Der mittelgroße Mann mit der einschmeichelnden Stimme und den stechenden Augen ging bald schon am Hof in Innsbruck ein und aus. Sein scharfer Intellekt hielt auch den gelegentlichen Debatten stand, die des Abends in einem kleinen politischen Zirkel geführt wurden. Lange dauerte es nicht, da pumpte Siegmund seinen neuen Freund zum ersten Mal an.

»Zink, ich bin derzeit etwas schmal bei Kasse. Könnt Ihr mir etwas vorstrecken, gegen guten Zins natürlich?«

»Ich werde sehen, was sich machen lässt. Wie viele Gulden würden Euch denn aus der Bredouille heraushelfen?«

Der erste Kredit belief sich auf eintausend Gulden. Siegmund wollte aber bald mehr. Und brauchte bald mehr. Nicht nur, um seine unehelichen Kinder zu unterhalten – Eingeweihte am Hof kolportierten flüsternd die Zahl Vierzig –, sondern er brach auch gerne mal einen kleinen Krieg vom Zaun. Vorläufig brauchte er Zinks Geld jedoch für einen recht unseligen Zweck.

Zur gleichen Zeit, in der Zink sich in Innsbruck herumtrieb, hielt sich dort auch ein Mann auf, auf dessen Bekanntschaft oder gar Freundschaft kaum jemand großen Wert legte. Es handelte sich um den Dominikanermönch Heinrich Kramer, der sich selbstgefällig ›Heinrich Institor‹ nannte. Er hatte sich bereits einen Namen als großer Hexenjäger gemacht und war ein Jahr zuvor mit der Hexenbulle von Papst Innozenz VIII. von Rom nach Brixen gekommen. Dort hatte er das Domkapitel und den Brixener Bischof Georg Golser von seiner Suche nach schädigender Zauberei überzeugt. Auf Empfehlung Golsers war Kramer nun nach Innsbruck gekommen und hatte dort begonnen, nach Hexen Ausschau zu halten und angebliche Hexen zu denunzieren. Doch die nun folgenden Hexenprozesse in Innsbruck wurden zu einem einzigen Fiasko für Kramer. Seine Vorgehensart bei den Verhören wurde sogar von den Vertretern des Brixener Bischofs kritisiert und schließlich erklärte Georg Golser die Arbeit Kramers vorzeitig für beendet. Die Prozesse hatten ursprünglich unter dem Schutz Bischof Golsers und Erzherzog Siegmunds gestanden, der sich am Ende denn auch großzügig zur Übernahme aller Prozesskosten bereiterklärte.

Zornig verließ Kramer, nach mehrmaliger Aufforderung, Tirol und schrieb gleich darauf, als Rechtfertigung für seine Taten und seine fragwürdige Prozessführung in Innsbruck, das Buch ›Der Hexenhammer‹ oder ›Malleus maleficarum‹, das eines der bösesten, einflussreichsten und verheerendsten Bücher der europäischen Geschichte werden sollte.

Kramers Hexenprozesse waren nicht billig gewesen, und so waren in kurzer Zeit – Zinsen inklusive – bereits 11.639 Gulden und achtundvierzig Heller als Schulden Siegmunds bei Zink aufgelaufen. Natürlich hatte Zink niemals so viel eigenes Geld gehabt. Das Geld war von Jakob Fugger gekommen, in aller Verschwiegenheit, die diese Transaktionen erforderten.

Nun trafen sich auch Fugger und Zink ›zufällig‹ regelmäßig, aber immer nur im Freien, in den Bergwerken oder sonst wo, wo die ›Wände keine Ohren hatten‹, wie der Fugger zu sagen pflegte. Zu diesem Zeitpunkt war Jakob Fugger noch der durchtriebenere der beiden und musste Zink anleiten. Das sollte sich bald ändern. Denn wenn Jakob Fugger eine Stärke besaß, dann war dies seine Menschenkenntnis. Und von Beginn ihrer Bekanntschaft an hatte er den blitzschnellen Verstand, die geistige Wendigkeit und den skrupellosen Ehrgeiz seines Magisters richtig eingeschätzt.

Bisweilen überraschte Siegmund aber seine Gläubiger. Kurz nach der Abreise Kramers rief er Zink zu sich.

»Ich muss Euch etwas zeigen«, sagte er mit Verschwörermiene.

Zink schaute skeptisch. Zu oft hatten sich Siegmunds Ideen bereits als teuer für ihn beziehungsweise Fugger herausgestellt. Siegmund ließ sich nicht erschüttern in seiner Begeisterung.

»Ich habe mir etwas Neues einfallen lassen, um an Geld zu kommen.«

Er löste einen Lederbeutel vom Band, das um seine fülligen Hüften gebunden war. Klimpernd fielen einige Münzen heraus. Münzen in einer Form und Größe, wie sie Zink noch nie gesehen hatte. Groß wie Goldgulden, aber nicht aus Gold.

»Was ist das?«

Zinks Frage war eine Mischung aus Erstaunen und Empörung.

»Wollt Ihr jetzt Gold durch Silber ersetzen?«

Siegmund lächelte.

»Wovon haben wir wenig in Tirol? Gold natürlich. Wovon haben wir viel? Silber, das wisst Ihr ganz genau. Und wo steht geschrieben, dass Gulden nur aus Gold gemacht werden.«

Zink wollte entgegnen, dass der Name ›Gulden‹ dies beinhalte, da wischte Siegmund diesen Einwand, den er kommen gesehen hatte, achtlos beiseite und fuhr fort:

»Das ist das neueste Erzeugnis meiner Prägestätte in Hall. Ich nenne es den Guldiner oder Guldengroschen. Der ist nicht ganz so viel wert wie ein Gulden, wird mir aber viel mehr Geld einbringen als das reine Silber, welches in einer Münze steckt.«

»Gratulation zu dieser wunderbaren Idee«, heuchelte Zink.

»Ich bin mir sicher, dass Euer Volk diese Münze lieben wird.«

Und beschloss im gleichen Moment, so viele Guldiner wie möglich in seine und Fuggers Taschen zu leiten.*

Beim nächsten konspirativen Treffen wartete Zink mit einem neuen Anliegen des Fürsten auf. »Jetzt will er fünftausend Gulden auf einmal«, sagte er mit gespielter Empörung in der Stimme.

»Was habt Ihr Siegmund beschieden?«, fragte Fugger.

»Ich habe um Bedenkzeit gebeten. Siegmund muss ja nicht denken, dass ich ein Fass ohne Boden bin, was seine Kredite angeht. Er hat jetzt den Eindruck gewonnen, dass ich selbst nur mäßig liquide bin, umso mehr wird er's mir hoch anrechnen, sollte ich ihm den Kredit doch bewilligen. Werden wir ihm die Summe geben?«

»Wohl getan, Zink«, lobte Fugger seinen Strohmann. »Natürlich wird er sein Geld bekommen.«

»Ich weiß nicht recht«, meldete Zink aber bereits erste Zweifel an.

»Der Herzog gibt das Geld derzeit schneller aus, als wir's ihm leihen können. Sollten wir nicht auch einmal langsam auf Rückzahlung pochen?«

Fugger, der Zink noch nicht in alle Einzelheiten seines Planes eingeweiht hatte, wiegelte ab. »Gebt ihm einstweilen so viel Geld, wie er nachfragt«, wobei ein

* Siegmunds Guldiner oder Guldengroschen war der Vorläufer des Talers bzw. Reichstalers und somit Vorbild für die gesamte Europäische Talerprägung des 16.–18. Jahrhunderts. (Anm. d. Autors)

Säckchen voller Golddukaten still und heimlich von einer Tasche in die andere wanderte. »Ich weiß doch, wie schnell es ihm durch die Finger rinnt.«

Kurz darauf wussten beide vor allen anderen, wofür der Herzog dieses und noch mehr Geld benötigen würde. Der Eintritt in die inneren und höchsten Kreise Tirols hatte sich auch bei der Beschaffung nützlicher Informationen mittlerweile bezahlt gemacht. Siegmund hatte prahlerisch, nach dem Genuss von einigen Kannen teuren Falerner Weins, vor Zink seine neueste Unternehmung ausgeplaudert. Er plante ein militärisches Abenteuer, ein teures noch dazu: Einen Angriff auf die Reichtümer Venedigs! Was ihm zuerst als Idee nach dem Genuss von zu viel Falerner gekommen sein musste, wollte er nun schnell in die Tat umsetzen. Dazu benötigte er eine kleine Armee, die er jedoch nicht hatte. Mit fünftausend Gulden ließ sich aber sogleich eine anwerben. Das Ganze sollte ein überraschender Angriff auf die prall gefüllten Bozener Warenlager aus der Lagunenstadt werden, zu groß war deren militärische Macht für eine längere Auseinandersetzung.

»Das wird ihm nie gelingen.« Zink versuchte, Fugger zu überreden, das Geld zurückzuhalten. »Da können wir den Schuldschein gleich im Feuer verbrennen.«

»Mein lieber Zink, natürlich wird er sich eine blutige Nase holen gegen die Venezianer. Aber Ihr werdet ihm bitte bei der Finanzierung seines Untergangs behilflich sein.«

»Meint Ihr das im Ernst?«

»Mir war niemals ernster«, beschied Jakob Fugger.

»Natürlich kann ich dem Herzog zu dem unsinnigen Feldzug raten«, lenkte Zink ein, bevor er sich in Zynismus flüchtete. »Schließlich bin ich Jurist und kann somit jedwede Position vertreten, sei sie noch so absurd.«

»Also, gebt ihm das Geld, damit dieses sonderbare Spiel beginnen kann.«

Und während Johannes Zink dem Tiroler Herzog mit einem falschen Lächeln fünftausend Gulden auf den Tisch legte, jagte zur gleichen Zeit ein berittener Bote Fuggers nach Venedig, um den Dogen vor der bevorstehenden Attacke durch Siegmunds Soldaten zu warnen.

4

Die Falle schnappte zu wie geplant. Gering genug war die Beute in Bozen gewesen – längst nicht so üppig wie erhofft, und auf dem Rückweg hatte sich dem kleinen Tiroler Söldnertrupp zu allem Unglück eine bestens ausgestattete Armee aus San Marco in den Weg gestellt. Der Kampf war kurz gewesen und im Ergebnis sehr schmerzlich für Siegmund.

Der zog sich mit eingekniffenem Schwanz zurück

in seine Burg. Wie nun weiter? Um diese Frage zu klären, berief der geschlagene, gedemütigte Herzog seine Berater zu sich, unter ihnen selbstverständlich Johannes Zink, aber auch den Jakob Fugger.

Selbst in dieser Situation ließ es sich Siegmund nicht nehmen, erst einmal an alle großzügig teuren Falerner Wein auszuschenken.

»Was für ein Tag des Unglücks!«, lamentierte er sodann, den Weinkelch in der Hand schwenkend, so dass der gute Rote hinaus schwappte. »Ich bin verloren. Ach was, Tirol ist verloren!«

Die anderen Anwesenden teilten diese Meinung nur bedingt.

Der Kanzler Anton Roß erkundigte sich:

»Wie sind die Bedingungen Venedigs für einen Frieden? Haben sie schon Forderungen gestellt?«

Siegmunds Sekretär hob ein Papier mit venezianischem Siegel hoch, zeigte es allen und las vor:

»Venedig verlangt einhunderttausend Gulden Schadenersatz!«

»Einhunderttausend! Das ist allerdings viel. Zu viel!«, hielt der Kanzler mit seiner Entrüstung nicht hinter dem Berg.

Siegmund fiel in dessen Lamento ein.

»Wo sollen wir so viel Geld herbekommen? Meine Schatullen sind leer und alle meine Geldgeber haben mich verlassen. Keiner hält mehr zu mir, alle geben mich verloren, bis auf …« – plötzlich erblickte er Johannes Zink, ein hoffnungsvolles Lächeln ging über sein

Gesicht und er legte dem Augsburger freundschaftlich den linken Arm um die Schulter, während er mit der rechten Hand seinen Weinkelch an Zinks stieß. »… diesen treuen Mann aus Augsburg, der mich sicher nicht im Stich lassen wird.«

Zinks Maske der jovialen Freundlichkeit bröckelte wie auf Kommando.

»Mein lieber Herzog«, fast stammelnd brachte er die Worte hervor. »Bei mir ist derzeit nichts zu holen. Ich hatte eher umgekehrt gehofft, Ihr könntet mir meine Kredite zurückzahlen, da ich nun mit einem Mal selbst drauf angewiesen bin.«

Die schauspielerische Einlage war perfekt. Siegmunds Miene gefror, genau wie die seines Kanzlers.

»Das ist das Ende«, murmelte er in Richtung seines Fürsten und ließ achtlos seinen bronzenen Weinbecher zu Boden fallen. Auch wenn Siegmund sonst den Ruf eines theatralischen, aber nur mäßig begabten Schauspielers hatte, diesmal schien sein Entsetzen echt zu sein. ›Ende‹ – das war nun das Stichwort für Jakob Fugger. Er trat vor und sagte in das Geschepper des heruntergefallenen Bechers hinein:

»Sagt doch so etwas nicht! Ich glaube, ich kann helfen.«

Siegmund glaubte, seinen Ohren nicht zu trauen. Noch nie hatte der als schwäbisch geizig bekannte Fugger ihm auch nur einen lausigen Gulden geliehen. Warum nun? Fugger fasste die bisherige Diskussion treffsicher zusammen und rechnete laut vor.

»Wenn ich so überblicke, was derzeit an Angeboten auf dem Tisch liegt, zusammen mit den Resten des Tiroler Staatsschatzes, so kommt Ihr auf etwa zweiundfünfzigtausend Gulden. Richtig?«

Roß nickte.

»Fehlen also etwa achtundvierzigtausend Gulden.«

Roß nickte erneut.

»Gegen Hinterlegung einer entsprechenden Sicherheit wird das Haus Fugger diese Summe hinterlegen.«

Tumulte brachen aus im Saal. Offen stehende Münder. Geschrei.

»Wir sind gerettet!«

Der das ausrief, war der Herzog Siegmund persönlich. Fast mochte er den schwäbischen Kaufmann umarmen und küssen, der ihn so unvermutet aus dem Elend herausgerissen hatte. Der spröde Augsburger wollte unvermittelt zurückweichen vor dem ihn heftig umarmenden korpulenten Fürsten aus Tirol. Der ließ ihm jedoch keine Möglichkeit, als die Umarmung zu erwidern.

Von diesem Tage an aber waren die Fugger die heimlichen Herrscher Tirols. Und zudem war dem Haus Fugger der Dank Venedigs gewiss.

Der Dank der in Augsburg wartenden Brüder für ihren jüngsten fiel indes nicht so üppig aus. »Da schickt man dich los, ein wenig im Silberbergbau Geschäfte zu machen, und du gibst über siebzigtausend Gulden aus!«

Georg tobte. Auch Ulrich wirkte alles andere als glücklich.

»Was hast du dir nur dabei gedacht?«

Jakob lächelte nur. Und erklärte. Und erklärte. Schließlich ließen ihn die Brüder zufrieden. Ulrich hatte noch vor Georg die Erfolgschancen der Tiroler Unternehmung erkannt. Und diesen so weit beschwichtigt, dass er Ruhe gab.

»Wenn alles so weiterläuft, wie's läuft, dann sind wir in Kürze die Herren in Tirol. Wir haben ihn bald mit seinen Schulden im Sack, und mit ihm sein gesamtes Herzogtum sowie alle Schürfrechte.«

»Aber was ist, wenn dieser hirnlose tirolische Saufsack sich für bankrott erklärt, dann können wir uns mit unseren Schuldscheinen den Hintern abwischen«, bohrte Georg noch einmal nach. »Das wird nicht passieren, vertrau mir«, blieb Jakob unerschütterlich optimistisch.

»Und selbst wenn Siegmund pleitegeht, dann kümmere ich mich um seinen Nachfolger.«

Weil Jakob Fugger erkannt hatte, dass Siegmund, ganz gleich, wie viel Geld er in ihn hineinpumpte, früher oder später keines mehr haben würde und, als logische Folge, sein Herzogtum würde abgeben müssen, wurde aus dem ersten Ausflug in die hohe Politik ein dauerhaftes Einnisten bei den höchsten Herren.

Denn eines war allen Eingeweihten klar: Sollte Siegmund von Tirol vor die Hunde gehen, würden zwei mächtige Herren sofort zuschnappen wollen. Der eine war der Wittelsbacher aus Bayern-Landshut. Herzog Georg hatte schon seit Längerem ein begehrliches Auge auf Tirol geworfen. Bereits einige Jahre zuvor hatte er von Siegmund von Tirol für zweiundfünfzigtausend Gulden die an den Bischof von Augsburg verpfändete Markgrafschaft Burgau einschließlich Günzburg gekauft. Ein Jahr später sogar, zusammen mit seinem Vetter Albrecht IV. von Bayern-München, für fünfzigtausend Gulden für zehn Jahre die Verwaltung der vorderen Lande Tirols.

Die andere Hand auf Tirol, das war der Kaiser aus dem Hause Habsburg, Friedrich III. Gegen die Expansionsbestrebungen der beiden Wittelsbacher hatte er den Schwäbischen Bund ins Leben gerufen und die Bayern empfindlich gestraft. Dennoch war die Gefahr für Tirol noch nicht gebannt. Kaiser Friedrich III. wollte keinen bayerischen Keil durch die Habsburgischen Erblande – und da zählte der Kaiser Tirol fraglos hinzu – getrieben sehen. Jakob Fugger überlegte lange und entschied sich schließlich für Habsburg und gegen Wittelsbach – ein langfristiger Entschluss, der weitreichende Folgen für die europäische Geschichte haben sollte.

Währenddessen spielte Johannes Zink weiterhin brav die Rolle des Beraters und Finanziers des Herzogs Siegmund, dessen Untergang jedoch bereits beschlossene Sache war.

Kaiser Friedrichs Sohn, der bereits gekrönte König Maximilian, und Jakob Fugger waren gleich alt und hatten sich als Kinder sogar schon einmal in Augsburg kennen gelernt. Fugger richtete es ein, dass sie beide sich beim Reichstag in Frankfurt zufällig trafen. Aus dem Wiedersehen entwickelte sich etwas, das man fast als Freundschaft hätte bezeichnen können, wäre Jakob Fugger zu so etwas fähig gewesen. Aber die gemeinsamen Interessen, die Fugger zu einem Netz aus Intrigen verspann, hielten die beiden von da an für viele, viele Jahre eng zusammen. In Innsbruck bereitete Zink derweil Siegmunds Ende vor.

5

DER GENUSS- UND PRUNKSÜCHTIGE HERZOG saß in seiner großen, heißen Badewanne, die Luft roch angenehm nach Kräutern. Zusammen mit ihm badeten zwei vollbusige Gespielinnen, über die Ränder des großen Zubers gelegt waren eichene Bretter, voll mit erlesenen Speisen – Rindsbraten und Vögel in Safransoße, Krüge voller Wein. Im wabernden Dampf hörte man neben den Tönen, die eine einsame Laute von sich gab, auch Wasserspritzer, Gelächter, Gejohle. Der Herzog wollte sich gerade wieder an einer seiner Badegenossinnen vergreifen, da meldete der Hofmeister dringenden Besuch.

»Der Herr Magister Johannes Zink, Euer Gnaden.«

Siegmund lachte.

»Immer rein mit Euch, Zink. Macht Euch frei und feiert mit uns. Es gibt alles, was das Herz begehrt.« Lüstern ergriff er die Brust einer der beiden jungen Mädchen und biss spielerisch hinein. Er lachte laut.

Aber Zink zögerte. So gern er sonst mit fressen und saufen würde – mittlerweile hatte er schon Geschmack gefunden an diesem Leben und bereits den ersten Wohlstandsspeck angesetzt, auch die Hübschlerinnen würde er gerne anlangen –, gab er sich diesmal ungewohnt schmallippig.

»Bringt Ihr mir wieder Geld vom Fugger? Dann langt endlich zu, schließlich ernährt der Fugger uns beide. Und wo's für mich langt, langt es für Euch allemal.«

Immer noch hatte der bereits angetrunkene Siegmund nicht bemerkt, dass dem Boten Fuggers nicht nach einem Gelage zumute war.

»Was ist los mit Euch? Oder habt Ihr schlechte Nachrichten?«

Schließlich hatte selbst der in diesen Dingen bisweilen etwas begriffsstutzige Siegmund durch den Dampf erahnt, dass Johannes Zink nicht gekommen war, um Geld zu überbringen.

»Ich fürchte, es gibt in der Tat schlechte Nachrichten.«

Bedächtig wiegte Zink seinen Kopf, während seine Augen durch den Dunst hindurch die fürstlichen Augen fixierten.

»Der Herr Fugger lässt ausrichten, er kann Euch nicht länger zu Diensten sein.«

Siegmund lachte, zu absonderlich erschien ihm diese Vorstellung. Mit einer ruckartigen Handbewegung hieß er den Lautenspieler, still zu sein.

»Und wie stellt der Herr Fugger sich das vor? Wie soll ich ihm sein Geld zurückzahlen?« Wieder Gekicher, diesmal mit einem hysterischen Unterton.

»Der Fuggersche Sauhund versucht wohl nur, die Rendite hochzuschrauben. Will er noch mehr Schürfrechte? Sagt schon, Zink!«

Der schüttelte den Kopf, die Miene blieb undurchsichtig.

»Es tut ihm sehr leid, lässt er ausrichten, aber er kann nicht mehr. Ihr müsst Euch nach anderen Geldquellen umschauen.«

»Worauf Ihr Euch verlassen könnt!«

»Ihr müsst dem Fugger alsbald Eure Schulden begleichen.«

Jetzt hatte Siegmund den Ernst der Lage erkannt, war behände aus dem Zuber geklettert und stand nackt, wie Gott ihn geschaffen hatte, vor Zink.

»Dann richtet dem Fugger aus, dass er dies noch bereuen wird eines schönen Tages. Bitterlich bereuen wird er's!«

Er wickelte sich ein Tuch um den dicken, nackten Leib, sein Gesicht rot vor Zorn.

»Aber dann ist's zu spät! Ich werde meine Landesstände einberufen.«

»Tut das, bitte«, sagte Zink teilnahmslos und verließ das Bad des Herzogs.

Die Landesstände waren Siegmunds letzte Hoffnung. Zusammengesetzt aus Rittern, Städtern, Geistlichen und, neuerdings, auch Bauern, konnten nur sie dem gefallenen Herzog neue Mittel bewilligen, um den drohenden Untergang noch einmal zu vermeiden. Siegmund wusste allerdings nicht, dass Zink und Fugger auch hier bereits reichlich Öl ins Getriebe der Meinungen und Entscheidungen hinein geschmiert hatten.

Der Landesständetag im Festsaal der Innsbrucker Residenz verkam so zu einem politischen Massaker, in dem der letzte Rest politischen Lebens in Herzog Siegmund dahin gemeuchelt wurde. Vehement redeten die Stände gegen ihren Herrscher, schimpften, rebellierten und genehmigten ihm nicht einen einzigen Gulden mehr. Mit Tränen in den Augen fasste Siegmund danach die für ihn vernichtende Sitzung zusammen.

»Sie sagen, ich habe Tirol ruiniert. Sie fordern, dass ich zurücktrete. Und sie möchten den König Maximilian als meinen Nachfolger.«

Obwohl er dies zu eben jenem König sagte, erzählte er diesem damit nichts Neues. Akribisch hatte Maximilian, gemeinsam mit Jakob Fugger und Johannes Zink, auf dieses Ereignis hingearbeitet. Nachdem die Entscheidung gefallen war, ging es noch darum, Details zu klären. Sogar um die Höhe von Siegmunds Rente, die auch aus den Fuggerschen Kassen käme, wurde gefeilscht wie auf dem Basar. Am Ende musste Siegmund sich mit eintausend Gulden im Monat zufriedengeben. Tirol gehörte de facto der Familie Fugger, zumindest die meisten seiner Schätze.

Aber all das, auch die in Tirol stürmisch gefeierte Inthronisierung Maximilians interessierte Johannes Zink nicht mehr. Seine Provision für dieses Geschäft war derart üppig ausgefallen, dass er sogleich beschlossen hatte, mit sofortiger Wirkung, aber in aller Freundschaft, aus Fuggers Diensten als Angestellter auszuscheiden. Von nun an arbeitete er auf eigene Rechnung, als freier Mitarbeiter, als Agent in Diensten Jakob Fuggers.

DER WEG NACH ROM – RÖMISCHE ANFÄNGE

6

Der Beitrag Zinks zum Niedergang Siegmunds und zur Fuggerschen Eroberung Tirols hatte alle Fugger-Brüder nachhaltig beeindruckt.

»Der ist ja geschmierter als selbst der gerissenste Kleriker«, zollte Ulrich ihm zweifelhaftes Lob.

Und als die Gelder aus Tirol gut und regelmäßig zu fließen begonnen hatten, da konnte auch Georg mit Lob nicht zurückhalten. Die Firma wuchs und wuchs, die Geschäfte expandierten in alle Welt. Im Jahr 1494 war die Firma in eine der ersten offenen Handelsgesellschaften Europas – eine ›compagnia palese‹ des welschen Rechts –, umgewandelt worden und firmierte jetzt unter dem Namen ›Ulrich Fugger und Gebrüder von Augsburg‹.

Keine Frage: Die Fugger wurden reich. Aber nicht reich genug, denn für die Vielzahl der Geschäfte brauchte man Bargeld und, mindestens genauso wichtig, den Anschein, noch mehr Bargeld zu besitzen. Heftig diskutiert wurde dies in der Familie. Woher noch mehr Bargeld einnehmen, ohne Anteilseigner von außen in die Firma zu lassen?

»Wer Geld mitbringt, will auch mitreden«, wehrte sich Ulrich heftig gegen die Idee Jakobs, das Firmenkonto mit Fremdgeld zu füllen.

»Es ist aber doch eine alte Kaufmannsregel: Es schadet nie, reicher zu scheinen, als man ist. Nur dann hat man Kredit«, argumentierte Jakob dagegen.

Und um zu zeigen, dass er Ulrichs Befürchtungen nachvollziehen konnte, ergänzte er:

»Dann müssen wir halt Geld finden, von dem seine Besitzer kein Interesse haben, dass es öffentlich wird. Dann ist auch Ruhe beim Mitregieren in der Firma. Wenn das Geld offiziell nicht existiert, dann haben wir auch offiziell keine Teilhaber.«

»Und wo willst du solches Geld finden?«, fragte Georg, der ewige Zweifler.

»Lass mich nur machen«, wiegelte Jakob Fugger ab.

»Ich werd' den Zink drauf ansetzen. Der versteht sein Handwerk. Und er braucht die Provisionen.«

Zink jubilierte innerlich, als Jakob Fugger ihm den Auftrag erteilte, neues Geld für die Firma zu beschaffen. Möglichst viel, möglichst diskret und mit möglichst niedriger Verzinsung. Er rieb sich die Hände ob der zu erwartenden Provisionen, denn er wusste bereits ganz genau, wo er beginnen wollte. Es gab eine große Anzahl reicher, ach was, stinkreicher Kleriker, die wegen des kanonischen Verzinsungsverbotes offiziell kein Geld verleihen durften. Aber sicher gerne wollten …

Sein Weg führte ihn sogleich nach Brixen. Der dortige Bischof, Melchior von Meckau, hatte dieses Amt acht Jahre zuvor von Georg Golser übernommen. Aus

Meißen stammend, war der als Humanist geltende Bischof zu einem der wichtigsten Berater des Kaisers Maximilian aufgestiegen. Und seitdem er den Brixener Bischofssitz bekleidete, konnte er dem Kaiser auch finanziell unter die Arme greifen. Brixen war reich, der Bergbau war die Wurzel dieses Reichtums. Mehrmals waren er und Johannes Zink sich in Innsbruck im Rahmen des Kramerschen Hexenprozesses, den beide interessiert beobachtet hatten, begegnet und hatten Gefallen aneinander gefunden. Sie hatten beide im jeweils anderen ihre eigene Schlitzohrigkeit wiedererkannt, die sie geradezu prädestinierte, irgendwann einmal miteinander Geschäfte zu machen. Johannes Zink hatte sich mittlerweile ein hervorragendes Netz von Informanten aufgebaut, die nicht nur im Vatikan, sondern auch an den wichtigsten Bischofssitzen ein und aus gingen. So wusste er nicht nur über die Finanzen des Brixener Bischofs bestens Bescheid, sondern auch über seine Konkurrenten, die Melchior von Meckaus Geld ebenso haben wollten wie die Fugger.

Mit all diesem Wissen im Hinterkopf, saßen die beiden abends zusammen in der Brixener Residenz. Melchior von Meckau schien beinahe aus seinem Gewand zu platzen, so hatten ihn die letzten Jahre des Brixener Luxuslebens aufquellen lassen. Sein Gegenüber Zink stand ihm an Leibesfülle noch sehr nach, was aber hauptsächlich auf den großen Altersunterschied zurückzuführen war. Johannes Zink hoffte und war überzeugt, in zwanzig, dreißig Jahren genauso üppig dazustehen wie der Bischof von Brixen.

Nach gutem Brauch wurden die Geschäfte während des Essens besprochen, das genau so opulent ausfiel, wie Zink es sich während der Anreise erhofft hatte.

Die Gänseküken in einer Soße aus dem Saft unreifer Trauben waren einfach delikat gewesen, ebenso wie die gebratenen Barben in Weißwein. Untermalt von der Musik einer kleinen Kapelle, die mit Schalmei, Laute und drei Flöten bekannte Weisen spielte. Jetzt war es Zeit für etwas Süßes. Obwohl offiziell heute ein Fastentag war, ließ Melchior von Meckau sogar Dresdner Stollen auffahren. Der Brixener Bischof schätzte Spitzfindigkeiten aller Art, auch theologische, und so liebte er diesen Stollen während der Fastenzeit, wie er Zink laut lachend erklärte:

»Das ist das einzige Buttergebäck, das unser lieber Heiliger Vater erlaubt während des Fastens. Aber nur, weil er dies in einem eigens so genannten ›Butterbrief‹ vor ein paar Jahren bestätigt hat. Und alle, die dieses köstliche Gebäck essen«, während er dies sagte, schob er sich einen großen Bissen in den Mund, »müssen Buße tun, die zum Bau des Freiberger Doms verwendet wird.« Er schluckte, lachte und fuhr fort: »Außer uns natürlich, Buße dieser Art ist etwas für Kleingeister.«

Zink lächelte und biss herzhaft in sein großes Stück Stollen. Das war ein Mann nach seinem Geschmack. Schließlich war genug geplaudert, der Bischof wusste, dass Zink nicht des Dresdner Stollens wegen nach Brixen gereist war.

»Nun, mein lieber Zink, was führt Euch in meine bescheidene Residenz?«, nuschelte Melchior von Meckau, während seine Zähne Minuten später eine Wildkeule zerlegten.

»Nun, Eure Exzellenz, ich wollte Euch fragen, ob Ihr nicht ein wenig Geld beim Fugger anlegen möchtet.«

Der Bischof hob die Augen und sah Zink voller Erstaunen an.

»Wie kommt Ihr darauf, dass ich genügend Geld besitze, um es bei Euch anzulegen?«

Zink lächelte, ein wenig Rotwein lief aus seinen Mundwinkeln heraus.

»Ich habe läuten hören, dass der Kaiser Euch eine kleine Anleihe beinahe pünktlich zurückgezahlt hat.«

»Mein lieber Zink, Ihr seid aber gut informiert!«

Melchior von Meckau war beeindruckt.

»Aber seid Ihr sicher, dass Ihr da nicht einer Falschinformation aufgesessen seid?«

Zink schüttelte verneinend den Kopf.

»Ich verbürge mich für meine Zuträger.«

Der Bischof winkte lässig ab.

»Ach, lassen wir das. Zink, natürlich habt Ihr recht. Ich habe das Geld in meinem Schrank liegen und überlege, was ich damit machen soll.«

Zink grinste schelmisch.

»Aber so klein ist die Summe auch wieder nicht.«

Gespieltes Erstaunen beim Brixener Bischof.

»Jetzt wollt Ihr mir wohl auch noch sagen, wie viel Geld der Kaiser mir zurückgezahlt hat?«

»Wenn mich nicht alles täuscht, sollten es zwanzigtausend Gulden sein.«

»Donnerwetter, Zink!«, polterte Melchior von Meckau los. »Habt Ihr wirklich Spione in meinem Haus?«

Gleich beruhigte er sich wieder und fuhr fort:

»Wiederum recht habt Ihr. Und der Kaiser bedrängt mich erneut. Er braucht schon wieder Geld. Da frage ich mich, warum er's mir überhaupt zurückgezahlt hat.«

»Und wenn Ihr das Geld noch länger habt, werdet Ihr's ihm geben müssen.«

»Ich weiß, er ist schließlich der Landesherr.«

»Aber wenn das Geld weg ist«, murmelte Zink mit der verführerischsten Stimme, zu der er fähig war.

»Dann könnten weder Kaiser noch Papst herankommen.«

»Der Papst?«

Die Stimme des Bischofs wurde leicht schrill.

»Weiß der etwa auch davon?«

»Euer Exzellenz, glaubt Ihr im Ernst, die Existenz einer derart hohen Summe könnte ein Geheimnis bleiben?«

Beide schüttelten den Kopf.

»Aber der Vatikan hat bislang kein Ersuchen gestellt, die Summe in seinen Schatullen verschwinden zu lassen«, sagte von Meckau beruhigend.

»Täuscht Euch da mal nicht«, erwiderte der wieder

einmal besser informierte Zink. »Ein Bote des Papstes ist bereits unterwegs nach Brixen. Er sollte heute Nacht ankommen.«

Der Bischof erblasste.

»Wenn das Geld von der Kurie geschluckt wird, zum Vergnügen des geilen Borgiapapstes, dann kann ich es gleich zum Fenster hinauswerfen. Dann sehe ich es niemals wieder.«

Zink nickte zur Bestätigung.

»Und Zinsen seht Ihr auch nicht und niemals. Versteht Ihr, Euer Exzellenz, weil ich all das auch weiß, genau wie Ihr, bin ich gekommen, um Euch einen Vorschlag Fuggers zu unterbreiten. Ihr kennt die Konditionen, Ihr werdet Zinsen erhalten und alles wird so diskret ablaufen, wie Ihr Euch es nur vorstellen könnt. Die zwanzigtausend Gulden werden ganz einfach vom Erdboden verschwinden und der einzige Beweis für ihre Existenz wird ein Stück Papier sein, Euer Schuldschein vom Fugger.«

»Wäre ich dann Teilhaber beim Fugger?«, fragte der Bischof, mehr der guten Ordnung halber.

»Ihr wärt ein Teilhaber, aber nur ein höllisch geheimer«, erwiderte Fuggers Agent.

»Das würde mir gar gut gefallen.«

Nun waren die Würfel gefallen. Zink hatte gewonnen.

»Eine Frage wäre noch zu klären, Euer Exzellenz.«

Iris und Pupillen Zinks schienen in diesem Moment besonders tiefblau zu leuchten.

Sie strahlten Melchior von Meckau geradezu an.

»Was denn noch, Zink?«

»Die Höhe meiner Provision.«

»Zink, Ihr seid ein Gauner und Schelm.«

»Von irgendetwas muss ich auch leben, Euer Exzellenz.«

»Wie viel braucht Ihr denn für Euer bescheidenes Leben?«

Als Zink die Zahl nannte, erschrak Melchior von Meckau zuerst. Dann aber dachte er an die Zinsen, die ihm das neue Arrangement bringen würde und, nicht zuletzt, auch an das Schnippchen, das er dem Papst geschlagen hatte. Einig und voller Zufriedenheit begab man sich ans Nachtmahl.

Mitten in der Nacht, die beiden Herren waren gerade beim Dessert, meldete der Kämmerer den Boten des Papstes.

»Exzellenz Casuccio wünscht Euch zu sprechen.«

»Bittet ihn herein«, befahl der mit Speis und Trank angefüllte Bischof, während er Zink bat, an seiner Seite zu bleiben. Der Kardinal trat ein, nach den unter hohen Geistlichen üblichen lateinischen Gruß- und Höflichkeitsfloskeln dankte er für den Empfang noch mitten in der Nacht und entschuldigte sich für seine verspätete Ankunft.

»Unter normalen Umständen wäre ich am Mittag bereits in Brixen angekommen. Aber wie der Zufall so will, brach uns kurz vor Bozen ein Rad.«

Zink grinste hocherfreut, hatten seine Helfer den Sabotageakt doch überaus erfolgreich ausgeführt. Nicht auszudenken, wenn der Gesandte des Papstes den Brixener Bischof vor ihm in die Finger bekommen hätte. Die Kosten für diese künstlich herbeigeführte Havarie waren lächerlich gering gewesen, verglichen mit dem Gewinn. Der Kardinal hatte sich zu Tisch niedergelassen und erfreute sich an den restlichen Speisen, die sogar jetzt noch anderen festlichen Tafeln zur Ehre gereicht hätten. Er langte kräftig zu.

»Ich will nicht lange um den heißen Brei herumreden. Papst Alexander will Eure zwanzigtausend Gulden haben. Gebt sie mir, und ich bin gleich morgen früh wieder fort.«

Melchior von Meckau lachte auf.

»Da seid Ihr zu spät, Eure Eminenz.«

Kardinal Casuccios Miene versteinerte.

»Wie meint Ihr das? Ihr könnt das Geld doch unmöglich bereits ausgegeben haben?«

Der Brixener Bischof schüttelte den Kopf.

»Ausgegeben? Nein, zumindest nicht, wie Ihr es gemeint habt. Jemand anderes kam Euch jedoch zuvor. Unser Heiliger Vater«, bei diesem Ehrentitel troff seine Stimme vor Ironie, das Wortspiel ›Unheiliger Vater‹ konnte er sich eben noch verkneifen, »ist nicht der Einzige, der mit zwanzigtausend Gulden etwas anfangen könnte.«

»Das wird ihn nicht erfreuen, wenn ich ihm das berichte«, drohte der Kardinal.

»Tut, was Ihr tun müsst. Ich kann es nicht ändern. Die Abmachung steht bereits«, während Melchior von Meckau dies sagte, grinste er Johannes Zink an, »und ich kann sie nicht rückgängig machen.«

Einen Tag nach dem entrüsteten, enttäuschten Kardinal reiste auch Zink aus Brixen ab. Allerdings in erheblich besserer Laune.

Seine nächsten Wege führten ihn nach Piemont, Savoyen, Mailand und Florenz. Ganz Oberitalien graste er ab wie ein verhungerndes Tier auf der Suche nach Nahrung. Beiläufig registrierte er die Nachricht vom Tod seines ersten ›Opfers‹, Siegmund des Münzreichen, während er mit großem Geschick versteckte Gelder aufspürte. Es war fürwahr erstaunlich, wie viel Mammon die hohen Kirchenherren überall gehortet hatten. Geld, das nur darauf wartete, ans Tageslicht befördert zu werden – um gleich darauf wieder zu verschwinden, diesmal aber in den Tiefen der Fuggerschen Buchhaltung. Ein steter Geldstrom floss von Norditalien nach Augsburg und füllte langsam, aber stetig die Fugger-Kasse. Viel Geld eroberte Johannes Zink in den nächsten Jahren.

Jakob Fugger höchstpersönlich gratulierte Johannes Zink, nachdem dieser ihm Kardinal Peraudi als neuen Kunden vermeldete. Das war nicht nur ein finanzieller, sondern auch ein politischer Erfolg. Raimund Peraudi war sowohl bei Kaiser Maximilian wie auch bei dessen Vater, Friedrich III., hoch angesehen gewesen. Seit fünf Jahren bekleidete der sechzigjährige Südfranzose, als erster Ausländer, das Bischofsamt im kärntnerischen Gurk, nachdem er zuvor unter Kaiser Friedrich sogar österreichischer Kanzler gewesen war. Seither war er unermüdlich in diplomatischen Diensten für Papst und Kaiser unterwegs, nur in seinem eigenen Bistum war er noch nie gewesen. Vor drei Jahren war er von Papst Alexander für seine Verdienste mit dem Kardinalshut belohnt worden. Damit war er der ranghöchste Kunde, der sein Geld illegal bei Zink anlegte. Jakob Fugger ließ sich mit einer entsprechenden Provision nicht lumpen.

Dennoch: Melchior von Meckau, sein erster Kunde, sollte auch auf Jahre hinaus sein dickster Fisch an der Angel gewesen sein. Auch einer, der ihm immer wieder neue Summen nachschob. Die üppigen Provisionen ließen nicht nur seine Geldtruhe, sondern auch seinen Bauchumfang weiter anschwellen.

7

BIS EINES TAGES erneut ein Ruf aus Augsburg kam. Teils erschrocken, teils neugierig machte er sich auf den Weg in die Fugger-Zentrale am Augsburger Rindermarkt. Die war in jüngster Zeit immer prächtiger ausgebaut worden, um den Reichtum ihrer Herren zu veranschaulichen. Gotische Portale, Laubengänge, Giebel, ein Erker mit einem Dach aus Kupfer sollten auch weitgereiste Besucher beeindrucken. Für die neuesten Ergänzungen war eigens ein Baumeister aus Italien angereist, die Fugger hatten sich nicht, wie die meisten anderen, mit italienischen Stilimitationen abgeben wollen. Wenn schon italienisch, dann richtig!

Innen war ebenfalls kräftig renoviert worden. Zum ersten Mal traf er hier, in der ›Goldenen Schreibstube‹, alle drei Fugger-Regierer auf einmal: Ulrich, den ältesten der Brüder, der das Stammhaus in Augsburg leitete; Georg, der mittlerweile die große Nürnberger Filiale übernommen hatte; und natürlich seinen alten Geschäftspartner, den Jüngsten: Jakob Fugger. Ihn Freund zu nennen, traute er sich – noch – nicht, dennoch fühlte er sich von allen Menschen gerade dem spröden, jüngsten Fuggerspross am nächsten verbunden. Nicht nur wegen gemeinsam begangener Taten, sondern auch, weil er das Gefühl hatte, sie seien sich so enorm ähnlich.

Alle drei schauten ernst drein, so dass Johannes Zink im Geiste seine letzten Transaktionen überschlug. Hatte er sich irgendwo verrechnet? Hatte er am Ende sich irgendwo mehr zugeteilt, als ihm zustand? Gar mehr als den Fuggern? Dann jedoch sah ihn Jakob an und lächelte schmal. Da wusste Zink, dass die Fugger nicht über ihn zu Gericht sitzen wollten.

Ulrich stand auf, ging auf Zink zu und schüttelte ihm die Hand.

»Seit wann steht er in unseren Diensten?«

Zink rechnete kurz nach.

»Seit beinahe zweiundzwanzig Jahren. Davon die letzten neun Jahre als freier Agent.«

Nicht nur ihm fiel in diesem Moment wohl auf, wie sehr sich alle in diesen vielen Jahren verändert hatten. Alle sahen wohlhabender, wohlgenährter aus als damals – bis auf Jakob Fugger. Der war zwar besser gekleidet, aber immer noch so hager und asketisch wie einst. Und begann bereits, Haare zu verlieren, was er durch das ständige Tragen eines Hutes, auch im Kontor, zu kaschieren versuchte. Bei Johannes Zink vermochte man erste Anzeichen eines Wohlstandsbauches zu erkennen, den jedoch ein guter Schneider noch verbergen könnte, wenn Zink es denn gewollt hätte. Auch Ulrich und Georg waren ihrem jüngeren Bruder in Punkto Körperumfang weit voraus. Der war dafür hungriger nach geschäftlichen Erfolgen, immer noch, genau wie sein langjähriger Mitarbeiter, um den es hier ging.

»Schöne Ergebnisse habt Ihr erzielt in dieser Zeit«, zeigte sich Ulrich von Zinks Erfolgen beeindruckt. Auch Georg stimmte zu und streichelte selbstzufrieden seinen Bauch.

»Wir waren ja zu Beginn sehr skeptisch, was das Beschaffen von Fremdgeldern angeht, aber selbst ich muss gestehen, Ihr seid dabei äußerst erfolgreich.«

Jakob nickte nur beifällig. Er wusste am besten, was sie ihrem Mitarbeiter in Norditalien zu verdanken hatten.

Jetzt ergriff er das Wort:

»Wir haben über das, was wir nun entschieden haben, lange diskutiert und hin und her gestritten. Schließlich sind wir zu dem Entschluss gekommen, dass das meiste Geld immer noch in Rom zu holen ist.«

Zink staunte über diese Worte, hatten doch Venedig, Mailand und Neapel, selbst das von Krisen, Kriegen und Katastrophen wie der Pest heimgesuchte Florenz mehr Einwohner als Rom. Auf der anderen Seite, der Reichtum der Kirche war nicht zu unterschätzen.

Ulrich erhob sich aus seinem schweren Sessel aus Eichenholz und ging auf Zink zu.

»Für unseren Metallhandel ist eine große Faktorei in Rom unerlässlich. Es ist seit ewigen Zeiten Gesetz, dass Gold und Silber nur nach Rom wandern, aber nichts an Waren dafür zurückkommt. Also müssen wir die Wanderungen in die Hand nehmen. Den Edelmetallfluss nach Rom kontrollieren. Da ist einiges zu verdienen.«

Jakob ergänzte:

»Die Prälaten müssen uns dann die Transportkosten zahlen, dafür werden wir ihr Geld sicher zur Kurie bringen.«

Ein anderer Mensch hätte seinem Gegenüber jetzt jovial auf die Schulter geklopft. Für Jakob Fugger war es bereits das höchste der Gefühle, Zink bis auf eine Schrittlänge nahe zu kommen und lächelnd zu sagen:

»Erinnert Ihr Euch noch an unsere erste gemeinsame Reise: Venedig und Rom? Da habe ich schon gesagt, dass man in Rom das Geld nur von der Straße aufzuheben braucht.«

Das stimmte zwar, aber in Rom ging es andererseits drunter und drüber. Seit der hochintelligente, aber völlig dekadente Borgiaspross Rodrigo de Borja als Alexander VI. einige Jahre zuvor den Papstthron vom bereits unfähigen Innozenz VII. übernommen hatte, waren die Sitten in Rom noch mehr verlottert. Zudem hatte der Papst seinen größten Kritiker, den Dominikanermönch Girolamo Savonarola, gerade erst mundtot gemacht. Nachdem er ihn zuerst als Häretiker, Schismatiker und Verächter des Heiligen Stuhles exkommuniziert und dann in Florenz hatte verbrennen lassen, gab es niemanden mehr von Belang, der sich seiner Sittenlosigkeit in den Weg stellte. Papst Alexander hortete Reichtümer für sich und seine Verwandten wie noch kein Papst vor ihm.

Für das Jahr 1500 hatte er sich einen lukrativen Spezial-Pilgerablass ausgedacht. Im ›Heiligen Jahr‹ sollten alle diejenigen Christen vollständigen Erlass ihrer Sündenstrafen erhalten, die eine Pilgerfahrt nach Rom unternahmen. Hunderttausende reisten also nach Rom, hörten Alexanders ›Urbi et orbi‹-Segen, kauften Souvenirs, Reliquien und Ablassbriefe. Eine Unmenge Geld würde in die vatikanischen Kassen gespült werden.

Angenehm für die Fugger war dabei die Tatsache, dass ihr Kunde Kardinal Peraudi dafür vorgesehen war, den Jubiläumsablass in Deutschland und Skandinavien zu verkünden sowie die entsprechenden Subkommissare zum Eintreiben der Ablassgelder einzustellen. Dann würde ein Teil des Geldes automatisch in ihre Taschen wandern.

Aber selbst die Einnahmen aus dem Jubelablass würden nicht genug sein. Der Finanzbedarf des Heiligen Stuhls stieg Tag für Tag, Woche für Woche, Monat für Monat weiter an. Das wussten die Fugger natürlich auch.

Zink begriff zuerst nicht, worum es ging, bis Jakob fortfuhr:

»Wir haben beschlossen, unsere Filiale in Rom großartig auszubauen. Die Geschäfte mit der Kurie wachsen beinahe stündlich und werden in Zukunft allerhöchste Priorität haben.«

Ulrich ergänzte:

»Noch nie hat ein Papst so mit Pfründen und Kirchenämtern geschachert wie Alexander. Da möchten wir mitmischen.«

»Diese Geschäfte können und dürfen wir nicht den Medici, Pazzi, Chigi und Altoviti überlassen«, brachte Jakob denn gleich die Namen der Familien ins Spiel, die es zu besiegen galt. »Und seit unser Bruder Marx so früh von uns gegangen ist, hatten wir in Rom niemanden mehr aus der Augsburger Filiale, der das Geschäft wirklich gut versehen hat.«

Fast stammelte Zink:

»Und auch deswegen möchtet Ihr mich näher an den Vatikan heran setzen?«

»Deswegen und aus vielen, vielen anderen Gründen

mehr, mein lieber Zink«, dröhnte Georg, der die mächtigste Stimme der drei Fugger hatte.

»De Doffis ist alt und müde und wird bald abtreten. Als Dank für Eure Mühen und den Erfolg, den Eure Mühen gezeitigt haben, möchten wir Euch die Leitung unserer neuen, stark vergrößerten Faktorei in Rom übertragen. Ihr habt eine außergewöhnliche Begabung dafür, dessen bin ich sicher. Macht Euch bereit, in Kürze abzureisen.«

Die Konditionen, die Jakob Fugger für seinen neuen römischen Faktor vorschlug, waren so großzügig, dass dieser sich nicht zu langwierigen Verhandlungen hinreißen ließ. Gute Provisionen, ein üppiges Spesenkonto und langjährige, diskrete Mitarbeiter waren eine gute Basis für die zukünftigen Geschäfte, die eben diese Diskretion auch dringend erfordern würden. Eine Menge Schatzkammern, Ablasskästen und private Spartruhen galt es noch zu erschließen. Die einzige Gegenforderung des Hauses Fugger an Zink war: Erfolg – um jeden Preis.

Schwer beeindruckte ihn die neue, erst vor wenigen Monaten bezogene Fuggerfaktorei in Rom, als er dort kurze Zeit später seinen Antrittsbesuch machte. Günstig gelegen, in der Nähe der Florentiner Kirche, wo es einerseits über die Rione di Ponte zur Engelsburg hinaufging, andererseits gleich mehrere Straßen zusammenmündeten in die große Landstraße hinaus in die

Campagna. Viel Verkehr, viele Pilger, das roch nach guten Geschäften.

Das stattliche Haus mit Büros, Lagerräumen und einem Speisesaal im ersten Stock, in dem wichtige Kunden angemessen bewirtet werden konnten, aber auch Wohnungen für die Angestellten, hatte bereits im Volksmund einen Namen: ›Ulrich Fuggers und seiner Gebrüder Bank zu Rom‹. Dies und mehr hatte ihm der langjährige Faktor Jakobus de Doffis erzählt, der ihn zuerst nicht wiedererkannt hatte, waren doch über zwanzig Jahre vergangen seit Johannes Zinks erstem ›Lehrbesuch‹ in der Ewigen Stadt. Viele Jahre schon hatte de Doffis nun zu Fuggers Zufriedenheit gearbeitet, jetzt ging seine Lebenszeit dem Ende zu. Er hatte zwar schon am Spezial-Ablass einen Anteil für die Fugger herausgehandelt, das sollte jedoch sein letztes großes Geschäft gewesen sein.

Endlich hatten die Fugger beschlossen, dass die Geschäfte mit dem Vatikan und der Kurie Ausmaße erreicht hatten, die die Entsendung eines neuen Faktors aus Deutschland rechtfertigten. Auf ihn, den Sohn aus bescheidenem Bürgerhause, war ihre Wahl gefallen, dachte Zink nicht ohne Stolz. Die Bescheidenheit, gepaart mit ein wenig, aber nicht zu viel Ehrgeiz, hatte sein Vater an ihn weitergeben wollen. So war Zink aufgewachsen mit Leitsätzen, dass Geld zwar wichtig, aber nicht alles sei und dass man besser ein armer Katholik als ein reicher Sünder sein mochte. Lange genug hatte er an diese Prämissen geglaubt. Mittlerweile konnte Zink darüber nur noch lachen. Zwei Jahre lang sollte er als Unterfaktor von de Doffis angelernt werden. Zuerst hatte er sich gefragt, was er, der sich selbst bereits für einen guten Kaufmann und ein veritables Schlitzohr hielt, denn von dem Florentiner lernen sollte. Schließlich hatte er viele Jahre im Augsburger Kontor hinter sich, war in Venedig und auch bereits in Rom gewesen. Hatte Siegmund von Tirol in den Abgrund gestoßen und Melchior von Meckau und vielen anderen hohen Würdenträgern hohe Geldsummen abgeschwatzt. Was sollte er noch lernen? Aber wie hatte er sich da getäuscht! Nicht Buchhaltung lernte er bei de Doffis, sondern die ganz hohe Schule der Intrige und Korruption. Alles, was er bislang als leicht anrüchig empfunden hatte, waren lediglich Bubenstreiche, verglichen mit dem, wie es in Rom zuging.

»Ihr lernt schnell«, hatte de Doffis ihm schon nach kurzer Zeit attestiert. »Das ist aber auch notwendig. Dieser Borgiapapst macht Geschäfte mit vielen Kaufleuten, nicht nur mit uns und den Medici. Und alle sind wie ein Rudel Wölfe, die nur darauf warten, dass einer ein Zeichen von Schwäche zeigt, damit sie sich auf ihn stürzen und gemeinsam zerfleischen können.«

Die Faktorei der Fugger hatte sich in diesem Metier über die letzten Jahre bereits den Status eines Platzhirsches erarbeitet. Selbst nach so vielen Jahren staunte Johannes Zink immer noch bisweilen über die Summen, die hier über den Tisch gingen. Besonders der Klerus aus Deutschland nutzte die Fuggerbank, um seine Tributzahlungen an den Papst zu entrichten. Wie keuchten und schwitzten die Ordinari, die Postboten aus dem Hause Taxis, wenn sie säckeweise Post aus Deutschland, Polen, den Nordländern und Ungarn die Stiegen hinauf wuchteten. Das Fuggerpersonal sortierte diese dann, der Faktor oder Unterfaktor diktierte den Schreibern Anweisungen dazu oder Antworten. Es kamen Abrechnungen von Kupfer- und Silberkäufen, Abrechnungen von Petruspfennigen, Servitien und Pfründen. Beinahe alle hohen Geistlichen Deutschlands hatten sich innerhalb weniger Jahre angewöhnt, ihre Abgaben zu Händen Fuggers, ›per manu de Fugger‹, nach Rom zu schicken.

Einen nicht unbeträchtlichen Anteil am Geldfluss gen Rom machten Ablassgelder oder Bestätigungen von Ablassüberweisungen aus. Der französische Papst Clemens VI. hatte, als Dekret per Bulle angeordnet, im vierzehnten Jahrhundert festgestellt, dass das Leben, Wirken und Sterben Jesu Christi einen Schatz von Verdiensten angehäuft habe, über den er und seine Nachfolger auf dem Stuhl Petri nach Belieben verfügen könnten. Bis in alle Ewigkeit.

Zum Beispiel konnte einem gläubigen Schaf seiner Herde, aber auch dessen schon längst verstorbenen Ahnen, die Zeit der Qualen im Fegefeuer verkürzt werden. Oder auch alle Arten von Sünden, lässliche wie schwere, vergeben werden. Der Haken an der Sache war nur: Das gab es nicht umsonst! Davor hatte die Kirche die Ablassbriefe gesetzt. Gegen bare Münze jedoch gab es jeden Sündenerlass, für arm und reich. Inzwischen machte der Verkauf von Ablassbriefen eine der wichtigsten Einnahmequellen für den Heiligen Stuhl aus.

Die schlaue Idee war zuerst nämlich die gewesen: In alten Zeiten hatte es den Ablass von den Sünden nur bei einer Pilgerfahrt nach Rom gegeben. Wenn nun aber jemand so viel Geld an den Papst bezahlte, wie eine Reise nach Rom gekostet hätte? Dann hätte man zwei Fliegen mit einer Klappe erwischt: Mehr Geld für den Papst und leichtere, weniger aufwändige Vergebung der Sünden für die einfachen Gläubigen.

Für lange Zeit war der Ablasshandel streng geregelt gewesen, nur ganz bestimmte Sündenstrafen konnten durch Geld erlassen werden, jedoch keinesfalls ohne tätige Reue. Diese Regeln waren jedoch nach und nach, je nach Geldbedarf des Heiligen Stuhls, gelockert worden. Ohne Beichte vor einem Priester konnte man nun seine zu erwartende Strafe tilgen. Einfach durch den Kauf eines Ablassbriefes. Vergebung von Kirchenraub und Meineid kosteten neun Dukaten, ein Mord war bereits für acht Dukaten vergeben. Sogar Begnadigungen vor weltlichen Gerichten waren so zu erkaufen. Der Borgiapapst Alexander VI., stets in Geldnot, pflegte auf Kritik an dieser Praxis zu entgegnen: »Der Herr wünscht nicht den Tod eines Sünders, sondern dass er lebt – und zahlt.«

Zu guter Letzt konnte man sogar seine toten Verwandten noch freikaufen aus dem Fegefeuer.

Aber nicht nur Abgaben trafen ein. Zink hätte nicht überrascht sein sollen, wie viel Geld die hohe Geistlichkeit selbst bei Fugger anlegte. Er wusste es ja aus eigener Erfahrung. Dennoch, hier im Zentrum der Kirche, die Zinsen verboten hatte, legte eigentlich jeder Würdenträger sein Geld nur gegen gute Zinsen an. Von wegen Armutsgelübde. Zink lernte nicht nur von de Doffis. Auch von seinen Kunden, Gläubigern wie Schuldnern. Langsam und unaufhaltsam wurde der Drang immer größer in ihm, dieses Spiel nicht nur als Lakai, als Nebendarsteller, mitzuspielen, sondern in einer führenden Rolle. Und bisweilen ertappte er sich dabei, wie er seinen Brötchengeber, Jakob Fugger, für dessen Frömmigkeit verachtete. Eine Frömmigkeit, die Zinks Meinung nach echtem Profit im Wege stand.

»Was hilft's, einen Haufen Geld zu gewinnen, wenn man einen großen Teil gleich wieder als Almosen oder für Ablässe der Kirche zurückgibt«, hatte er in Gegenwart seiner wenigen Vertrauten – Freunde hatte er in Rom keine – immer wieder gelästert.

Johannes Zink liebte Italien; und Rom liebte Zink. Alles, was er anfasste, schien ihm zu gelingen. In dem Moment, wo er, auch in Zukunft bei seinen immer seltener werdenden Besuchen in Augsburg, auf der Rückreise den letzten Alpenpass hinter sich wusste, ging eine Verwandlung in ihm vor. Der Blick auf die grünen Berge Südtirols, mit dem Wissen, danach die wunderbare Toskana durchqueren zu können, das alleine rechtfertigte schon einen Großteil der Reisestrapazen. Der schwäbische Kaufmann mutierte auf jeder Rückreise nach Rom zum Mann mit dem Habitus eines Italieners, die er doch so viel höflicher und feiner fand als die biederen, beinah bäuerlichen Augsburger. Schlauer und verschmitzter dazu, alles Eigenschaften, die Zink für sein Geschäft unerlässlich fand. Und er wurde im Lauf der Jahre so italienisch, wie man es als Schwabe werden konnte. Kleidung, Gestus und Duktus hatte er sich schnell von den Menschen abgeschaut, zu denen er anfangs aufgeschaut hatte, die aber nur kurze Zeit später zu ihm Geld leihen kamen. Sein Italienisch, dass sich bei ihm anfangs so angehört hatte, als hacke jemand Holz, war Monat für Monat besser geworden, auch wenn er nie hoffen durfte, als echter Römer durchgehen zu dürfen.

Hier in Rom durfte er sogar Kleidung tragen mit Samt und Seide, Hermelin und Zobel. In Augsburg und dem Rest Deutschlands war dies dem Adel vorbehalten. Hier in Rom, da ließ es sich leben! Wie ein Fürst. Ein italienischer Fürst!

Dabei wusste er nicht, dass es in Rom einen bösen Begriff gab für Deutsche, die sich zu gut assimiliert hatten: ›Tedesco italizzato e diavolo incarnato‹. Sonst hätte er vielleicht ein paar schwäbische Tugenden an sich behalten …

Anfang des neuen Jahrhunderts, das Heilige Jahr gerade vorüber, ereilte ihn zum ersten Mal der Ruf des berüchtigten Papstes Alexander VI. Johannes Zink war schon beinahe zwei Jahre in Rom tätig, aber davon erst ein paar Monate als Leiter der Fugger-Filiale. Gehört hatte er viel über den Borgiapapst, gesehen bis dahin hatte er ihn nur aus der Ferne. Mondän, ausschweifend und korrupt, das waren die Attribute, die Alexander zugeschrieben wurden. Seine grenzenlose Liebe zu Luxus und Reichtum war legendär. Jedoch auch seine Grausamkeit und Brutalität. Es war noch nicht lange her, da hatte er seinen Privatsekretär Bartolomeo Flores, den Erzbischof von Cosenza, für die Fälschung von rund dreitausend Erlassen mit dem päpstlichen Siegel im miesesten Verlies im Untergeschoss der Engelsburg einkerkern lassen. Nur mit einem Hemd und einem Kruzifix, einem Strohsack, einer Bibel, einem Gebetbuch, einem Fass Wasser, einem Laib Brot und einer funzeligen Öllampe. So erzählte de Doffis seinem Nachfolger. »Das sollte bis an sein Lebensende reichen müssen. Zweimal die Woche gab es eine Kleinigkeit an Vorräten. Neun Monate hielt Flores durch. Alexander ließ ihn dort elendiglich verrecken.«

De Doffis hatte bereits des Öfteren vor dem Papstthron gestanden und informierte Zink entsprechend.

»Für Geld und Gold gibt es bei ihm alles zu kaufen; jeder Titel außer seinem eigenen ist nur eine Frage des Preises.«

»Wie soll ich auftreten?« Der sonst so selbstbewusst agierende Faktor Johannes Zink war ausnahmsweise einmal unsicher. »Demütig oder prunkvoll?«

»Unbedingt prunkvoll!«, assistierte de Doffis.

»Er hat Euch gerufen, nicht umgekehrt. Also will er Euch als Euresgleichen erkennen.«

Zink nickte. Das klang einleuchtend.

»Was mag er nur von mir beziehungsweise von der Fuggerbank wollen?«

»Das fragt Ihr im Ernst? Geld natürlich!«, lachte de Doffis. »Wappnet Euch also entweder mit genügend Schuldscheinen oder guten Ausreden.«

Mit einem bangen Gefühl in der Magengegend machte Zink seinen Antrittsbesuch im Vatikan. Auch wenn in Augsburg mittlerweile mehr Geld in den Schatztruhen lag, auch wenn es bei Weitem größere Städte gab als Rom: Hier war immer noch eines der wichtigsten Zentren europäischer Macht. Hier waren die Fenster höher, das Holz dunkler, der Marmor älter und die Teppiche schwerer als anderswo.

Und Papst Alexander VI. war wirklich eine imposante Erscheinung: Groß, wohlbeleibt, mit einer mächtigen Adlernase im feisten Gesicht, fast vollständiger Glatze – nur ein tonsurähnlicher bräunlicher Haarstreifen umgab wie ein Kranz seinen Hinterkopf. Die Haut an den Armen und am Kopf – das, was sichtbar war, war blass, fast weiß, und wirkte aufgedunsen, so wie die Haut eines Menschen, der zu lange im Wasser gelegen hatte. Anscheinend scheute der Papst das Sonnenlicht wie der Teufel das Weihwasser. Zu dieser äußerlichen Erscheinung gesellte sich eine befehlsgewohnte, dröhnende Stimme, die Zink zusammenfahren ließ.

Die Bewirtung bei diesem ersten Treffen war nach Borgia-Maßstäben bescheiden; fast jeder andere hätte es jedoch jederzeit als Prunktafel bezeichnet. Da Alexander genau wusste, dass er alles andere als beliebt war, kam keine Speise, kein Getränk an seinen Gaumen, ohne vorher den seines Vorkosters passiert zu haben. So hatte Zink Gelegenheit, zum ersten, aber beileibe nicht zum letzten Mal Zeuge der päpstlichen Paranoia zu werden. Die begann bereits damit, dass Weinkeller, Vorratskammern und Küche des Papstes für fremden Zutritt verboten waren. Während sich Zink und Alexander einander bekannt machten, prüfte der Hofmeister diskret das bereitgestellte Essgeschirr, die Tischtücher, die Salzstreuer, Weinkelche und Wasserschalen. Nachdem das Essen fertig zubereitet war, wurden die Schüsseln zugedeckt und an den päpstlichen Tisch gebracht. Der Vorschneider entnahm vor seinen und Zinks Augen eine Probe und gab sie dem Vorkoster. Der kaute, schluckte und gab nach einer Minute Entwarnung. Ähnlich verfuhr er mit dem schweren roten Wein, der gereicht wurde. Zudem legte der Vorkoster ein Stück Elfenbein auf das Fleisch, da ja jeder gebildete Mensch wusste, dass sich Elfenbein beim Kontakt mit Gift verfärbte.

Erst danach war der erste Gang freigegeben zum Verzehr für den hohen Gastgeber und seinen Gast. Der nächste Gang lief genauso. Der eigentliche Anlass der Einladung war allerdings eher nebensächlich. Den lediglich fünf Gängen angemessen. Alexander Borgia wollte den neuen Vertreter der Fugger in Rom endlich einmal offiziell kennen lernen und die Fugger bei dieser Gelegenheit mit einer kleineren Zahlungsverpflichtung betreuen. Der Zink natürlich gerne nachkam; war er nicht genau aus diesem Grund nach Rom gekommen?

Der Papst hatte aber bei diesem ersten Treffen scheinbar Gefallen gefunden an Johannes Zink, so dass die Aufträge größer und zahlreicher wurden.

Der erste große Auftrag Zinks betraf die Zahlung von vierzigtausend Dukaten an König Wladislaus von Ungarn, einen Bündnispartner des Papstes gegen die Türken. Zink streckte das Geld vor, die Kurie zahlte relativ zügig zurück, die Firma Fugger machte einen guten Schnitt.

Und sehr schnell forderten die Fugger über Zink beim Papst erste Gegenleistungen für ihre ›Großzügigkeiten‹ ein.

In Speyer war der Bischof Ludwig verstorben, ein neuer Bischof musste her. Unter den Kandidaten für die Vakanz waren auch diverse Fugger-Kunden, die sich aufgrund der guten Beziehungen der Fugger zum Heiligen Stuhl berechtigt gute bis sehr gute Hoffnungen machten. Allerdings hatte mittlerweile Georg Fugger sich ausgedacht, dass die Propstei Speyer seinem jüngsten Sohn Markus gut zu Gesicht stünde. Auch wenn dieser erst dreizehn Jahre alt war, eine Kirchenkarriere konnte man nicht früh genug beginnen. Unter dem Protest der enttäuschten anderen Kandidaten legten die Fugger den Preis für die drei zu vergebenden Pfründen einfach auf fünfhundertsechzig Dukaten fest – zu zahlen in Rom ›per manu de Fugger‹. Wider Erwarten erklärte sich einer der Kandidaten – der Domherr Engelhard von Neuenhausen – bereit, den horrenden Preis zu zahlen. Die Fugger sahen die Förderung ihres Sprösslings gefährdet.

Also bekam Zink zuerst einmal den Auftrag, den Domherrn beim Papst gründlich anzuschwärzen. Aufgrund von völlig aus der Luft gegriffenen Vorwürfen erhielt Engelhard von Neuenhausen aus heiterem Himmel zwei päpstliche Zitationen, Verwarnungen. Und Jakob Fugger, der im Besitz der Verleihungsrolle der Pfründen war – im Auftrag des Papstes – verweigerte schlichtweg die Herausgabe an den Domherrn.

Schließlich wurde ein dreizehnjähriger Junge aus dem Hause Fugger Propst am Speyrer Dom, und dabei beließ man es beileibe nicht. Es kamen noch klangvollere Titel hinzu: Propst und Kanonikus von Regensburg, und das mit vierzehn Jahren!

All das hatte Zink vor Ort mit dem Papst ausgetüftelt. Gegen bare Münze für Alexander VI.

Auch die Ernennung von Fuggers Kompagnon Thurzo zum Eintreiber aller Ablassgelder in Polen ging auf Zinks Konto. Zum Ende des Jahres übertrug der Papst Zink zudem die Betreuung der gesamten Lothringer Ablassgelder.

Der schickte freudige Depeschen nach Augsburg.

Die ersten wichtigen Schritte im Vatikan waren gemacht. Die Fuggerbank in Rom war auf dem besten Weg, die vornehmste Girobank für die ganze christliche Welt zu werden.

Wie zur Bestätigung dieser Erfolge erhielt Zink eine Einladung vom Sohn des Papstes für ein Fest in dessen Wohnung im Vatikan. Überreicht wurde sie vom päpstlichen Zeremonienmeister Johannes Burckhard, den Zink bereits kurz vorher bei einer Audienz kennen gelernt hatte. Er hatte sich amüsiert gezeigt, dass dieser Mann seinen eigenen Vornamen trug und als Nachnamen den seines Vaters. Seit vielen Jahren hatte der fünfzigjährige Mann aus dem Elsass dieses Amt inne und sollte später als päpstlicher Chronist dieses Fest – und andere – für die Ewigkeit festhalten. Es sollte eine Erwähnung wert sein.

»Seine Exzellenz Herzog Valentino gibt sich die Ehre«, begann Burckhard seine Einladung. Auf Zinks fragende Blicke ergänzte er: »Ich vergaß, dass Ihr noch nicht so lange in Rom weilt. Herzog Valentino ist der Künstlername von Cesare Borgia, dem Sohn von Papst Alexander.«

Zink nickte verständnisvoll. Jetzt wusste er Bescheid. Cesare Borgias Ruf war bereits jetzt legendär.

»Am Sonntag, dem 31. Oktober, werdet Ihr in seinen Gemächern erwartet. Zur Nachmittagsstunde.« Burckhard hielt inne. »Und der Herzog duldet keine Ablehnung.«

Das hatte Zink auch nicht vorgehabt. Zu neugierig war er darauf, in den inneren Zirkel der Borgia-Familie vorzustoßen. Das konnte dem Geschäft nur guttun. Zumal de Doffis nicht eingeladen war. Aus welchem Grund auch immer …

Der Sommer war heiß, lang und stickig gewesen. Wer es sich leisten konnte, hatte die meiste Zeit auf seinem Landsitz verbracht. So weit war Zink noch nicht, noch lebte er in einer kleinen Wohnung in der Nähe der Faktorei, die er gemietet hatte. Außer seiner Arbeit hatte er wenig Abwechslung erfahren in den letzten Monaten. Da kam diese Einladung gerade recht.

Der Herbst war da, alle wichtigen römischen Bürger wieder in der Stadt. Das gesellschaftliche Leben konnte erneut beginnen. Zudem war er neugierig, einen Einblick ins Leben der päpstlichen Familie zu bekommen.

8

So machte er sich am Nachmittag des 31. Oktober, einem grauen, nebligen Herbsttag, in seinem besten geschäftlichen Gewand auf in den Vatikan. Denn für ihn war es ein offizieller Termin. Er hätte indes nicht fehlplatzierter gekleidet sein können. Cesare Borgia empfing ihn in einem seidenen Rock, aus dessen Ausschnitt seine Brusthaare keck hervor lugten. Außer diesem und ebenso seidenen Pantoffeln trug er nichts. Auch die anderen Gäste, etwa siebzig an der Zahl, waren bereits da, einige sollten noch kommen, waren eher für einen Maskenball oder ein Karnevalsfest gekleidet.

»Ach, Zink, Euer Ruf eilt Euch voraus«, lachte Cesare. »Immer der anständige deutsche Kaufmann sein zu wollen, das ist doch langweilig. Ihr seid so ein gutaussehender junger Mann, ihr solltet viel mehr von euch zeigen. Die Frauen freuen sich darüber. Geht mit meiner lieben Freundin hier«, und gesellte Zink eine junge, kokett lächelnde Frau mit langen, rotblonden Haaren an die Seite, »und lasst Euch neu einkleiden. Wir wollen den Vorabend von Allerheiligen ein wenig unheilig genießen.«

Meckerndes Lachen folgte dieser Feststellung. Die junge Frau trug selbst nur wenig mehr als ein dünnes weißes Kleid, das mehr ent- als verhüllte. Sie gab Zink einen ähnlichen Seidenmantel, wie Cesare ihn trug, und sagte lächelnd: »Das sollte ausreichen, zumindest für den Anfang.«

»Wie meint Ihr das: ›Für den Anfang‹?«

»Ihr werdet schon sehen. Nun amüsiert Euch.«

Sie schaute erst schamlos zu, während er sich nackt auszog und in das dünne, seidene Gewand schlüpfte. Fest zog er den Gürtel zu, als befürchte er eine peinliche Situation während des Festes. Dann nickte die Frau ihm anerkennend zu, und nicht nur dafür, dass ihm der Mantel gut stand, sondern auch für das was sie zuvor darunter gesehen hatte. Zärtlich strich sie ihm mit der Hand vom Nacken den Rücken hinunter und verabschiedete sich mit einem koketten Klaps auf den Hintern Zinks. Er war ratlos. Nie hatte er derartiges Verhalten erlebt. Respektlos und frech. Aber auch, andererseits, nicht ohne Reiz. Seine Neugierde wuchs. Cesare Borgias Feste waren berühmt und berüchtigt. Eine Einladung dazu war für die meisten Menschen eine Ehre, für einige wenige eine tödliche Beleidigung.

Zink ging zurück ins Hauptgemach, wo das Fest gerade in die Gänge kam.

Seine Sorge, in eine peinliche Situation zu geraten, war indes unbegründet.

Festliche silberne Kandelaber auf den Tischen und Fackeln an den Wänden tauchten den Festsaal in flackerndes, goldenes Licht. Alle Speisen, in gigantischen Mengen, waren bereits angerichtet.

Vorne standen riesige Schüsseln mit Suppen und Eierspeisen. Das Aroma von gebratenen Enten, Hühnern, Kapaunen und Ochsen hing in der Luft, vermischt mit dem Duft der zahlreichen Räucherkerzen und dem Rosenwasser auf der Haut der Frauen. Jedoch nicht nur der Duft, auch der Anblick der Speisen war erfreulich. Die Fleischgerichte waren appetitlich mit Eigelb, Safran und Mehl paniert, die Fische lagen in festem, glasigem Aspik. Gezuckerte Erdbeeren fehlten ebenso wenig wie gigantische Käselaibe und eine Pyramide aus frischen Kirschen. Gleich sollte es losgehen.

Man wartete nur noch auf Cesares Vater, der dem Fest seinen offiziellen päpstlichen Segen erteilen sollte. Da kam er auch schon, mit einer Maske vor dem Gesicht. Zink begann sich zu ärgern, sogar der Papst hatte von dem Maskenball gewusst, nur er war bei der Einladung ganz offensichtlich dumm gehalten worden. Dann jedoch hörte er das Gemurmel der Gäste. Getuschel allenthalben. Das Gesicht des Papstes sollte entstellt sein. Gerüchte von einer Syphiliserkrankung des Papstes hatten schon länger die Runde gemacht. Litt er wirklich an dieser tödlichen Krankheit? Papst Alexander schaute machtbewusst in die Runde der Gäste seines Sohnes, denen Gier, Geilheit und Hunger ins Gesicht geschrieben stand. Er lachte laut und hämisch, nahm die Maske ab. Ein Raunen ging durch die erschrockene Menge. Eine dicke, schwarze, faulig aussehende Wunde bedeckte seine linke Wange.

»Das wolltet Ihr doch sehen!«, tönte die laute Stimme Alexanders. »Wie ich innerlich am Verfaulen bin, zumindest, wenn man dem Tratsch auf der Straße Glauben schenken soll. Ich muss Euch aber leider enttäuschen.

Es ist nur ein Abszess. Ein schmerzhafter zwar, aber nichts, was mich daran hindern sollte, heute mit Euch – und Euch«, ein gekonnter Griff unter den Rock einer der jungen Frauen, die in seiner unmittelbaren Nähe standen, »das Allerheiligenfest zu feiern.« Er setzte die Maske wieder auf.

Applaus. Lachen. Das Fest begann. Ein Diener reichte Zink einen großen Krug besten Falerner Weins. Nun erlebte er zum ersten Mal, was es bedeutete, in Rom zu feiern. Richtig zu feiern. Eine Orgie zu feiern, mit den reichsten und verrufensten Menschen der Stadt, ach was, der ganzen Welt.

Zuerst wurde geschlemmt und gesoffen, was das Zeug hielt. Cesare hielt derweil eine kleine Rede auf die Freuden der Völlerei und der Feinschmeckerei.

»Wenn auch beides Todsünden sein sollen, mich schrecken sie nicht. Wisst ihr, was mit uns dann in der Hölle geschehen wird?« Er lachte. »Ich werde in Knoblauch eingelegt werden. Die Huren werden in grüner Sauce und Teig gebacken. Ihr werdet am Spieß gebraten werden. Und wir alle«, seine Hand ging über die anwesende Menge, die sich vor Lachen schüttelte, »werden den Dämonen und dem Teufel ein höllisch köstliches Festmahl sein.«

Lautstarkes Gejohle der Gäste folgte dieser Feststellung.

Als jeder satt war, ließ Cesare die jungen Frauen zusammenrufen, die alle die gleichen kurzen, weißen Kleider trugen. Zink zählte kurz durch: Fünfzig

Frauen hatte Cesare um sich versammelt. In allen Größen, Hautfarben und Körpermassen. Große und Kleine, Dicke und Dünne, Flachbrüstige und Frauen mit gewaltigen Ausmaßen. So gesehen, für jeden Geschmack war etwas dabei.

Auf Cesares Geheiß hin begann die Musik zu spielen, die Frauen begannen zu tanzen. Erst mit den Dienern, dann holten sie sich einen der Gäste nach dem anderen aufs steinerne Tanzparkett. Eine Weile dauerte es, dann waren alle Gäste in Bewegung. Alle männlichen zumindest. Wie Zink nicht entgangen war, waren fast alle Gäste Männer, jedoch drei Frauen hatte er gesehen, die nicht in Weiß gekleidet waren und die somit einen anderen Status hatten. Eine thronte in der Nähe des Papstes. Sie war etwa sechzig Jahre alt, immer noch sehr schön und hieß, wie Johannes Burckhard Zink auf dessen Frage wissen ließ, Vanozza de' Cattanei. Sie war die langjährige Kurtisane des Papstes und die Mutter Cesare Borgias. Sie betrachtete das Fest mit sichtlichem Vergnügen, ohne jedoch aktiv daran teilzunehmen. Die zweite, eine jüngere Frau, war die derzeitige Favoritin im Bett des Papstes, die dritte Frau die aktuelle Lieblingskonkubine ›Herzog Valentinos‹.

Auf eine weitere Geste Cesares hin ließen all die jungen, schönen Frauen plötzlich ihre weißen Kleider fallen und tanzten ab sofort komplett hüllenlos durch die Gemächer. Die Stimmung wurde immer aufgeheizter. Die Gesichter der Männer waren voller Gier und Geilheit und, je älter, desto gieriger und geiler. Die ersten

Männer konnten bereits nicht mehr an sich halten und begrapschten die Frauen, öffneten ihre Jacken, Mäntel und Hosen und begannen vor allen Gästen, den Akt zu vollziehen. Damit hatten sie jedoch Cesares Programmplanung offensichtlich vorgegriffen, denn ein lautes Klatschen der Hände des Gastgebers beendete die ersten koitalen Vergnügungen. Die drei Männer, die bereits mit erigiertem Glied hinter der Kurtisane ihrer Wahl gestanden hatten, bedeckten wieder ihre Blöße und nahmen ein paar Schritte Abstand, ohne im Mindesten peinlich berührt zu sein, wie Zink erstaunt feststellte.

Nun sollte der Höhepunkt des Festes folgen: Auf Cesares Geheiß stellten die Diener die schweren Kerzenleuchter auf den Fußboden, der Gastgeber hieß die fünfzig Kurtisanen sich hinzusetzen, nackt auf den bloßen Steinboden. Zink hielt, wie alle anderen Gäste, gespannt den Atem an. Was hatte sich ›Herzog Valentino‹ nur wieder ausgedacht. Er lachte laut.

»Sehr verehrte Gäste, wir spielen jetzt ein kleines Spiel. Zuerst spielen es nur die Damen auf dem Boden, dann dürfen alle mitspielen.«

Ein Wink, und Cesares Diener schütteten Kastanien auf den Fußboden, viele Kastanien. Rätselraten bei den Gästen. Was sollte das?

»Und bevor ihr euch weiter in Rätseln ergeht, zeigt euch meine kleine Freundin hier, wie unser Spiel geht.«

Die nackte, rotblonde Frau, die auch Zink zu Beginn

eingekleidet hatte und die offensichtlich Cesares zweite Favoritin war, begann, auf allen Vieren über den Boden zu krabbeln. Dann senkte sie den Kopf und biss in eine der auf dem Boden kullernden Kastanien. Sie hob den Kopf und schaute lächelnd in die Runde, während sie so tat, als würde sie an der Kastanie lutschen.

Die Gäste klatschten.

»Meine kleinen Freundinnen werden jetzt alle Kastanien aufsammeln«, fuhr Cesare fort. »Aber, es werden Punkte vergeben. Eine Kastanie mit dem Mund aufzuklauben, ergibt einen Punkt. Wer von euch gewinnen will, sollte sich aber etwas anderes einfallen lassen. Etwas, für das es zehn Punkte gibt!«

Die in das Spiel eingeweihte Frau versetzte nun die ganze Gästeschar in blankes Erstaunen, nicht nur Johannes Zink. Mit lasziver Pose setzte sie sich auf den Boden, genau auf eine Kastanie. Als sie aufstand, war die Kastanie verschwunden. Die Gäste applaudierten begeistert. Der Applaus steigerte sich noch, als Cesare zwischen ihre Beine griff und dort die Kastanie hervorholte.

»Auf geht's, meine Freundinnen«, gab er das Signal zum Start dieses merkwürdigsten Spiels, das alle Gäste dieses Fests wohl jemals gesehen hatten. »Ein Hinweis noch: Das Benutzen der Hände ist verboten!« Gelächter.

Eine geschlagene Stunde lang krabbelten die Frauen über den Boden, setzten sich in den gewagtesten Posen hin, kullerten die Kastanien durch den Saal.

Zufällig kam Cesare beim Durchstreifen der Festgemächer neben Zink zu stehen und flüsterte ihm lachend ins Ohr:

»Sind sie nicht entzückend, die Damen? Wie eine Schweineherde, die auf der Suche nach Futter ein Kastanienwäldchen durchstreift und sich dabei im Dreck suhlt.«

Er klopfte Zink freundlich auf die Schulter und ging weiter. Am Ende wurde unter den erschöpften Frauen eine Siegerin gekürt, die sich aus einer Auswahl feiner, teurer Gewänder eines als Siegespreis aussuchen durfte.

Das Fest war jedoch noch nicht vorbei.

»Jetzt wollen wir alle mitspielen«, feuerte Cesare seine Gäste an. »Wir gehen jetzt die Orte besuchen, die die Kastanien vor uns besucht haben.«

Und auch hier gab es Preise zu gewinnen. Für diejenigen unter den Gästen, die am häufigsten den Akt vollziehen konnten. Zink war ratlos, wusste nicht, ob er mitmachen oder zusehen sollte. Er misstraute den Borgias soweit, dass er sich erpressbar machen würde, wenn er mittäte. Andererseits, wenn er abseits stehen bleiben würde, machte er sich verdächtig und würde vielleicht nicht mehr eingeladen werden.

So nahm er sich eine Frau blindlings aus der Menge, vollzog den Akt so schnell, aber gleichzeitig so öffentlich, dass jeder ihn sehen konnte, dann knotete er seinen Seidenmantel wieder zu und nahm einen großen Becher Wein. Er wartete gemeinsam mit ein paar anderen Männern, die bereits fertig waren, auf das Ende der Orgie. Während er sich umsah, bemerkte er, dass Papst Alexander das Fest anscheinend schon verlassen hatte. Sein Platz, wie auch der seiner Kurtisane, war bereits leer.

Langsam verloren sogar die Räucherkerzen ihre Wirkung. Der anfängliche angenehme Duft des beginnenden Festes war einer weit unangenehmeren olfaktorischen Mischung gewichen. Der Schweiß kopulierender alter Männer, vermischt mit dem Geruch von Erbrochenem und anderen Ausscheidungen, die dieser Exzess mit sich gebracht hatte, ließen nicht nur Zink hoffen, das Fest möge bald beendet sein. Sie mussten sich jedoch noch eine Weile gedulden, einige Gäste schienen unersättlich zu sein. Erst gegen Mitternacht kam langsam Ruhe in den Berg aus nacktem, verschwitztem Fleisch, den Beinen, Brüsten und Schenkeln. Das Lachen und lüsterne Seufzen wurde leiser, bis es beinahe ganz erstarb.

Cesare saß in einem thronähnlichen Sessel, er hatte sich beim letzten Spiel vornehm zurückgehalten und sein Vergnügen aus dem Zusehen gezogen. Er rief einen der Kardinäle, die bis zuletzt mitgemacht hatten, und überreichte ihm unter großem Gelächter aller Anwesenden ein Paar teure Schuhe.

»Das soll Euer Preis sein, falls Ihr noch laufen könnt.«

Schließlich war das Fest vorbei. Als Zink Anstalten machte, nach Hause zu gehen, hielt ihn Cesare Borgia am Arm fest.

»Und, hat dem Fuggerfaktor unser kleines, privates Fest gefallen?«

Zink nickte. Seine Augen glühten.

»Ganz erstaunlich.«

»Viel habt Ihr nicht mitgetan?«

»Ich bin Kaufmann, kein Lustmolch.«

Cesare grinste. »Ihr seid sehr berechnend, wisst genau, was Ihr wollt, so glaube ich. Ihr seid zwar neu in Rom, aber ich werde Euch im Auge behalten. Ihr seid klug und gefährlich. Eine unübertreffliche Kombination.«

Zink grüßte höflich und verließ Cesare Borgias Gemächer.

9

Mit Melchior von Meckau verband ihn mittlerweile eine regelrechte Freundschaft – eine seiner wenigen –, auf der Basis gegenseitiger Schlitzohrigkeit. Der Bischof verbrachte immer weniger Zeit in Brixen und immer mehr Zeit in Rom. Regelmäßig luden Zink und er sich gegenseitig zu Schlemmereien und Gelagen ein. Bei diesen Gelegenheiten war sich Johannes Zink immer seiner Unterlegenheit bewusst, was das Domizil betraf. Der Brixener Bischof residierte angemessen, Zink jedoch nur in einem kleinen Haus in der Nähe der Fuggerbank. Die ersten Monate hatte er gar unter dem Dach der Fuggerbank gehaust, bis der Umfang der Geschäfte und Gespräche, die doch mehr Diskretion erforderten, diesem Zustand ein Ende bereitet hatte. Mittlerweile war Zink auf der Suche nach einem, auch für den Faktor der Fugger, wahrhaft standesgemäßen Logis. Obgleich er wusste, das würde in Rom sehr teuer werden.

Zink überbrachte Melchior von Meckau bei diesen Treffen immer gute Nachrichten in Bezug auf den Kontostand, den jener dann häufig noch mit einem Säcklein Goldmünzen postwendend erhöhte.

»Ach, lieber Zink«, seufzte er bei einer dieser Gelegenheiten.

»Seele und Leib wollen gleichermaßen gestreichelt sein, sind doch beide Gottes Werk.«

Zink nickte, stopfte sich noch eine Wachtel ins hungrige Maul und ließ einen Krug Falerner hinterherlaufen.

»Wie gefällt mir Rom doch viel besser als Brixen«, lästerte von Meckau weiter, mit vollen Backen kauend. »Keine neidischen Blicke, hier sind selbst die Prälaten so gut gemästet, dass sie einen in Frieden lassen.«

»Nur unser feiner Dresdner Stollen fehlt uns hier«, zollte Zink der Erinnerung an ihr erstes geschäftliches Treffen Tribut. Beide grinsten sich an wie zwei Lausbuben, die dem Pastor einen Frosch in den Kragen gesetzt hatten.

Eines schönen Frühlingstages, beide saßen im Patio von Melchior von Meckaus Villa und genossen die ersten wärmenden Strahlen der römischen Frühlingssonne, verkündete Melchior von Meckau seinem Bankier:

»Mein lieber Zink, ich werde jetzt für einige Zeit mit den Einzahlungen aussetzen.«

Der schwieg bestürzt, bis der Brixener Bischof ihn aufmunterte.

»Nein, es ist nichts Dramatisches passiert. Ihr seid immer noch in meiner Gunst. Ganz im Gegenteil. Ich werde demnächst die Kardinalswürde erhalten. Dann kann ich mich wirklich und wahrhaftig in Rom niederlassen.«

Der Fuggerfaktor witterte sofort ein Geschäft.

»Wenn Ihr dabei Unterstützung benötigt, lieber Bischof, lasst es mich wissen.«

»Danke, Zink, aber ich habe schon alles in die Wege geleitet. Nur die zwölftausend Gulden, die mich die Ernennung kostet«, Zink nickte anerkennend ob dieses Schnäppchenpreises, »die kriegt Ihr nicht zu sehen. Aber sobald ich mich im Kardinalsnest eingerichtet habe – aber wem sage ich das –, werden meine Einkünfte umso stärker zu Euch fließen.«

Die beiden Männer schüttelten sich in aller Freundschaft die Hände, wobei der Brixener Bischof noch anmerkte:

»Wenn ich es recht überlege, mein lieber Zink, dann könnt Ihr doch etwas für mich tun.«

»Was immer in meiner Macht steht«, erwiderte dieser schmeichelnd.

»Im Vergleich zur Garderobe des Papstes, die lediglich aus einem weißen Scheitelkäppchen, weißen Strümpfen und einer weißen Soutane besteht, kommt mich die Erstausstattung als Kardinal teuer zu stehen. Ich habe mir sagen lassen, dass allein der rote Kardinalsrock mit der roten Seidenbordüre und den in Handarbeit gesäumten Knopflöchern ein kleines Vermögen kostet. Dazu benötige ich ein Chorhemd aus Spitzen, eine Mozzetta, ein Pileolus sowie Zingulum und Birett*. Und als wäre das alles nicht genug, müssen alle Kardinäle seit der vom seligen Papstes Paul dem Zweiten erlassenen Kleiderordnung auch noch weiße Socken tragen.«

Zink grinste bei der Vorstellung, den wohlbeleibten Bischof im flammend purpurroten Kardinalsrock mit weißen Söckchen herum spazieren zu sehen. Das Grinsen verging ihm jedoch sogleich, als ihm einfiel, dass er diese teure Garderobe höchstwahrscheinlich finanzieren sollte. Denn um genau das bat ihn Melchior von Meckau mit größter Selbstverständlichkeit. Und mit der gleichen Selbstverständlichkeit erfüllte Johannes Zink diesen Wunsch. Er wusste, es würde hundertfach zurück kommen.

Bereits Ende Mai, nur drei Wochen, nachdem er dies verkündet hatte, wurde Melchior von Meckau, zunächst

* Ein Schulterumhang aus Seide, ein rundes Käppchen aus Moiré-Seide, eine um den Bauch gebundene Schärpe sowie eine Kopfbedeckung mit drei Hörnern und einer Quaste (Anm. d. Autors)

›in pectore‹, also im Geheimen, zum Kardinalspriester erhoben. Allerdings sollte es noch vier Jahre dauern, bis er ganz hochoffiziell als Kardinal bestätigt wurde.

Einer der wenigen, die darüber Bescheid wussten – und wissen durften, war Johannes Zink. So schaute er auch pflichtschuldigst in Melchior von Meckaus Domizil in Rom vorbei, um zu gratulieren und dem frischgebackenen Kardinalspriester seine Aufwartung zu machen.

»Hört, Zink«, eröffnete dieser das Gespräch einmal ganz informell.

»Was ich Euch jetzt sage, habt Ihr nie gehört, versteht Ihr: NIE! Und erst recht nicht von mir!«

»Was habe ich nie gehört?« Zinks Grinsen ging von einem Ohr zum anderen.

»Dass der Papst eine neue Münze suchen möchte. Er ist unzufrieden mit den Medici, die seit Jahren die päpstlichen Münzen prägen. Sie sind zu teuer und er hält sie für unzuverlässig.«

Zink wusste genau, warum.

»Weil sie so korrekt abrechnen, dass dem Heiligen Vater kein Diebstahl nachzuweisen ist?«

»Sei's drum, aber das ist Eure und der Fugger große Chance, in die päpstlichen Finanzen einzusteigen. Alles andere bisher ist lediglich Klimpergeld im Klingelbeutel.«

»Nun gut, schade, dass ich es nicht gehört habe«, beendete Zink das Gespräch. »Und danke, dass Ihr es mir nicht gesagt habt.«

Melchior von Meckau lachte lauthals.

»Ihr seid so durchtrieben, da muss sich selbst der Papst in Acht nehmen.«

Bereits zwei Tage danach erhielt Johannes Zink eine neue Audienz bei Papst Alexander VI. Diesmal war er gut vorbereitet. De Doffis hätte ihm auch gar nicht mehr helfen können. Der war im Frühjahr, kurz nach Zinks erster Papstaudienz, an einem Schlaganfall plötzlich verstorben. De Doffis hatte keine Verwandten, hinterließ aber eine Menge Geld und Besitztümer. Nicht so viel, dass es öffentliches Aufsehen erregt hätte, aber doch genug, dass einige Menschen ein begehrliches Auge darauf richteten.

Aber zuerst stand die Verhandlung über die päpstliche Münze an. Zinks Taktik war so simpel wie Erfolg versprechend: Er würde dem Papst einfach einen größeren Anteil an den geprägten Münzen zugestehen, als die Medici dies in der Vergangenheit getan hatten. Ohne einen Diebstahl zuzulassen. Dafür durfte die Fuggerbank die Darlehen an den Papst besser, also höher verzinsen. Allen war gedient. Der Papst hatte sofort und gleich mehr Goldmünzen aus eigener Prägung zum Verprassen zu Verfügung. Und das päpstliche Schuldenbuch bei der Fuggerbank wuchs und wuchs.

Auch wenn Zink diesmal noch keinen Alleinanspruch für die päpstliche Münze hatte durchsetzen können, ein Anfang dahin war gemacht.

Denn im Gegenzug, zur Tilgung der vatikanischen Schulden, hatte die Familie Fugger noch im gleichen Jahr ein Monopol beim Papst erwirkt. Mit Monopolen kannte sich Jakob Fugger aus, gilt er doch bis heute als der Erste, der erfolgreich eines aufgebaut hatte. Dieses neue Monopol war allerdings ein anderes: Ein geistliches!

Johannes Zink und die Fugger verwalteten mittlerweile das gesamte ›Gnadenwesen‹ in Deutschland, Skandinavien, Polen und Ungarn. Kein kirchlicher Titel war mehr zu haben, ohne auf die Fürsprache der Fugger angewiesen zu sein.

Und Johannes Zink saß wie die Spinne mitten im Netz, verhandelte und schacherte mit Kirchentiteln aller Art.

So entwickelte sich dieser Sommer für Johannes Zink und die Fugger überaus erfreulich. Nachdem Papst Alexander VI. endgültig und völlig eingewickelt worden war – das gute Verhältnis Zinks zu Cesare Borgia war dem ja beileibe nicht abträglich –, ging Zink diskret daran, sich das Erbe de Doffis' zu sichern. Mittlerweile hatte nämlich Papst Alexander mitbekommen, dass da ein größerer Besitz urplötzlich herrenlos geworden war. Und, da de Doffis Kleriker gewesen war, hatte er selbstverständlich sofort seine gierigen Finger danach ausgestreckt.

Da tauchte plötzlich, wie aus dem Nichts, ein Testament auf. Ein sehr eindeutiges dazu. De Doffis vermachte all sein Geld seinem langjährigen Arbeitgeber, der Firma Fugger. Dazu musste das Geld nicht einmal großartig bewegt werden, da de Doffis es sowieso bei Fugger angelegt hatte.

»Wenn ich das Geld bei mir selber anlege«, so hatte de Doffis zu Lebzeiten gerne gescherzt, »dann kann ich mit mir selbst den vorteilhaftesten Zinssatz aushandeln.«

Damit war jetzt natürlich Schluss, das Kapital wanderte mit einem Federstrich vom Einlegerbuch ins Stammbuch. Und, Wunder über Wunder, seine schöne Villa mitsamt seinem restlichen römischen Besitz vermachte de Doffis … seinem Nachfolger als Faktor der Fuggerbank: Johannes Zink!

Dieses Domizil in bester Lage, dazu gehörten zudem gleich mehrere Olivenhaine, war etwas, was sich der sparsame Schwabe Zink niemals gekauft hätte, niemals hätte sich leisten können, zumindest zu diesem Zeitpunkt.

Das vornehme Haus war, im Gegensatz zu vielen Stadthäusern reicher Kaufleute, die zur Sicherheit ihrer Bewohner und deren Warenlager eher wie Burgen aussahen und oft im Erdgeschoss nicht einmal Fenster besaßen, geschnitten wie eine altrömische Villa: Offen, luftig, mit zwei geräumigen, schattigen Innenhöfen, einem imposanten Giebel und einigen prächtigen Arkadengängen. Nur ein runder Eckturm mit Zinnen verriet ein klein wenig Wehrhaftigkeit. Der weite, gut angelegte Garten, der zudem einen eigenen Brunnen besaß, ließ nach allen Seiten Raum.

Johannes Zink hatte mit dem Diebstahl dieser Villa einen weiteren, wichtigen Schritt heraus aus der schwäbischen Enge getan. Er liebte die großzügigen Räume seines neuen Domizils, die teuren Möbel aus schwerem Holz, die handgewirkten Teppiche.

»Nie mehr im trüben Licht der Kienspäne lesen«, war einer seiner ersten Gedanken gewesen, nachdem er die massiven, in allen Wohnräumen von der Decke hängenden eisernen Lüster bewundert hatte. Ob er sich die Unmenge Kerzen würde leisten können, die dafür benötigt wurden, interessierte in diesem Moment nicht. So genoss er es und startete sogleich seinen Einzug in die De-Doffis-Villa.

Jeder im Dunstkreis der Fugger, wie auch der Kurie, wusste Bescheid, dass diese dreiste Fälschung des Testaments von Zink persönlich angeleiert worden war. Jeder, sogar der Papst. Aber der konnte sich auf einmal nicht mehr beschweren, geschweige denn, Zink zur Ordnung rufen. Denn Mitte August des Jahres war Papst Alexander VI., verruchtester Papst vor und nach seiner Zeit, der korrupte, intrigante Lebemann aus der Familie der Borgia, tot. Kurz, bevor er seine und Cesares Pläne in die Tat hatte umsetzen können, den Kirchenstaat in einen vererblichen Staat der Familie Borgia zu machen. Seine Diener erzählten sogleich Geschichten von einem Teufel, der mit Gewändern und Insignien des Papstes in den letzten Tagen durch die Gänge des Vatikans gehuscht sei. Dämonisch habe dieser sie angerufen: »Ego sum Papa!« – »Ich, der Teufel, bin der Papst!« Die Gerüchteküche kochte über. Alexanders Leichnam sei schwarz und aufgedunsen, mit aus dem schäumenden Mund hervortretender Zunge. Er sähe so dämonisch und fürchterlich aus, dass niemand vom Hofstaat ihn zu berühren wagte. So hätte man ihm schließlich ein Seil um die Füße gebunden und ihn würdelos ins Grab hinein geschleift. Aufgrund der Umstände des Todes machten sofort Gerüchte über einen Giftanschlag die Runde.

Zink indes machte Scherze über den vermeintlichen Giftmord.

»Ich habe damit nichts zu tun. Ich war auf der Reise nach Augsburg.«

Tatsächlich war er gerade bei Jakob Fugger zu Besuch gewesen, um diesen von dem erfreulichen Testament seines alten, verstorbenen Faktors in Kenntnis zu setzen. Aber allein die Tatsache, dass Zink Scherze über den angeblichen Giftmord des Papstes machte, unterstrich, dass man ihm in Rom mittlerweile so einiges zutraute. In dem Wirrwarr um die Untersuchung des Todes von Papst Alexander und der Regelung seiner Nachfolge, mit dem Konklave und allen Nebenerscheinungen, geriet die Testamentsanfechtung des Heiligen Stuhls zuerst in den Hintergrund, dann in Vergessenheit.

Als kurz darauf aus dem Wettstreit zwischen französischen, italienischen und spanischen Kandidaten ein gichtiger, bereits todkranker Kardinal, der bürgerlich Francesco Todeschini Piccolomini hieß, hervorging, der im Monat darauf als Pius III. zum Papst gekrönt wurde, hatte Johannes Zink bereits de Doffis feudale Villa bezogen. Den neuen Papst, der ein weitgehend rechtschaffener, deutschfreundlicher und als nicht korrupt bekannter Humanist war, lernte er erst gar nicht näher kennen, denn nach nur gut drei Wochen im Amt war auch Pius III. wieder tot. Alle hochrangigen Gauner Roms atmeten auf, als dieser offensichtliche Fehler des Konklaves von der Natur so schnell korrigiert worden war.

Aber so recht wollten die Kardinäle nicht schon wieder ins Konklave einziehen. Zu sehr hielt sie die mühsame Papstwahl von ihren alltäglichen Tätigkeiten ab. Die Tüchtigen von der Arbeit für Gott, die anderen vom Prassen, Saufen und Herumhuren. Und ein jeder wollte schnell wieder zu seiner Tagesordnung übergehen. So ging denn auch das nächste Konklave in die Geschichtsbücher ein: Als das kürzeste aller Zeiten. Am letzten Oktobertag versammelten sich die Kardinäle, und als der Morgen des ersten November graute, nach weniger als vierundzwanzig Stunden, war der aus ärmlichen Verhältnissen stammende, bereits sechzigjährige Giuliano della Rovere zum Papst gewählt. Er nannte sich Papst Julius II.

Wenngleich die Wahl schnell und eindeutig gefallen war, nur die wenigsten der Kardinäle wussten genau, wen sie sich da ins Nest gesetzt hatten. Einige sollten sich noch sehr wundern. Zink hatte bereits während des Konklaves zur Wahl Pius' III. reichlich Fuggergelder fließen lassen. Der Vatikan hatte nicht einmal ausreichend Geld zur Verköstigung der Kardinäle, so gründlich hatten die Borgias die Finanzen der Kurie ruiniert. Auch wenn das Konklave Ende Oktober sehr kurz war, nicht nur der neue Papst wusste, wer ihn unterstützt hatte. Der päpstliche Kämmerer hatte seine diskrete diplomatische Beziehung zur Fuggerbank genutzt, um dem Faktor die finanziellen Notwendigkeiten und Wünsche der Eminenzen, die den Papst wählten, beizeiten zukommen zu lassen. Alles in allem hatte Johannes Zink sich die Wahl Guilano della Roveres satte viereinhalbtausend Gulden kosten lassen. Eine Investition, die sich hoffentlich auszahlen sollte …

10

Zur Gewinnung neuer Kunden ließ sich Johannes Zink immer wieder etwas Neues einfallen. Kardinäle und Bischöfe schätzten die Verschwiegenheit seiner ergaunerten De-Doffis-Villa in der Nähe des Tibers. Die geschlossenen Hofmauern und der weiträumige, dicht bepflanzte Garten ließen den Straßenlärm der Stadt nicht durchdringen. Auch der Gestank der Kloaken blieb hier außen vor, anders als in den großen Mietshäusern, den Insulae, die bereits in der Nachbarstraße die Straßen in grottenartige, düstere Gassen verwandelten.

Dort wollte er in Zukunft seine Geschäfte abwickeln, für die die Faktorei am Rione di Ponte zu lärmig und indiskret war. Damit seine Kunden nicht gezwungen waren, auf dem Weg zu seiner Villa den Weg zu gehen, der sich bei Schlechtwetter in einen sumpfigen Morast verwandelte, ließ er zuerst alle Zugänge und Zufahrten zur De-Doffis-Villa trockenlegen und pflastern. Erst dann konnten die Geschäfte in seiner repräsentativen Wohnstätte wirklich beginnen.

Zu seinen geheimen Einlegern gehörten mittlerweile neben Kardinal Peraudi unter anderem der einflussreiche Kardinal Alessandrino sowie der päpstliche Datar Fazio Santori.

Bald hatte unter den potenziellen Geldanlegern die Kunde die Runde gemacht, dass man dort auch, quasi als direkte Verzinsung für seine Einlagen, geheimen Lüsten frönen konnte. Und je geheimer, desto besser, weil man ja noch nicht wusste, was der neue Papst davon halten würde. Zink hatte schnell gelernt, welche monströsen Laster manche Menschen besaßen. Laster, die sich gut in klingende Münze umsetzen ließen.

Zudem Cesare Borgia im Vatikan nun nicht mehr gut gelitten war und dort nach Papst Alexanders Tod – nur zeitweilig, wie viele hofften – keine derartigen Feste mehr stattfanden.

Es gab Kunden, die ließen es mit Völlerei bewenden, fraßen sich dabei so voll wie einst bei römischen Orgien, ließen sich, genau wie damals, mit einer Feder am Gaumen kitzeln, erbrachen das eben Gefressene und fraßen gleich wieder weiter. Zink ließ Tänzerinnen und Tänzer auffahren, Sänger, Gaukler und Narren; immer das, was das hochwohlgeborene Publikum wünschte. Für diese Darbietungen fanden sich nach einer Weile regelmäßige Gruppen zusammen, die es sich gemeinsam in Zinks Tempel des Wohllebens gutgehen ließen. Das Versprechen, das Zink jedem seiner Kunden gegeben hatte, dass sie hier nur auf Gleichgesinnte und gleichermaßen das Zinsverbot Umgehende treffen würden, hatte zur Folge, dass diese bald alle Vorsicht vergaßen und alle Hemmungen fallen ließen. So weit, dass es bald erste Einzelsitzungen gab.

Der erste Kardinal, der Zink seine geheimsten Sehnsüchte beichtete, kam aus einer der ältesten Familien Roms. Girolamo di Selvio war im besten Kardinalsalter, was in der Zeit der Renaissance Ende dreißig bedeutete. Groß gewachsen, mit pechschwarzen, dichten Haaren, einer Hakennase, blaugrauen Augen und rotgeäderten Wangen, war er eine durchaus markante Erscheinung. Als jüngster Spross war ihm das Familiengeschäft vorenthalten und die geistliche Laufbahn beschieden worden. Eines kühlen Herbsttages – gleich nach Papst Alexanders Tod – erschien er bei Zink.

»Ich habe gehört, bei Euch sei mein Geld in guten, wachstumsfördernden Händen?«

Zink lächelte.

»Wo habt Ihr das gehört, Euer Exzellenz?«, fragte er misstrauisch nach, da er den neu bestellten Kardinal noch nicht einschätzen konnte. »Glaubt Ihr etwa, ich würde das päpstliche Zinsverbot umgehen?«

Vorsicht war hier immer angesagt. Di Selvio nannte daraufhin ein paar Namen von Zinks meistgeschätzten Kunden, um auf diese Weise sein Misstrauen zu zerstreuen. Zink grinste und setzte seinen berühmten Gesichtsausdruck auf: Freundliche Miene mit stechendem Blick.

»Und was kann ich für Euch tun, Exzellenz?«

»Ich hätte ein paar Gulden, die keine Heimat haben. Wie ist Euer Angebot?«

»Um wie viele heimatlose Gulden handelt es sich?«

Di Selvio sagte es ihm.

»Dafür erhaltet Ihr vier Prozent pro Jahr.«

Der Kardinal schüttelte den Kopf.

»Die Medici zahlen fünf.«

Zink erwiderte:

»Vielleicht, vielleicht auch nicht. Und was glaubt Ihr, warum immer mehr Geld bei unserer Fuggerbank angelegt wird? Wir zahlen die Zinsen erstens pünktlich aus. Zweitens bleibt bei uns der Deckel auf dem Topf drauf, was bedeutet, dass es außer Eurem Schuldschein keinen Beweis für die Existenz des Geldes gibt. Wenn Ihr es denn so wollt. Und drittens …«, hier stockte er kurz.

»Ja, was wäre drittens?«, fragte der Kardinal nach.

»Drittens könntet Ihr Euch bei nächster Gelegenheit schon einen Abschlag auf Eure Zinsen abholen. Sagt mir nur, was Ihr Euch vorstellt.«

Der Kardinal überlegte kurz und sagte es ihm.

Eine Woche später öffnete Zinks Diener die Tür für einen Mann, der unter seinem Umhang mit der weit geschnittenen, schwarzen Kapuze nicht zu erkennen war. Zink hieß ihn willkommen und entließ den Diener.

»Habt Ihr das Geld dabei?«

Der Mann löste einen Lederbeutel von seinem Gürtel und warf ihn dem Fuggerfaktor zu. Der lächelte.

»Das ist aber mehr als besprochen.«

»Ich dachte mir, wenn schon, denn schon.«

Zink nickte.

»Es ist alles bereit, wie Ihr es mir erklärt habt.«

Und er wies auf eine Tür.

»Dort geht hinein. Aber lasst Euch vorher noch die Augen verbinden.«

Der Kardinal wollte protestieren, musste sich aber dann eingestehen, dass dies die Spannung nur erhöhen würde. Zink knotete die Binde nicht zu fest, dann nahm er di Selvio beim Arm und führte ihn zur Tür, öffnete diese und ließ ihn hineingehen. Dann schloss er die Türe und wartete.

Hinter der Tür, in dem kleinen Raum, in dem der Kardinal jetzt stand, herrschte totale Dunkelheit. Die Augenbinde wäre gar nicht notwendig gewesen. Kurz zögerte der Kardinal. Was würde nun geschehen? Er wartete voller Spannung. Erregung zog, beginnend in der Magengegend, durch seinen ganzen Körper. Da, ein Geräusch! Dann eine Hand, die am Seil seiner einfachen, leinenen Kutte nestelte, die er sich für diesen Anlass angezogen hatte. Sonst liebte er prunkvolle Gewänder, aber hier wäre dies unpraktisch gewesen. Endlich war der Knoten gelöst. Er streifte sich die Kutte von den Schultern. Darunter war er nackt. Die Hand zog ihn am Arm hinunter. Er fühlte ein Möbelstück, eine Art Liege oder Sofa. Er setzte sich. Die Hand – oder war es eine andere Hand, drückte seine Schultern hinunter. Er legte sich lang. Ja, mittlerweile waren es zwei Hände. Nein, drei, vier, fünf, sechs Hände, die ihn überall streichelten und liebkosten. Seine Erregung stieg ins Unermessliche. Vor allem, nachdem er registriert hatte, dass Zink seine Wünsche aufs Präziseste umgesetzt hatte: Es waren Kinderhände, ob Jungen oder Mädchen, konnte er nicht sagen. Das war ihm gleich. Er hatte immer schon eine Schwäche für Chorknaben gehabt, aber hier, im Dunkeln, war es ihm gleich. Die Hände fuhren an seinen Armen entlang, den Beinen, den Innenseiten seiner Schenkel, schließlich griffen sie sein stark erigiertes Glied und begannen zu reiben. Eine Hand knetete sein Skrotum. Eine Hand strich über sein Gesicht, zwängte sich in seinen Mund. Er begann, an den kindlichen Fingern zu saugen, während in anderen Teilen seines Körpers die Lust pochend emporstieg und sich auf ihre Entladung vorbereitete. Sich völlig hilflos und ausgeliefert fühlend, hatte er noch nie solch ein Vergnügen empfunden. Er ließ sich treiben und kam nach kurzer Zeit bereits zum Höhepunkt. Aber weiter und weiter ging die Zeremonie.

Stunden später, Zink war schon verwundert, wie lange di Selvio durchhalten würde, kam der völlig erschöpfte und nass geschwitzte Kardinal durch die Türe gewankt. Die Kutte halb offen, schien es ihm völlig gleich zu sein, ob Zink sein immer noch halb erigiertes Glied sehen konnte. Ohne ein Wort zu sagen, wankte Girolamo di Selvio zum Büffetschrank an der Wand, nahm einen großen Krug Wein und stürzte diesen hinunter. Dann grinste er Zink schelmisch an.

»Mein lieber Zink, was Ihr mir da präsentiert habt, rechtfertigt beinahe jeden Unterschied im Zinssatz. Wenn mein Geld bei Euch so gut aufgehoben ist wie meine geheimen Begierden, dann werden wir sicher gute Freunde werden.«

Johannes Zink lächelte, ging zum Kardinal hin, richtete dessen Kutte etwas her, zog sie vorne zu und legte diesem die Hand auf die Schulter.

»Mein lieber Girolamo – wenn Euer Exzellenz diese vertrauliche Anrede gestatten –, natürlich sind alle Eure Geheimnisse, pekuniäre wie seelische, bei mir in besten Händen.«

Er schenkte di Selvio einen dieser tiefblauen Blicke, für die ihn Jakob Fugger so bewunderte und führte ihn zu einer Bank, die neben einem mit Obst und Süßigkeiten prall gefüllten Tisch stand. Mit der rechten Hand wies er auf die Köstlichkeiten auf dem Tisch.

»Lasst Euch nieder, stärkt Euch noch ein wenig, bevor Ihr nach Hause geht. Und denkt daran: Ihr seid mir immer willkommen!«

Kardinal di Selvio dankte, griff kräftig zu und verließ die Villa mit einem seligen Lächeln auf dem durchtriebenen Gesicht – und der festen Absicht, Zink regelmäßig zu besuchen.

Im Laufe der Monate hatte Zink sich einen üppigen Fundus an zwielichtigen Gestalten zugelegt, die für bare Münze seine Unternehmungen unterstützten und seinen Kunden Vergnügen bereiteten. Gleich, welcher Art diese Vergnügungen waren. Prostituierte aus dem Hafenviertel, mager oder fett. Weiße oder Nubierinnen, auch junge Männer oder unschuldig aussehende Mädchen, sie alle fanden über Vermittler den heimlichen Weg in Zinks Haus der Lüste. Bei ausgefalleneren Wünschen wie Chorknaben oder jungen Nonnen mussten Zinks Kunden bisweilen selbst bei der Beschaffung behilflich sein. Auf eines achtete Johannes Zink aber peinlich genau: Sich selbst nicht kompromittieren zu lassen. Mehr als einmal war er von Kunden aufgefordert worden, doch mitzutun im lustvollen Miteinander. Er lehnte grundsätzlich ab. Wenn er seinen Trieben nachgab, dann still und heimlich, unter vier Augen. Ohne dass Kundschaft im Haus war …

11

Das Abreagieren seiner Triebe hatte für Johannes Zink nichts mit Liebe zu tun. Das war für ihn ein Fremdwort, etwas für Schwächlinge, die sich solcher Gefühle nicht erwehren konnten. Gefühle beeinträchtigten das Urteilsvermögen und die Menschenkenntnis, des waren sich Zink und sein Herr Jakob Fugger seit jeher einig gewesen. Und dieses Einverständnis war von Anbeginn an eine gewichtige Grundlage ihrer gemeinsamen Arbeit gewesen. Die ersten Liebeserfahrungen bei Meuting hatten ihm gereicht. Er hatte sofort gemerkt: Sobald Gefühle mitspielen, wird es früher oder später Ärger geben. In der Regel kostspieligen Ärger. Seit Johannes ins rechte Alter dafür gekommen war, hatte er daher auch sein Liebesleben auf eine kaufmännische Basis gestellt.

Für die Lust gab es die ›puttana‹, die gewöhnlichen käuflichen Huren, die besser gestellten Herren leisteten sich bisweilen eine ›cortigiana‹, in der höchsten Stufe die ›cortigiana onesta‹, die auch als offizielle Gespielin und Gesellschaftsdame dienen konnte.

Im öffentlichen Leben Roms spielten beide Frauengruppen eine gewichtige Rolle. Sowohl zur Befriedigung der ewig lüsternen (Kirchen-)Männer wie auch zur Unterhaltung auf der Straße. Immer wieder versuchten Mönche – teils naiv, teils fanatisch –, die Liebesdienerinnen öffentlich zu bekehren, was dann meist in ein grandioses Straßentheater ausartete, an dessen Ende entweder der Mönch gedemütigt davonschlich oder eine bis mehrere puttana öffentlich ausgepeitscht wurden. Je nachdem, wer sich am lautesten im Ton vergriffen hatte.

Jedoch verglichen mit dem sonstigen Volk, das in Rom sein Unwesen trieb und bei so manchen Priestern während der Beichte für rote Ohren sorgte – Falschmünzer, Frauenschänder, Sodomiten, Häretiker, Hexenmeister, Ehebrecher und -innen, Giftmörder und andere Todsünder, waren die meisten puttana und cortigiana harmlose Weibsbilder.

Zink bevorzugte bei seinen seltenen Ausflügen in die käufliche Liebe eindeutig die puttana. Diese stellten weniger Fragen, hatten geringere Ansprüche und bekamen letzten Endes auch viel weniger Geld für ihre Liebesdienste. Wenngleich er die mühsamen Versuche der Frauen, sich mittels Zwiebeln, geschmolzenem Bienenwachs oder Seetang vor einer ungewollten Schwangerschaft zu schützen, manchmal so abstoßend fand, dass er es dann gleich sein ließ.

Ansonsten traf er sich geschäftlich ausschließlich mit Männern, Frauen hatten in seinem Kosmos keinen Platz, außer als Liebesdienerinnen.

Auf die Frau in bereits fortgeschrittenem Alter, mit aristokratisch anmutendem, ovalem Gesicht und einer langen, schmalen Nase, unter der ein kleiner, schön geformter Mund saß, war er somit überhaupt nicht vorbereitet. Ohne Anmeldung erschien sie eines prächtigen Sommertags in seinem Arbeitszimmer in der Villa de Doffis, warf hochmütig den Kopf zurück und musterte den am Schreibpult stehenden Zink. Dann lächelte sie ihn an. Zink glaubte, noch niemals so einen verführerischen Blick geerntet zu haben und schmolz dahin vor dem Charme dieser fleischgewordenen Göttin. Er schaute die wunderschöne Frau an, die sicher schon an die sechzig Jahre alt war. Zum ersten Mal, soweit er zurück denken konnte, schien eine Frau unbeeindruckt zu sein vom Blau seiner Augen.

Sie trug ein um den Kopf gewundenes Tuch und strich sanft mit ihren Fingern über seine linke Schulter, während ihre leicht melancholisch wirkenden Augen träumerisch in die Ferne blickten. Durch die fast durchsichtige Seidenbluse konnte er ihre immer noch festen, großen Brüste mit den keck hervorragenden Nippeln erkennen.

Eine selten gewordene Erregung stieg auf in ihm.

Was geschah hier?

Wer war die Dame?

Was wollte sie von ihm?

Sie öffnete ihren sinnlichen Mund und fragte geziert: »Ihr seid Zink, der Faktor der Fugger? Der Mann, der etwas mit fremdem Geld anzufangen weiß?«

Plötzlich durchzuckte ihn die Erkenntnis. Die Stimme hatte er bereits einmal gehört. Mehr als einmal. Und das Gesicht erkannte er jetzt auch. Vom Kastanienball.

Vanozza de' Cattanei, eigentlich Giovanna de Candia, so hieß die Dame. Ach was, Dame, sie war die berühmteste cortigiana Roms, eine der wenigen ›cortigiana onesta‹, eine Mätresse im Stand einer Gesellschaftsdame, einer Hofdame. Und sie war nicht nur langjährige Mätresse des Papstes Alexander gewesen, sondern auch die Mutter seiner vier berühmtesten Kinder, von denen Cesare und Lucrezia Borgia später traurige Berühmtheit erlangen sollten.

Zink nickte. »Zu Diensten«, murmelte er verstört. Wollte die ehemalige Mätresse des Papstes bei ihm Geld anlegen? Als hätte Vanozza die unausgesprochene Frage Zinks gehört, legte sie einen fetten, prall gefüllten Lederbeutel auf den Tisch.

»Ich habe keine geheimen Gelüste, mit denen Ihr mich ködern könnt. Und auch Euer berühmter Verführerblick« – Zink senkte nun den Kopf, als fühle er sich ertappt, »wird bei mir wirkungslos bleiben. Ich bin eine alte Frau ohne Liebhaber«, sie lachte kokett, »und möchte nur den Rest meines Lebens nicht in Armut verbringen. Und möglichst ehrbar. Gebt mir also Euren besten Zinssatz und wir sind im Geschäft.«

Zink beeilte sich nicht, den Schuldschein auszustellen. So bald wollte er diese Kundin nicht loswerden. Sie genoss es sogar, wie er ihr unverhohlen auf die Brüste starrte. Schließlich nahm sie den Schuldschein mit dem Dreizack-Siegel der Fugger, steckte ihn in den Lederbeutel und sah Zink schelmisch an.

»Eins wäre doch noch, ich habe Euch nicht ganz die Wahrheit gesagt.«

Ihr Mund näherte sich dem Zinks, sie ergriff seine Hand und führte ihn in sein Schlafgemach. Mit einer Selbstverständlichkeit, die ihn völlig überraschte, hieß sie ihn an das prächtige, weiß bezogene Himmelbett herantreten. Als wäre sie schon einmal hier gewesen, fand sie sich hier zurecht.

›Wer weiß‹, dachte Zink in diesem Moment, ›vielleicht hat sie vor Jahren mit de Doffis …?‹ Ein anderer Gedanke war: ›Was soll ein Mann um die fünfzig mit einer Frau über sechzig anfangen?‹

Vanozza fegte Zinks zögerliche Vorbehalte jedoch entschlossen beiseite und entledigte sich und ihn schneller der wichtigsten Kleidungsstücke, als ihm lieb war. Und während sie sein erigiertes Glied ritt und ihn mit der ganzen langjährigen Erfahrung als Kurtisane zu höchster Lust trieb, hatte er das unbestimmte Gefühl, von ihr überrumpelt worden zu sein. Niemals zuvor hatte er solche Lust erlebt, nie zuvor geglaubt, dass es so etwas gäbe. Mit herzhaften Obszönitäten, kleinen erotischen Tricks und gewagten Stellungen trieb sie ihn von einer Ekstase zur nächsten. Als sie beide schließlich erschöpft Kopf an Brust lagen, keuchte seine neue Kundin nur: »Rodrigo hat mir immer gesagt, man solle das Geld lieben. Und die, die das Geld haben. Und da Ihr jetzt mein Geld habt, muss ich mich besonders um Euch kümmern.«

Innerhalb kürzester Zeit wurde Vanozza de' Cattanei nicht nur eine seiner einträglichsten Kundinnen. Sie behandelte ihn einerseits wie einen Ehemann, nicht nur mit ihren Liebesdiensten: Sie sorgte sich darum, dass er stets saubere Wäsche trug, sich die Füße wusch, nicht zu viel aß und trank. Andererseits versorgte sie ihn auch mit Informationen über die Schwächen und Laster der Kardinäle; viele von ihnen kannte sie ja noch aus ihrer aktiven Zeit an Papst Alexanders Seite. Zink zeigte sich erkenntlich, indem er ihre Bemühungen sichtlich genoss, zugleich ihr Geld fleißig vermehrte und sie – als einzige Frau in seinem ganzen Leben – mit Anstand behandelte.

Die puttana hingegen waren für eine Weile nicht mehr gesehen in der Villa de Doffis, zumindest nicht, um dem Hausherrn zu Diensten zu sein.

Nach einigen Monaten ihrer Bekanntschaft zeigte sie ihm einen Fetzen Papier.

»Ratet, lieber Johannes, was das ist.«

Zink wusste es nicht, es sah aber aus wie ein Schuldschein.

»Hast du Schulden von einem meiner Kunden übernommen?«, fragte er einfach ins Blaue. Vanozza lachte.

»Nein, aber es ist tatsächlich ein Schuldschein. Ein alter Freund von mir, Kardinal Girolamo di Selvio, hat ihn mir gegeben.« Sie schaute auf den Zettel. »Ein hübsches Sümmchen hat er bei der Fuggerbank angelegt.«

»Und warum bist du jetzt im Besitz seines Schuldscheins?«

»Er hat ihn mir anvertraut, weil er um sein Leben fürchtet. Er hat seine Triebe nicht mehr unter Kontrolle, treibt sich des Nachts in den wüstesten Vierteln Roms herum und sucht sich dort seine Lustknaben.«

Nicht dass Zink darüber verwundert war. Nur, schade war es schon um den stolzen, ansehnlichen Aristokraten aus einer alten Familie Roms. Er kannte diese Viertel, auch die Gegenden am Tiberufer, wo tagsüber die Treidler die Schiffe aus Ostia zogen, die Warenhäuser voll waren und die Gerber und Tuchwalker ihre stinkenden Werkstätten hatten. Jede Nacht verwandelte sich dieser Teil Roms in ein Panoptikum von Lust und Begierde. Sehr gefährlich, auch und besonders für reiche, aristokratische Lüstlinge.

»Und wer sollte ihm nach dem Leben trachten?«

»Auch die Lustknaben dort haben Beschützer. Und die versuchen häufig, die Kunden ihrer Knaben zu erpressen. Girolamo ist schon mehrmals erpresst worden, hat aber nie gezahlt.«

»Dann hoffe ich mal, dass es noch eine Weile gut geht. Hüte den Schuldschein wie deinen Augapfel und berichte mir, wenn es Neuigkeiten gibt.«

12

Papst Julius II., von vielen als integer und intelligent, aber letzten Endes als nicht durchsetzungsfähig erachtet, überraschte all seine Kritiker, indem er danach strebte, den Kirchenstaat wieder zu einer militärischen Größe zu machen. Auch sonst setzte er alles daran, der Ewigen Stadt seinen Stempel aufzudrücken. Wenn auch am Ende nicht so, wie von ihm geplant …

Guilano della Rovere war Papst Alexander schon zu Zeiten, als beide noch den Kardinalshut trugen – Alexander noch unter seinem natürlichen Namen Rodrigo Borgia – so feindlich gesinnt gewesen, dass er, aus Angst, vergiftet zu werden, nach Frankreich geflohen war. Unter die schützende Hand von König Karl VIII. Von dort aus hatte er sogar Anklage gegen Papst Alexander wegen Simonie erhoben.

Auf die Anhänger der Borgia kamen nach seiner Ernennung in Rom schwere Zeiten zu. Den Sohn von Papst Alexander VI. und Zinks Geliebter Vanozza, Cesare Borgia, ließ er zum Beispiel gleich gefangen nehmen und im Jahre darauf nach Spanien verbannen.

Am Grab Alexanders waren die üblichen Ehrbezeigungen bereits ausgeblieben, als hätten alle geahnt, dass es für das Einvernehmen mit dem Nachfolger besser wäre, den Eindruck zu erwecken, den Borgiapapst nicht zu gut gekannt zu haben.

Anfang des gleichen Jahres erhielt Zink die erste Einladung zu einer Audienz beim neuen Papst. Diesmal war er reicher an Erfahrung, er wusste genau, welches Auftreten für ihn vorteilhaft sein würde. Stramm, seriös und anständig würde er sich präsentieren, weder demütig noch prahlerisch.

»Zink, Ihr seid wie ein Chamäleon!«, hatte Jakob Fugger ihn jüngst verspottet, als er wieder einmal in Rom weilte, um nach dem Rechten zu sehen. Dabei war ihm aufgefallen, dass Johannes Zink mittlerweile die Fähigkeit, sich in Duktus und Haltung ganz nach seinem Gegenüber zu richten, zu unerreichter Meisterschaft entwickelt hatte.

»Was ist ein Chamäleon?«, hatte Zink zurückgefragt. Fugger hatte ihm dann dieses seltsame Lebewesen, das von Seefahrern aus Afrika mitgebracht worden war und je nach Laune und Umgebung seine Farbe ändern konnte, erklärt. Zink hatte gelacht.

»Was für ein sympathisches Tier!«

Der Papstbesuch unterschied sich gewaltig von dem Antrittsbesuch zwei Jahre zuvor. Aller Pomp war entfernt worden. Nüchternheit war eingekehrt im Vatikan.

Kardinal Peraudi war vor Kurzem von seiner längeren Deutschlandmission nach Rom zurückgekehrt und versuchte nun, sich für Zink und die Fuggerbank hinter den Kulissen einzusetzen.

Vergessen war jedoch anscheinend, dass Zink zur

Krönung Julius' II. feinste venezianische Tischtücher spendiert hatte sowie in Nähe der Fuggerbank zu Ehren des neuen Papstes einen Triumphbogen hatte errichten lassen.

»Wie gut war Er mit meinem Vor-Vorgänger, dem unseligen Simonisten aus dem Borgia-Clan?«, war die erste Frage, die ihm Julius II. entgegen schleuderte.

»Euer Heiligkeit, ich bin erst im Frühjahr vor dem Heiligen Jahr nach Rom gekommen, wie soll ich ihn also gut gekannt haben?«, erwiderte kleinlaut der Fuggerfaktor. Sein gutes Verhältnis zu Cesare Borgia wollte er am liebsten überhaupt nicht zur Sprache bringen.

»Aber Geschäfte habt Ihr schon gemacht mit ihm?«

»Natürlich, aber nichts Unredliches; nichts, was den Rahmen des Üblichen überschritten hätte. Sogar die Erlöse aus dem Gnadenwesen haben wir pünktlich verrechnet.«

Das war natürlich gelogen, zumindest grob untertrieben.

Markus Fuggers Karriere als Kirchenmann war nur mittels üppiger Bestechungsgelder so früh gestartet. Auch bei der Erteilung des Monopols für das Gnadenwesen war es nicht mit rechten Dingen zugegangen.

»Und die Münze, wie seid Ihr der Münze habhaft geworden?«

Julius war anscheinend nicht gewillt, die Fuggerbank so ohne Weiteres davonkommen zu lassen. Die Sonne schien, doch war gerade erst der Frühling in Sicht, und in den Gemäuern des Vatikanpalastes war es alles andere als lauschig warm. Dennoch begann Zink zu schwitzen. Wenn er diese Audienz vermasselte, wusste er nicht, ob es eine zweite Chance gäbe.

»Euer Heiligkeit, wir haben redlich gearbeitet und allzeit gute Rechnung geführt. Davon könnt Ihr Euch jederzeit überzeugen.«

Durch die Hartnäckigkeit dieser Beteuerungen und die Redlichkeit, die Zink ausstrahlte, wie auch die Tatsache, dass Markus Fugger inzwischen ebenfalls in Rom angekommen war, für die Kurie arbeitete und dort für Zink sprach, ließ der Papst sich schließlich überzeugen. Anscheinend war er über die Geschichte des Titelkaufs für den jungen Markus Fugger nicht informiert, oder er hatte es bereits wieder vergessen.

Er schickte Zink jedenfalls fort mit der Bitte, sich bereitzuhalten, mit ihm ebenfalls Geschäfte zu machen. Die Schulden seiner Vorgänger akzeptierte er anstandslos.

An einem trüben Novembertag wurde Girolamo di Selvio nackt aus dem Tiber gefischt. Tote im Fluss waren eigentlich alltäglich in der Stadt des Lasters, aber da es sich um einen Kardinal handelte, war der Wirbel beträchtlich. Der Mörder wurde jedoch nie gefunden. Zinks erster Weg nach dem Bekanntwerden des Mordes führte ihn zu seiner Geliebten.

»Gibst du mir di Selvios Schuldschein?«

»Der gehört Girolamos Familie«, insistierte Vanozza

mit einer Empörung, die, so war sich Zink sicher, zum Großteil gespielt war.

»Die wissen nichts davon«, beharrte Zink. »Das war Grundlage unseres Geschäfts. Ich habe ihm bei der Erfüllung seiner Laster geholfen, er hat sein Geld im Geheimen bei mir angelegt.«

»Dann willst du ihn bestehlen?« Zink wunderte sich, wieso Vanozza auf einmal moralische Bedenken hatte. Sie belehrte ihn jedoch gleich eines Besseren.

»Ein Drittel für mich, zwei Drittel für die Fuggerbank?«

Zink lächelte. Seine Augenlider zuckten kurz. Mit der Zunge strich er über seine Lippen.

»Abgemacht.«

Dass die Fuggerbank davon überhaupt nichts sehen sollte, musste er ihr ja nicht unter die Nase reiben.

Unbemerkt von seinem Arbeitgeber und der Familie seines Kunden riss er sich also die gesamte Einlage von Girolamo di Selvio unter den Nagel, wobei vereinbarungsgemäß ein Drittel auf das Konto seiner Geliebten wanderte.

Mit diesem gemeinsam begangenen Diebstahl endete aber auch das erotische Verhältnis zwischen Johannes Zink und Vanozza de' Cattanei. Zu alt sei sie für die Liebe geworden, erklärte ihm die dreiundsechzigjährige Frau. Und das Geld aus Girolamos ›Erbe‹, wie sie es scherzhaft nannte, helfe ihr nun, einen ehrbaren Lebensabend zu verbringen. Sie sollten aber gute Freunde bleiben. Schweren Herzens stimmte Zink zu.

Und wenngleich sie ihre Habseligkeiten aus Zinks Villa entfernte und er sich fortan selbst wieder um frische Wäsche und sauberes Schuhwerk kümmern musste, sie blieben tatsächlich Freunde; wohl Zinks einzige dauerhafte Freundschaft während seines ganzen Lebens.

Und noch ein Erbe riss er sich unter den Nagel, zumindest teilweise. Anfang September des folgenden Jahres verstarb Kardinal Raimund Peraudi mit siebzig Jahren. Julius bestellte Zink zu sich und verlangte unverblümt die Auszahlung aller Gelder, die der Kardinal bei ihm angelegt habe, an die Kurie. Zink stellte sich erst einmal dumm, wusste er doch genau, dass der Papst nicht mehr als Gerüchte zur Hand hatte.

»Zink, ich weiß aus sicherer Quelle von Euren anrüchigen Geschäften mit Peraudi. Treibt es nicht zu bunt!«

Der nahm die Warnung als das, was sie war: Eine leere Worthülse.

Der Papst hing bereits mehr von ihm ab als umgekehrt. Hohe Schulden bei der Fuggerbank erdrückten die Kurie genauso wie der ständige neue Finanzbedarf.

Um sich Julius gewogen zu halten, riskierte Zink ein gefährliches Spiel.

Zuerst musste er Peraudis Diener bestechen, um sich Zugang zu dessen Wohnung zu verschaffen. Beim nächsten Treffen zog er dann ein Stück Papier aus seiner Tasche.

»Euer Heiligkeit, hier wäre der Schuldschein Kardinal Peraudis.«

Julius ließ sich den Zettel geben, las und war nur mäßig beeindruckt.

»So wenig hatte er bei Euch angelegt?«

Zink nickte demütig und heuchelte:

»Er war sich bewusst, dass es nicht rechtens ist, also nahm er nur ein kleines Stück vom Kuchen.«

Fast musste der Papst lachen, so gekonnt war Zinks Schauspieleinlage.

»Alle wissen, dass es nicht rechtens ist, dennoch machen's alle.«

Zink wusste nun, dass er gewonnen hatte.

»Euer Heiligkeit, natürlich können wir Euch die Summe auszahlen, abzüglich unserer Gebühren und Provisionen natürlich. Aber wäre es nicht besser, die Summe bei uns zu behalten und von den Schulden abzutragen?«

Julius nickte. Er wusste, wann er verloren hatte.

So erhielt der Heilige Stuhl etwa ein Zehntel des Peraudi-Vermögens. Der Rest blieb bei Johannes Zink und der Fuggerbank. Der Papst war dennoch zufrieden, weil er glaubte, alles Geld erhalten zu haben, wenn auch nur als Anrechnung auf seine Schulden.

Die echten Schuldscheine, sein Exemplar wie auch das, welches er in Peraudis Wohnung gefunden hatte, verbrannte Zink.

Wenn es immer so einfach ginge mit den Erbschaften, dann wäre ihnen – der Firma Fugger und Johannes Zink – viel Ärger erspart geblieben.

13

Das Unterfangen des Papstes, den Kirchenstaat wieder zu einer militärischen Macht auszubauen, kostete Geld. Viel Geld. Geld, das weder der Papst noch die Kurie hatten. So war es kein Wunder, dass die Fuggerbank, in Form des Johannes Zink, auch unter dem neuen Papst zum ständigen Gast im Vatikan wurde. Bereits im ersten Regierungsjahr des Rovere-Papstes hatte sich der Geldfluss zwischen dem Vatikan und der Fuggerbank verdoppelt.

Anfang des zweiten Jahres ließ Papst Julius II. den Fuggerfaktor kommen. Erstaunt registrierte dieser, um wie viel Julius in den fünfzehn Monaten seiner Regentschaft gealtert war. Der mächtige Bart war fast weiß geworden, unter den Augen waren tiefe Ringe zu sehen, Sorgenfalten durchfurchten die Stirn.

»Wie kann ich Euch diesmal dienen, Eure Heiligkeit?«, setzte Zink sein untertänigstes, schleimiges Gehabe auf. Wenn der Papst ihn rufen ließ, dann war sicher ein gutes Geschäft zu machen.

»Ich mache mir Sorgen, große Sorgen«, kam die unerwartete Antwort. »Sorgen um die Sicherheit unserer Kirche hier in Rom, Sorgen um meine eigene Sicherheit. Ich habe mir hier viele Feinde gemacht im vergangenen Jahr.«

Dem konnte Zink nur zustimmen, was er wohlweislich nicht tat.

»Ihr tatet nur, was notwendig und richtig war«, verschleierte er geschickt die Tatsache, dass Julius einige gute Fugger-Kunden durch Entzug von Privilegien so geschwächt hatte, dass Zink deren Einlagen wieder hatte auszahlen müssen. Der Ärger darüber war jedoch durch den erhöhten Geldstrom direkt vom Stuhl Petri mehr als kompensiert worden.

Zinks Augen wechselten ins Blassblaue.

»Es war höchste Zeit, dass hier einmal aufgeräumt wurde.« Jetzt befand er sich auf gefährlichem Terrain; kurz davor, seinen Zynismus auf die Spitze zu treiben.

»Vergesst nicht, dass Ihr munter mit getrieben habt unter dem ruchlosen Rodrigo Borgia.« Fast spie er den Namen seines Vor-Vorgängers aus.

Erneut heuchelte Zink Demut und blickte den Papst von unten herauf treuherzig an.

»Ihr überschätzt meinen Einfluss und das Ausmaß meiner Tätigkeiten in dieser Zeit.«

»Sei's drum«, winkte der Papst ab. »Ich möchte von Euch hier und heute wissen, ob Ihr bereit seid, mich bei der Aufstellung einer neuen Söldnergarde zu unterstützen. Eine Garde, die in erster Linie den Heiligen Stuhl und den Vatikan bewachen soll. Keine Kampftruppe, um im restlichen Italien unser verloren gegangenes Land wieder zu erobern.«

Der Fuggerfaktor lächelte erstaunt.

»Das hört sich nach einer blendenden Idee an, Eure Heiligkeit. Habt Ihr schon eine Vorstellung, wie viel Geld Ihr dazu benötigt?«

Der Papst schüttelte den Kopf.

»Nein, das werde ich in den nächsten Wochen klären. Ich habe aber bereits eine Idee, wessen Soldaten ich haben möchte.«

Ein verschmitztes Lächeln überzog sein altersmüdes Gesicht. Zinks Neugierde war geweckt.

»Selbstverständlich werden wir Euch unterstützen. Verratet Ihr uns Genaueres?«

Julius II. hielt aber dagegen.

»Da müsst Ihr Euch noch ein Weilchen gedulden. Es sei denn, Ihr erratet es. Also sagt mir Eure Meinung: Welches sind derzeit die besten Soldaten?«

Zink musste nicht lange überlegen.

»In punkto Loyalität und Kampfgeist kann es wohl schwerlich einer mit den Schweizer Söldnern aufnehmen.«

Zufrieden nickte der Papst.

»Seht Ihr, Zink. So schwer war das doch gar nicht.«

Damit war Zink entlassen.

Kurz nach diesem Gespräch entsandte Papst Julius den Schweizer Kleriker Peter von Hertenstein mit einer geheimen Depesche an die Tagsatzung, die Versammlung von Abgesandten der Schweizerischen Eidgenossenschaft. Der Inhalt der Depesche enthielt eine Anfrage, ob die Schweiz zum Schutz des Heiligen Stuhls einen Trupp Schweizer Söldner zur Verfügung stellen könnten. Gegen gute Bezahlung, versteht sich. Selbstverständlich entsprach die Tagsatzung dem Wunsch des Papstes, der durch sein Programm der moralischen und militärischen Erneuerung des verkommenen Kirchenstaates in der Eidgenossenschaft hoch angesehen war. Noch am Ende des gleichen Jahres machten sich die ersten hundertfünfzig Söldner von der Schweiz aus auf den Weg nach Rom.

Trotz vieler Mühen und Hindernisse hatten Zink, Ulrich und Jakob Fugger das ganze Unternehmen auf finanziell solide Füße gestellt und tätigten gleich die ersten Überweisungen in die Schweiz, die auf der anderen Seite sofort ins Schuldenbuch des Papstes Eingang fanden.

Anfang des Jahres durchquerte die Truppe bereits die Lombardei und fand sich Ende Januar in Rom ein. An der Porta de Popolo wurden die Schweizer Söldner in Begleitung von Peter von Hertenstein feierlich empfangen. Unter Führung ihres Hauptmanns Kaspar von Silenen begannen sie sofort mit ihrer Aufgabe, als Leib- und Palastwache dem Papst zu dienen.

Im gleichen Monat erlebte Rom die Entdeckung der Laokoon-Gruppe, einer der bedeutendsten Skulpturen der Antike. Der Winzer Felice de Fredis hatte eigentlich nur ein wenig in seinem Weingarten arbeiten wollen. Der befand sich auf dem Monte Oppio, an genau jener Stelle, wo eineinhalb Jahrtausende zuvor Kaiser Nero sein ›Goldenes Haus‹ erstellt hatte. Ein Komplex mit mehreren Palästen, Gästehäusern und Theatern. Die Zeiten waren lange vorbei, das römische Imperium untergegangen, mit ihm seine Gebäude. De Fredis' neue Reben sollten ihren Platz nun zufällig ausgerechnet über dem ehemaligen Privatgemach Neros finden. Der Winzer schlug mit der Spitzhacke zu und hörte ein hohles Geräusch. Er grub weiter, fand einen Zugang und sah im Halbdunkel drei Gestalten aus Marmor, die gerade von zwei riesenhaften Schlangen erwürgt wurden. Ein weiterer, eigentlich unglaublicher Zufall: Der nächste Spaziergänger, der gerade vorbeikam, hieß Michelangelo. Der erkannte sofort die Bedeutung des Fundes und informierte seinen Brötchengeber, Papst Julius II. Genau vier Wochen nach dem Auffinden der Laokoon-Gruppe stand die Skulptur bereits im Vatikan. Die sechshundert Goldgulden, die ihrem Finder großzügig bezahlt wurden, stammten natürlich aus der Schatulle Johannes Zinks.

14

Das Fugger-Imperium wuchs und wuchs ins schier Unermessliche. Ein gewichtiger Grund dafür war sicherlich die äußerst effiziente Arbeit der Faktoren in den wichtigen Städten. Nicht nur Johannes Zink in Rom, auch die Herren Kohler in Venedig, Zimmermann in Lissabon oder Prechter in Straßburg hatten im Sinne der Fugger ganze Arbeit geleistet.

Jakob Fugger hatte jedoch früh erkannt, dass sich

mit dem neuen Erfolg der spanischen und portugiesischen Schifffahrt auf dem Atlantik und nach Indien die wichtigen Handelsrouten langsam, aber sicher verschoben. Das traditionelle Fuggergeschäft, der Handel mit Salz, Kupfer, Silber und anderen Metallen, hatte sich in Mittel- und Osteuropa abgespielt. Und gerade war der deutsche Fondaco in Venedig zudem noch einer verheerenden Brandkatastrophe zum Opfer gefallen. Ein Grund mehr, sich anderswo umzusehen. Wollten die Fugger den Anschluss nicht verlieren, musste Jakob handeln. Und das tat er. Wenn auch vorsichtig, wie bei allem Neuland, das er betrat. Die Stadt seiner Wahl für die zukünftigen Überseegeschäfte wurde Antwerpen. Der Hauptgrund für diese Wahl waren in erster Linie die besseren Handelswege aus dem Osten und dem Alpenraum. Jakob Fugger wollte aber auch auf keinen Fall in die Abhängigkeit des portugiesischen Hofes geraten, den er für unberechenbar hielt. Dort würden sie zudem immer nur die zweite Geige spielen, nach den Welsern, die in Lissabon fest im Sattel saßen.

Natürlich fiel diese Entscheidung nicht nur zu Lasten Lissabons.

Sondern auch Venedigs, wenngleich der Doge Lionardo Loredan zugesagt hatte, den Fondaco wieder aufzubauen.

Und nicht zuletzt auch zu Ungunsten Roms.

Johannes Zink sah seinen Regierer immer seltener und wurde immer selbstständiger, auch im unguten Sinne.

Klammheimlich hatte sich die geschäftliche Sphäre der römischen Fugger-Filiale über die Jahre vom offiziellen Bankgeschäft mit dem Vatikan, mit Kirchen- und Kaufleuten, in eine offizielle, teilweise illegale, verschoben. Um sein eigenes Konto weiter zu füllen, beschritt Johannes Zink in der nächsten Zeit neue Wege, besser gesagt: Abwege.

Auf die Idee dazu gebracht hatte ihn sein alter Freund Melchior von Meckau. Wieder einmal hatten sie gefressen und gesoffen, bis sie beide aus vollem Hals gekotzt hatten. Beide hatten sie gelacht, sich abgewischt beziehungsweise abwischen lassen und gleich weitergefressen. Es gab Heringe mit scharfem Senf, gebratenen Rochen, Krebse, Miesmuscheln mit Schale, Hecht und gekochte Kastanien. Dazu den immer verfügbaren guten Falerner Wein. Während sie die allgemeine Lage erörterten, sich über Kardinäle und Bischöfe, Kaiser und Könige das Maul zerrissen, hatte von Meckau süffisant angemerkt:

»Das Beste, was sich unsere Mutter Kirche neben den Ablässen hat einfallen lassen, waren wohl die Reliquien. Ich werde ja demnächst für meine treuen Dienste an der Kirche mit einer eigenen Titelkirche geehrt werden. Der Papst plant, mich mit Santo Stefano Rotondo auf dem Hügel Caelius im Rione Monti zu belohnen.«

Das war einmal eine Neuigkeit, die der ansonsten beinahe allwissende Zink noch nicht wusste. Er nickte anerkennend.

»Und was hat das mit Reliquien zu tun?«

»Ganz einfach: Santo Stefano ist, wie der Name schon sagt, dem Heiligen Stephanus gewidmet, dem ersten Märtyrer unserer Christenheit. Und was, wenn die Kirche die Gebeine dieses Heiligen beherbergen würde? Dann würde sich die Zahl der Gläubigen dort, wie auch die Höhe der Einnahmen, vervielfachen. Wenn der Bischof von Ostia schon die Steine nicht herausrückt, mit denen Stephanus gesteinigt worden ist, dann hätte ich wenigstens gerne seine Knochen.«

Zink konnte nichts anderes als zustimmen.

»Aber wo sind die Gebeine des Heiligen Stephanus?«

»Das weiß niemand so genau. Gesteinigt worden ist er in Jerusalem. Dreihundert Jahre danach hatte ein einfacher Priester eine Offenbarung, die ihn zum angeblichen Grabmal des Märtyrers führte. Die dort gefundenen Gebeine sind dann von Jerusalem nach Rom und Konstantinopel und zurück gewandert, sogar das Gewand des Heiligen ist inzwischen aufgetaucht. Und wenn ich jetzt plötzlich in den Besitz der Stephanus-Gebeine gekommen wäre? Wer sollte da noch zwischen echt und unecht unterscheiden können? Außer dem Papst.«

Johannes Zink hatte verstanden.

Denn die Expertise des Papstes war käuflich.

Was hatten er und seine Vorgänger nicht schon alles zur Reliquie erklärt? Vom Lendentuch Christi und dem Gewand Johannes' des Täufers in Aachen bis zu einem Tuch im spanischen Oviedo, auf dem Jesus angeblich gekniet hatte. Jede noch so kleine und unbedeutende Kirche wollte ein Stück eines Heiligen besitzen. Oder etwas, das ein Heiliger zumindest berührt hatte. Schon Hunderte Jahre zuvor hatten Spötter behauptet, keine zwölf Ochsen seien in der Lage, einen Karren zu ziehen, auf dem alle Stücke vom Kreuz Jesu lägen, die überall im Umlauf waren und angebetet wurden. Aber trotz aller Kritik, die Menschen glaubten daran.

Im Laufe der nächsten Monate überschwemmten Reliquien den Markt. Die Gläubigen in ganz Europa, ganz besonders jedoch in Deutschland, Skandinavien und Polen, dürsteten regelrecht nach diesen kleinen, erschwinglichen heiligmäßigen Glücksbringern für jedermann. Der Reliquienkult machte nicht etwa halt bei Knochen, Haaren, Finger- und Fußnägeln oder Gewebe von Heiligen. Auch Stofffetzen, Schuhsohlen, Holzsplitter, sogar Marterwerkzeuge oder Teile davon – alles, was den gutgläubigen Christen halbwegs plausibel erklärt werden konnte, wurde verkauft. Und zuerst hergestellt. Der Nachweis, ob eine Reliquie echt oder gefälscht war, war im Prinzip unmöglich zu erbringen.

Zink hatte mit Melchior von Meckau nicht ohne ernste Hintergedanken gescherzt, sogar die kompletten ›Arma Christi‹ nachzumachen.

»Die Waffen Christi als echte Reliquien, das wäre natürlich der größte Schatz der Kirche«, hatte der Brixener Bischof einmal im Rahmen ihrer Plaudereien erwähnt. Zink war jedoch nicht bibelfest genug, um den Begriff einordnen zu können. Daher hatte Melchior von Meckau nachgeholfen:

»Mit den ›Arma Christi‹ sind keineswegs Waffen gemeint, sondern all das, was den Leidensweg unseres Herrn veranschaulicht: Kreuz, Dornenkrone, Lanze, Hammer, drei Nägel, Zange, Leiter, Geißelsäule, ein Stock mit Essigschwamm, die Würfel der Soldaten, eine Peitsche, ein Strick, eine Rute, eine Laterne, die Geldbörse des Judas, ein Hahn sowie zu guter Letzt das Schweißtuch der Veronika.«

Damit war klar, dass all dies nachzumachen ein Ding der Unmöglichkeit wäre. Dennoch: »Nägel, Würfel, Peitsche, Strick und Rute sollten machbar sein«, insistierte Zink. Und er wies seine Zulieferer entsprechend an. Als diese dann tatsächlich überdies sogar noch drei mumifizierte Hähne lieferten, die als ›Hahn, der an jenem Morgen dreimal krähte, als Petrus unseren Herrn Jesus verleugnete‹ angeboten wurden und sogleich dankbare, zahlungskräftige Abnehmer fanden, da fand Zinks Häme über diese gutgläubigen Dummköpfe kein Ende mehr.

Mehrere Werkstätten arbeiteten für Zink, um die geforderten Reliquien möglichst echt nachzuformen. Mit echter Patina, je älter aussehend, umso teurer konnte der Schund verkauft werden. Verschiedene Priester hatte er auf seiner Lohnliste, die nichts anderes taten, als sich permanent ergreifende Heiligengeschichten zu den echt antiken Neuschöpfungen auszudenken.

Bei besonders gelungenen Kreationen durfte der Papst auch schon einmal offiziell den Segen der Authentizität erteilen. Gegen bare Münze, versteht sich.

Johannes Zink verdiente prächtig dabei. Aber auch die Fugger, die Transport und Endverkauf regelten, gingen beileibe nicht leer aus. Ganze Wagenladungen voller neuer, alter Reliquien überquerten mit schöner Regelmäßigkeit den Brenner, um im Norden Europas für teures Geld unters naive Christenvolk gebracht zu werden.

Nur Jakob Fugger litt persönlich unter Zinks Reliquienfälscherei. Er, der gläubige Katholik, investierte seit Jahren große Summen in diese wundersamen Heiligenandenken. Nachdem er jedoch von Zinks Geschäftemacherei erfahren hatte, stoppte er sofort alle weiteren Käufe. Er wollte sich nicht nachsagen lassen, seinem eigenen Angestellten auf den Leim gegangen zu sein. Verbieten konnte er es ihm nicht, dazu war Zink zum einen zu wichtig für die Firma Fugger, zum anderen: Wie wollte man etwas verbieten, was offiziell sowieso verboten ist?

Je mehr Geld der Papst benötigte, desto bereitwilliger arbeitete er Zink und den Fuggern in die Hände. Nachdem sich nicht nur die diversen Unternehmungen zur Rückeroberung von Teilen Italiens ganz passabel angelassen hatten, sondern der Kirchenstaat unter Julius II. auch die ersten Filialen in Übersee – Diözesen in Amerika – gegründet hatte, die einstweilen aber noch kein

Geld einbrachten, wollte er schließlich auch Rom seinen Stempel aufdrücken. Nun begann er das Projekt, das im Wesentlichen dazu beitrug, ihm und seinem Architekten in Form wenig schmeichelhafter Beinamen ewigen Nachruhm zu sichern. Denn die jeweiligen Spitznamen nach ihrem Tod waren: ›Il terribile‹, der Schreckliche, für Papst Julius II. und ›Maestro rovinante‹, Meister der Zerstörung, für Donato Bramante.

Der Papst hatte nämlich befunden, dass die alte konstantinische Basilika für den Tag, da er einmal sterben würde, kein angemessener Platz sei.

So wurde an einem schönen, sonnigen Frühjahrstag der Grundstein für einen monumentalen Kirchenneubau gelegt. Die rund eintausendzweihundert Jahre alte, traditionsreiche konstantinische Basilika wurde abgerissen, was nicht nur in Rom bitter beklagt wurde.

Zur Finanzierung dieses gigantischen Projekts wurden erst einmal alle Einnahmen aus dem Peterspfennig umgeleitet. Die Aufgabe, den ›Denarius Sancti Petri‹ einzusammeln, wurde wie selbstverständlich an die Fugger übertragen und Zink lieferte die Gelder – abzüglich Provision – beim Heiligen Stuhl ab.

Die akkurate Arbeit des Geldeinsammelns wurde zwei Jahre später belohnt: Papst Julius übertrug die offizielle päpstliche Münzprägung, die ›Zecca‹, an Zink und die Fugger. Hatten bisher lediglich Teile der päpstlichen Münzproduktion das Fuggerwappen – Dreizack und Ring – getragen, so waren es ab sofort alle Münzen. Der

Pachtvertrag war mehr als günstig ausgefallen, so dass auch die Erträge aus diesem Geschäft dazu beitrugen, dass sich König Maximilian im gleichen Jahr in Triest, mit Genehmigung des Papstes, zum Kaiser ausrufen ließ. Dank der Finanzierung Jakob Fuggers wollte Maximilian sogar nach Rom ziehen, um sich von Julius ganz offiziell zum Kaiser krönen zu lassen. Die Gelder für den Zug waren von Jakob Fugger schon bereitgestellt, da verweigerte die Republik Venedig den Durchzug. Für einen Krieg gegen die Lagunenstadt reichte das Geld wiederum nicht, also beließ er es beim Titel ›Erwählter Römischer Kaiser‹.

DIE MECKAU-KRISE

15

Die Geschäfte florierten, die päpstliche Münze produzierte reichlich. Es konnte eigentlich nur noch bergab gehen. Und die erste echte Krise ließ nicht allzu lange auf sich warten. Was dann aber kam, war eine Krise, die die eigentlich noch recht junge Firma Fugger bis in die Grundfesten erschütterte und an den Rand der Pleite brachte. Das Modell Peraudi funktionierte halt nicht immer.

Der neunundsechzigjährige Kardinal Melchior von Meckau war über all die Jahre der Fuggerbank treu geblieben. Ein Arrangement von gegenseitigem Nutzen zu kündigen, dazu gab es keinen Grund. Das Pflänzlein der ersten Einlage von zwanzigtausend Gulden – auch dies bereits eine Summe, von der die meisten Menschen nur zu träumen wagten –, war prächtig aufgegangen. Gehegt und gepflegt von allen Seiten, regelmäßig mit neuen Einlagen gedüngt, betrug das Guthaben auf des Kardinals Konto, knapp dreizehn Jahre nach der ersten Einzahlung, stattliche einhundertdreiundfünfzigtausend Gulden. Dafür hätte man so manche Stadt kaufen können.

Die Freundschaft zwischen Zink und von Meckau war genau so gewachsen wie Zinks Bauchumfang, der sich dem des Kardinals in letzter Zeit bedrohlich angenähert hatte. Dennoch war die Freundschaft eine verschwiegene geblieben. Ansonsten wusste nämlich niemand von Meckaus Einlage. Zu den Grundsätzen der Fuggerschen Geschäftspolitik gehörte stets, den Eindruck eines reinen Familienunternehmens zu erwecken. Eine reine Familiengesellschaft war einfach vertrauenswürdiger. Die Fugger trieben dies noch auf die Spitze, indem sie sogar fremdes Kapital offiziell aus der Firma verbannt hatten. Man wollte Herr im eigenen Haus sein. Alle, Kunden wie Schuldner, glaubten daran, dass die Fugger nur mit sippeneigenem Geld arbeiteten. Außer denen natürlich, die Geld bei der Fuggerbank angelegt hatten.

Anfang März dieses Jahres erfuhr Johannes Zink, dass der Kardinal urplötzlich das Zeitliche gesegnet hatte. Er war genauso gestorben, wie er gelebt hatte: Inmitten eines Gelages, prassend, fressend, saufend, hurend. Auf weichen Kissen liegend, mitten im Mahl, den Mund noch voller Fleisch und Rotwein, hatte ihn einfach so der Schlag getroffen. Sein Kopf war nach hinten gesackt, die ihn umgebenden splitternackten Hübschlerinnen hatten gelacht, weil sie gedacht hatten, er sei plötzlich eingeschlafen. Bis ihm die Lammkeule aus der toten Hand gefallen und der Falerner aus dem halbgeöffneten Maul herausgelaufen war, da hatten sie denn doch Ungemach gewittert. Und seinen Sekretär gerufen. Der schrie Zeter und Mordio, jagte die ganze Gesellschaft, ob nackt oder bekleidet, erst einmal vor die Türe und informierte sofort die Kurie über das Dahinscheiden eines ihrer Kardinäle.

Der Tod eines Kardinals bedeutete in der Regel eine hübsche Erbschaft für den Papst. Diese hielten sich ans Armutsgelübde meist genauso wenig wie an das der Keuschheit, hatten aber häufig keine Familien, denen sie ihre irdischen Reichtümer vererben konnten. Illegitime Kinder waren von der Erbschaft ausgeschlossen, wurden aber durch den Nepotismus Roms in der Regel mit guten Posten und Pfründen abgefunden.

Als nun der Sekretär Zink informierte – auch er stand auf Zinks Gehaltsliste –, war er völlig außer sich.

»Man hat ihn gleich durchsucht, so wie er dalag in seinem Tod.«

Zink ahnte Böses. Etwas, was er beim Tod de Selvios noch hatte vermeiden können.

»Und was ist dann geschehen?«

»Sie durchsuchten die Kutte des Kardinals und fanden, im linken Ärmel versteckt, Euren Schuldschein.«

Zink hielt den Atem an. Das war das Schlimmste, was überhaupt hätte passieren können.

»Warum habt Ihr mich nicht sofort gerufen, bevor die Kuriendiener kamen?«, herrschte er den Sekretär an.

»Es waren einfach zu viele Menschen anwesend bei seinem Tod«, entschuldigte sich dieser. »Wenn ich gleich nach Euch verlangt hätte, dann wäre das doch höchst verdächtig gewesen.«

»Warum trug er den Schuldschein überhaupt bei sich?«

»Ihr wisst doch, dass der Kardinal in der letzten Zeit niemandem mehr traute. Außer Euch vielleicht.« Er schaute Zink mit ehrfurchtsvollem Blick an. »Und daher hatte er den Schuldschein immer im Ärmel versteckt. Seit Monaten.«

»Wo ist der Schuldschein jetzt?«

»Der wird wohl beim Papst liegen.«

Die Aufregung ob dieser unerhört hohen Summe, die mittlerweile im Vatikan herrschte, konnte sich Zink gut vorstellen.

Sofort informierte er seine Herren in Augsburg entsprechend.

Jakob Fugger wurde blass, als er die Depesche Zinks las.

Einhundertdreiundfünfzigtausend Gulden, das war fast drei Mal mehr Geld, als die Fugger als Stammkapital besaßen! Wenn er diese Summe auszahlen müsste, würde dies sogleich das Ende der Firma Fugger bedeuten. Jetzt war guter Rat, im wahrsten Sinne des Wortes, teuer.

Ulrich Fuggers Kopf fiel beinahe auf die marmorne Platte seines Schreibtisches in der ›Goldenen Schreibstube‹, nachdem Jakob ihm die Malaise gebeichtet hatte. Seine Gesundheit hatte ihn in den letzten Monaten arg im Stich gelassen, schwach und blass saß er hinter dem gewaltigen Tisch.

»Verdammt, wir hätten einfach besser achtgeben müssen!«, schimpfte er. »Ihm irgendwann die Grenzen aufzeigen müssen, dem Meckauer.«

Jakob nickte, doch wusste er gleichwohl, wie viel Nutzen das Meckausche Geld der Firma gebracht hatte. Nur, was half diese Erkenntnis in diesem Moment?

»Die Meckau-Einlage steckt in vielerlei Unternehmungen. Das können wir nicht einfach so abziehen.«

»Das weiß ich auch«, erwiderte Ulrich unwirsch. »Also, was tun wir?«

»Ich schlage vor, dass unser guter Zink mit dem Papst verhandelt. Der wird der härteste Brocken sein, der wird das Meckau-Vermögen mit aller Gewalt der Kurie einverleiben wollen.«

So schickte man eine diskrete Nachricht zu Zink, er solle nach seinem Gutdünken mit dem Papst verhandeln. Nur eines dürfe er nicht: Irgendeine Zustimmung zur Auszahlung des Meckau-Erbes geben.

Als Johannes Zink in Sachen Meckau-Vermächtnis das erste Treffen mit Papst Julius II. hatte, da hatte er den Eindruck, dem Papst liefe vor lauter Gier bereits der Geifer aus den Mundwinkeln heraus. Zinks Strategie war auf Verschleppen und Zeitgewinn ausgelegt. Man würde schon sehen, nur nicht gleich in etwas einwilligen, was man später bereuen würde. Sein Gegenüber hatte sich hingegen für ein offensives Vorgehen entschieden und eröffnete das Treffen gleich mit einer Forderung:

»Nun, Zink, wann könnt Ihr die Summe auszahlen? Ich werde aber großzügig sein. Ihr müsst nicht alles zahlen. Einen Teil dürft Ihr mit den noch offenen Rückzahlungen«, das Wort ›Schulden‹ vermied er geflissentlich, »verrechnen.«

Zink setzte seinen legendären Blick auf, seine Augen blitzten wie Messer, als sie den Blick des Papstes kreuzten.

»Euer Heiligkeit, ich glaube nicht, dass das Ganze so einfach gehen wird«, verfolgte er die vorher zurechtgelegte Taktik. »Es gibt ein Testament, und das muss beachtet werden.«

Der Papst schaute erstaunt.

»Ein Testament? Zu wessen Gunsten?«

»Der ehrwürdige Kardinal hat darin die Bruderschaft vom Deutschen Nationalhospiz bedacht«, erwiderte der Fuggerfaktor.

Julius II. lief rot an vor Zorn.

»Vergesst die verdammte, verhurte Bruderschaft!«, brüllte er. »Das Geld gehört der Kurie und damit mir!«

Je zorniger der Papst wurde, desto ruhiger wurde Zink. Er wusste, der Anspruch des Papstes stand auf sehr tönernen Füßen. Aber es galt, die Balance zu wahren. Wenn die tatsächlichen Erben das Geld einforderten, war ihm und den Fuggern genauso wenig gedient wie dem Papst. Also musste man die Bruderschaft und den Papst gegeneinander ausspielen. Zeit gewinnen. Oder vielleicht sogar noch einen potenziellen Erben finden. Den Kaiser? Auch der brauchte Geld, beinahe noch nötiger als der Papst.

»Ich denke, ich werde einmal mit der Bruderschaft verhandeln.« Zink lächelte. »Vertraut mir«, flüsterte er dem Papst aus nächster Nähe zu. »Es kann eine Weile dauern, aber ich verspreche Euch: Ihr werdet Euer Scherflein vom Meckau-Erbe abbekommen.«

»Zink, ich warne Euch«, erwiderte der Rovere-Papst. »Bislang habt Ihr mich noch nicht hintergangen. Solltet Ihr es diesmal tun, wird Euch das teuer zu stehen kommen.«

Wie weit sich die beiden Halunken trauten, beziehungsweise misstrauten, zeigten die Wochen nach diesem Treffen. Während Zink die zehntägige Reise nach Augsburg auf sich nahm, um die weitere Vorgehensweise abzustimmen, schickte der Papst seine Soldaten in die Fuggerbank.

Zum Geldabheben.

Mit Waffengewalt.

Als zusätzliche Ironie des Schicksals schickte er gerade die Schweizer Söldner, die seit Jahren von der Firma Fugger bezahlt wurden. Zink hatte jedoch aufgrund seines berechtigten Misstrauens gegen den Papst alle größeren Geldbestände ausgelagert.

Dennoch war es an ihm, beim nächsten Treffen mit dem Papst zornig zu sein.

»Ihr schuldet uns achttausend Gulden zusätzlich.«

Fast schrie er es, als dass er den Papst ansprach. Der lächelte.

»Nun, lieber Zink, seht es als Anzahlung, als Vorschuss auf das Vermächtnis des Brixener Bischofs.«

Nach diesem unliebsamen Zwischenfall fühlte sich Zink nicht mehr an seine Abmachung mit dem Papst gebunden. Und so tauchten in den nächsten Wochen diverse Testamente von Melchior von Meckau auf. Fünf insgesamt, alle gefälscht natürlich, aber die Fälschungen waren so gut, dass es fast unmöglich war, diese nachzuweisen. Genauso wenig wie die Urheberschaft dieser Fälschungen. Und wer von einem derartigen Testament bedacht wurde, der würde den Teufel tun und es anfechten. Also konnte sich Johannes Zink der Unterstützung aller in den diversen Nachlässen Bedachter sicher sein. Darunter befand sich sogar Kaiser Maximilian, denn ein Testament enthielt ein Vermächtnis für das Bistum Brixen, welches direkt dem Kaiser unterstellt war. Die Position des Papstes hatte sich drastisch verschlechtert. Das Geld lag in Augsburg – so dachten alle. Also war ohne die Fugger und Zink nicht dranzukommen.

In Augsburg brannte es derweil dennoch lichterloh. Panische Angst hatte Jakob und Ulrich überfallen, die anderen Gläubiger und Einleger der Fuggerbank und der Firma könnten misstrauisch werden. Und Misstrauen war tödlich in diesem Geschäft. Heftig tobten die Diskussionen hinter den Wänden des Stadtschlosses der Fugger.

»Wir müssen jetzt alles herzeigen, prassen und prunken.« Jakobs Entschluss war so gänzlich gegen seine sonst so sparsame Natur gefallen.

»Bist du komplett närrisch geworden?«, entgegnete Ulrich. »Wir stehen vor der Pleite, und du willst unser Geld zum Fenster rauswerfen. Geld, das uns noch nicht mal gehört!«

»Schau dich doch um, lieber Bruder. Schau dir an, was die anderen Kaufleute herzeigen, hier in Augsburg und anderswo. Die Gossembrots, die Höchstätters, die Welser, die Baumgartners, alle zeigen ihren Reichtum, ihren Erfolg. Das ist die Basis unseres Geschäfts: Vertrauen. Wenn du nichts mehr herzeigst, denken alle, du hast nichts mehr. Und dann bekommst du auch nichts mehr.«

Lange noch stritten sie hin und her. Am Ende gab der kranke, bereits vom Tod gezeichnete Ulrich nach und gab Jakob freie Hand für einige Prahlereien.

Darunter war auch die erste Fuggerstiftung. Jakob Fugger hatte sich an die alte Geschichte mit der St.-Anna-Kapelle, dem Bäsinger, dem alten Zink und dem Meutinger erinnert, die ihm früher, als er noch ein Kind gewesen war, erzählt worden war. Also beschloss er, dem Karmeliterkloster St. Anna zu Augsburg eine prächtige Kapelle zu stiften, wie es in Augsburg keine zweite gab.

Außerdem luden sie Kaiser Maximilian ein, bewirteten ihn fürstlich und sagten ihm ihre Unterstützung zur Erlangung des Meckau-Erbes zu. Diskret signalisierten sie dem Kaiser, dass die Auszahlung dieser ungeheuren Summe an den Papst den Darlehensfluss in Richtung Habsburg empfindlich bremsen könnte. Maximilian verstand. Er erließ sofort ein Verbot, irgendwelche Gelder aus dem Erbe auszuzahlen, bis die Sache geklärt sein würde.

Dann verkündete Jakob Fugger feierlich die Gründung einer Stiftung und der Einrichtung einer Familiengruft für die Fugger in der Karmeliterkirche.

Heimlich lieh er sich Geld, um sich vor der staunenden Öffentlichkeit die Herrschaft Schmiechen, mitsamt Schloss und Ländereien, zu kaufen. Prächtig gekleidet fuhr der Junker Jakob, wie er sich nun nennen ließ, übers Land und verteilte Geschenke an Bauern und Mägde.

Und ebenso, wie gleich nach Meckaus Tod die Fama die Summe in unermessliche Höhen getrieben hatte – zweihundert–, nein, drei–, gar vierhunderttausend Gulden hatte Melchior von Meckau angeblich besessen, so kochte auch diesmal die Gerüchteküche über. Diesmal zu Gunsten der Fugger, huschten Flüstereien von Mund zu Ohr, berichteten über den sagenhaften Reichtum der Familie Fugger.

Nein, das war niemals das Gehabe eines Pleitiers, die Fugger mussten Geld haben wie Heu.

16

In Rom sprach Zink nun regelmäßig beim Papst vor. Julius II. hatte mittlerweile erkannt, dass er mit brachialer Gewalt gegen den listenreichen Zink nichts ausrichten konnte. So hatte man sich, getreu dem Spruch ›Pack schlägt sich, Pack verträgt sich‹, wieder zusammengerauft.

»Sagt, Zink, wer hat Euch die Testamente so trefflich gefälscht?« Mit dieser und ähnlichen Fragen versuchte der Papst immer wieder, Johannes Zink aus der Reserve zu locken. Der hielt seine Lippen jedoch eisern geschlossen, spielte stattdessen den Entrüsteten. Und machte eigene Vorschläge, die Causa des Meckauschen Testaments zur Fuggerschen Zufriedenheit zu lösen.

»Euer Heiligkeit, Ihr habt sicher erkannt, dass die gerichtliche Auseinandersetzung um den Nachlass des ehrwürdigen Bischofs von Brixen noch Jahre dauern könnte. Jahre, in denen Ihr Geld benötigt. Und keines für nichtsnutzige Gerichtsverfahren ausgeben wollt, zumal, wenn deren Ausgang ungewiss ist.«

Der Papst nickte einsichtig.

»Was halten Eure Heiligkeit davon, wenn wir, die römische Bank der Fugger, Euch Geld geben, ohne dass der Augsburger Fugger oder andere davon wissen? Geld, das Ihr nach Eurem Gutdünken einsetzen könnt. Geld, das keine anderweitigen Begehrlichkeiten weckt. Natürlich nicht so viel wie das gesamte Erbe, aber sogleich und ohne Kampf, ohne Konditionen.«

Julius II. grinste.

»Ihr seid ein gerissener Sauhund, Zink. Ihr wisst genau, wo mich der Schuh drückt. An wie viel habt ihr gedacht?«

Zink hatte alles bestens ausgerechnet.

»Zuerst gebt Ihr mir die aus unserer Bank geräuberten achttausend Gulden ganz offiziell zurück. Und dann schenke ich sie Eurer Heiligkeit ganz inoffiziell. Und lege nochmal Preziosen im Wert von siebentausend Gulden drauf.«

»Mit lausigen fünfzehntausend Gulden wollt Ihr mich abspeisen?«, empörte sich der Papst. Julius II. war als Schauspieler inzwischen so vollendet, dass Zink nicht mehr zwischen echter und gespielter Empörung unterscheiden konnte. Also spielte auch er.

»Euer Heiligkeit, es ist mein sehnlichster Wunsch, die Causa Meckau für alle Seiten zufriedenstellend zu beenden. Und wenn ich jeden Anspruch, der derzeit besteht, mit fünfzehntausend Gulden ausgleiche, dann könnt Ihr Euch leicht ausrechnen, wie viel Geld ich da ausgeben muss.«

Er streckte seinen Bauch heraus, legte seine Hände darauf und drehte seine flachen Handflächen nach oben. Wie in einer Geste der Demut.

»Und stellt Euch vor, es tauchten noch mehr Testamente auf. Ein Fass ohne Boden wäre dies!«

Tieftraurig sah Zink aus, als er dies sagte.

Jetzt musste sogar der Papst ob dieser schauspielerischen Einlage grinsen.

»Zink, Ihr seid mir über. Bereitet die entsprechenden Papiere vor, damit es schnell geht. Mein Baumeister braucht Geld.«

»Papiere gibt es nur für die Rückzahlung von Euch an die Fuggerbank. Alles andere geht nur ›manu in manu‹.«

Der Papst nickte zustimmend.

»Selbstverständlich, wie sonst.«

Kurz überlegte Zink noch, ob er wirklich den Vorschlag machen sollte, der ihm seit einigen Tagen durch den Kopf ging. Er entschied sich dafür.

»Eure Heiligkeit, ich hätte noch ein zusätzliches Geschenk für Euch. Wenn Ihr denn zustimmt.«

Julius sah Zinks skeptisches Gesicht und wusste gleich, dass nun etwas durch und durch Ungewöhnliches folgen würde.

»Lasst hören.«

Zink beugte sich nah an das päpstliche Ohr und flüsterte das hinein, was er sich nicht laut zu sagen getraute. Noch während des Flüsterns weiteten sich die Augen des Papstes vor Erstaunen. Als der Fuggerfaktor fertig war, ruhte der päpstliche Blick voller Bewunderung auf ihm.

»Zink, das hätte ich Euch wirklich nicht zugetraut. Jedoch, das muss Euch der Neid lassen: Eine brillante Idee. Ihr werdet Euch dran halten, versprochen?«

»Abgemacht ist abgemacht, mit der Ehre des

Kaufmanns stehe ich dafür. Eine Bitte hätte ich aber noch.«

Nun, da er den Papst im Sack hatte, war es an der Zeit, einmal an den eigenen Vorteil zu denken. Der Papst stutzte.

»Ich höre, Zink.«

»Hätten Eure Heiligkeit auch für mich nicht einmal die eine oder andere kleine Pfründenstelle zu vergeben?«

Stirnrunzeln.

»Zink, Ihr seid kein Kleriker.«

»Ich bin Jurist, das ist so gut wie dasselbe. Und was macht den Unterschied schon aus?«

Beide lachten. Der Papst legte Zink die gesalbte Hand aufs gebeugte Haupt und murmelte ein paar lateinische Phrasen.

»So, Zink, das sollte reichen. Nun lasst mich überlegen. Ich glaube, in Salzburg und Passau wäre noch was zu haben. Kommt nächste Woche vorbei und holt Euch die Pfründen ab.«

Zink schaute ergeben, obwohl er innerlich jubilierte.

»Aber, mein lieber Zink, ich will von den Einnahmen etwas sehen. Und ich werde Euch auch in Zukunft behelligen, wenn ich Zuspruch brauche. Manu in manu, versteht Ihr?«

Der Faktor der Fugger, nunmehr im Eilverfahren zu einem Kleriker geworden, nickte und versprach, alles zu veranlassen, was vereinbart worden war und was der

Papst sonst noch hören wollte. Zum Abschied küsste er demütig den Ring des Papstes, den er soeben zum ersten Mal bestochen hatte.

Damit war das größte Hindernis aus dem Weg geräumt, die Ersparnisse Melchiors von Meckau weitgehend, ohne größere Abstriche, der Fugger-Bilanz einzuverleiben. Froh sandte er seine geheimen Botschaften nach Augsburg.

Blieb noch der Kaiser, obwohl sie mittlerweile bereuten, ihn über das gefälschte Testament zu Gunsten des Bistums Brixen ins Spiel gebracht zu haben.

»Wenn ich vorher gewusst hätte, wie leicht der Papst zu bestechen ist, hätten wir uns einiges an Arbeit sparen können«, lästerte Zink bei seinem nächsten Besuch in Augsburg.

Er saß an dem großen Tisch in Fuggers großer Stube, gegenüber von seinem Brotherrn. Beide aßen schmatzend und genussvoll einige dieser kleinen, säuerlichen Äpfel – eines der wenigen Dinge, die Zink an Augsburg mehr schätzte als an Italien, während sie darauf warteten, dass ihnen die Dienstmagd eine Schüssel kräftiger Suppe mit Spätzleeinlage servierte.

Zink war immer wieder überrascht über den fortschreitenden Wohlstand in Augsburg, jedes Mal, wenn er zu Besuch kam. Wieder gab es neue Häuser zu bewundern, rund um den Marktplatz. In neuem Baustil, traufenständig statt giebelständig, ließen die Fassaden viel mehr Tageslicht hinein. Auch waren die Häuser breiter als lang, so dass im Fall eines Brandes leichter gelöscht werden konnte. An zwei Baustellen war er bei seiner Anreise vorbei gekommen und hatte bewundernd die neuen Werkzeuge und Techniken angeschaut. All diese Winden, Rollen, Hebel und schiefen Ebenen, dazu die modernen Ziegel, erlaubten es, Häuser in kürzester Zeit zu errichten, wo früher noch ganze Generationen beschäftigt gewesen waren. Obwohl Johannes Zink beileibe nicht zur Sentimentalität neigte, durchzuckte ihn kurz die Erinnerung an seine Kindheit im väterlichen Haus in der Judengasse, das sich dagegen schon beinahe wie eine alte Ruine ausnahm. Er freute sich daher immer schon wieder auf seine römische Villa, in dem Moment, in dem er seinen Fuß auf Augsburger Boden setzte.

»Euer Wein wird immer besser«, sagte er nun nicht ohne Spott in der Stimme. Jahrelang war der sparsame Fugger fast berüchtigt gewesen für die schlechte Qualität seines Weins. Zink fühlte sich sicher, so sicher ob des gelungenen Meckau-Problems, dass er Jakob Fugger ruhig mal ein wenig piesacken konnte.

»Kommt, trinkt mit mir. Wenn Ihr den teuren Falerner schon zahlt« – ein schiefes Grinsen Fuggers begleitete diese Feststellung Zinks –, »dann solltet Ihr ihn auch genießen.«

Nach dem dritten Krug – eine ungewöhnlich große Menge Wein sowohl für Jakob Fugger wie auch für seinen Faktor, löste sich Zinks Zunge noch mehr und er plauderte ein wenig aus der Schule.

»Wisst Ihr eigentlich, was ich Julius zu guter Letzt noch versprochen habe, um ihn in der Causa Meckau endgültig zu besänftigen.« Seine Augen funkelten.

»Was wird das schon groß gewesen sein? Etwas Geld aus Eurer schwarzen Kasse wird's wohl gewesen sein.«

Der oberste Fugger ließ sich nicht so leicht beeindrucken. Zink aber ließ nicht locker. Jetzt wollte er seinem Herrn imponieren. Dazu musste er etwas weiter ausholen, weil er nicht genau wusste, wie es um die Rom-Kenntnisse Jakob Fuggers stand.

»Kennt Ihr die Kirche Santi Vincenzo e Anastasio? Eine kleine Kirche, etwa fünfhundert Jahre alt, gleich gegenüber der Stelle, wo der Aquädukt Aqua Virgo endet und an der Fassade mit Inschrift und Papstwappen sein Wasser aus drei Speiern in einen Brunnen ergießt.«

Jakob Fugger schüttelte den Kopf.

»Wisst Ihr denn, was mit den Körpern der Päpste nach ihrem Tod geschieht?«

»Sie werden bestattet, nehme ich an«. Jakob Fuggers Stimme hatte einen leicht indignierten Ton angenommen, als wolle er nicht über derartige Banalitäten ausgefragt werden.

»Ja, schon«, jetzt schlich sich unüberhörbar etwas Triumphierendes in Zinks Stimme. »Aber nicht alles, nicht der ganze Körper.«

Fugger schaute ratlos drein.

»Wie meint Ihr das?«

»Seitdem der Heilige Vater nach seinem Tod öffentlich aufgebahrt wurde, war es Brauch geworden, ihn einzubalsamieren. Ich habe mich genau erkundigt. Zuerst waschen die Pönitenziare und die Siegelbewahrer den Leichnam mit warmem Wasser. Dann werden Bart und Haupthaar gestutzt und ihm sämtliche Körperöffnungen – also Mund, Nase, Ohren und Anus, mit Weihrauch, Myrrhe und Aloe verstopft. Vorher werden aber die Eingeweide entnommen und die Kehle des Leichnams mit Gewürzen gefüllt.«

»Worauf wollt Ihr hinaus?« Ungeduld sprach aus Fuggers Worten. »Und spart Euch weitere unappetitliche Details.«

Zink lächelte.

»Die Kirche, die ich vorab erwähnte, Santi Vincenzo e Anastasio. Dort werden seit Hunderten von Jahren die Eingeweide der Päpste gelagert. In einer Kapelle unter dem Hochaltar. Ihr müsst Euch die Gedenktafeln der Praedordiae – der Eingeweide, bei Eurem nächsten Besuch in Rom einmal ansehen.«

Er nahm einen Schluck Wein und gurgelte leicht damit.

»Ich habe Papst Julius versprochen, dass ich mich nach seinem Tod um eine würdige Einbalsamierung in Santi Vincenzo e Anastasio kümmern werde. Nur die besten Kräuter und die teuersten Gewürze für die päpstlichen Körperöffnungen. Dass ich alles bezahlen werde, was nötig und angemessen ist. Und auch eine Gedenktafel für Julius' Innereien anbringen lassen werde, auf meine Kosten.«

Jakob Fugger hatte verstanden. Papst Julius hatte viele Feinde, wie jeder Papst. Es war gut möglich, dass er nach seinem Tode sofort in Ungnade fallen könnte, je nachdem, wen das Konklave zu seinem Nachfolger erwählen würde. So wie es dem Borgiapapst Alexander VI. geschehen war, dessen erbittertster Feind sein Nachfolger geworden war. Zink setzte aber noch eins drauf.

»Das Praktische an diesem Arrangement ist jedoch, dass sich von Seite des Papstes nicht überprüfen lässt, ob es eingehalten wurde.« Er grinste schelmisch. »Ich habe ihm aber vorab schon einmal alles in Rechnung gestellt. Für alle Fälle.«

Er prostete Jakob Fugger zu.*

»Nun, sei's drum, gleich was Ihr noch alles vereinbart habt. Der Heilige Vater hat seinen Anspruch kundgetan und er wird ihn auch weiter verfolgen«, sagte Jakob Fugger. »Ganz ungeschoren werden wir nicht davon kommen, niemals«, legte er noch nach, um trotz des Verhandlungserfolges Zink nicht zu viel Triumphgefühl zu überlassen.

Bei diesem Besuch in Augsburg fiel Zink ein zwölfjähriger Junge auf, der im Kontor der Fugger gerade mit seiner Ausbildung angefangen hatte.

---

* Eine neue Kirche wurde Mitte des 17. Jahrhunderts auf der alten errichtet, mit ihrer markanten, engen Säulenfront ist sie heute bekannt als der Ort, wo die Eingeweide und einbalsamierten Herzen von 25 Päpsten liegen. Gegenüber, wo damals ein einfaches, rechtwinkliges Brunnenbecken stand, befindet sich heute der weltberühmte Trevi-Brunnen aus dem 18. Jahrhundert. Und der Aquädukt Aqua Virgo ist der Einzige, der seit der Antike ununterbrochen in Betrieb ist. Er führt Wasser aus den Sabiner Bergen über eine Strecke von 26 km nach Rom (Anm. d. Autors)

»Unser Anton ist das«, stellte Jakob ihn Zink vor. »Der Spross meines älteren Bruders Georg, Gott hab' ihn selig.«

Herablassend strich Zink dem kleinen Jungen über den Haarschopf, nicht ahnend, dass es dieser Junge sein sollte, der ihn Jahre später endgültig zu Fall bringen und dereinst selbst der reichste Mensch aller Zeiten werden sollte. Reicher noch als sein Onkel Jakob der Reiche.

Georg, der mittlere der drei Brüder, war drei Jahre zuvor gestorben, so dass eigentlich nur noch Ulrich und Jakob das Sagen hatten. Aber auch Ulrich lag im Sterben, Jakob hatte die ganze Verfügungsgewalt bereits übernommen, auch wenn er auf dem Papier nur – noch – einer der Teilhaber war. Er konnte allein entscheiden.

Zink machte ihm einen Vorschlag, um auch die Ansprüche des Kaisers aus dem Meckau-Erbe noch zu befriedigen:

»Ihr habt doch vor einigen Monaten in Lyon und London eine große Menge Wolldecken und Uniformtücher preiswert eingekauft?«

Jakob nickte.

»Wertet sie auf, macht sie teurer, als sie waren, und bietet sie Maximilian als Danaergeschenk an. Er wird es sicher nehmen; der Habsburger nimmt alles, wenn er glaubt, es ist ein Geschenk. Danach erklärt ihm, dass dies sein Anteil aus dem Erbe ist.«

Jakob schüttelte den Kopf.

»Haltet Ihr den Kaiser für so einfältig?«

»Einfältig nicht, aber er hängt mehr von Euch ab als umgekehrt. Legt ein paar Gulden drauf, die Ihr gleich wieder von seinen Schulden abzieht. Macht ihm noch ein paar Versprechungen dazu, Eure Großzügigkeit die nächsten Jahre betreffend, und er wird einwilligen.«

Jakob Fugger gab nach.

»Ein Versuch ist's wert.«

Und tatsächlich, wiederum, nach der üblichen gekünstelten Empörung und knallharten Scheinverhandlungen ließ sich der Kaiser neben einem Almosen mit ein paar Hundert mottenbefallenen Wolldecken und billigen Tüchern für seine Soldaten abspeisen. Zink rieb sich die Hände.

Melchior von Meckaus Erbe gehörte ihnen zur Gänze!

Das Ganze war ein geschäftliches Meisterwerk gewesen, ein Husarenstück ohnegleichen.

Die Firma war gerettet!

17

NIEMAND HATTE MITBEKOMMEN, dass Johannes Zink von seiner Devise, Liebesdinge ausschließlich aus kaufmännischer Sicht zu behandeln, bei seiner letzten Augsburger Visite eine Ausnahme gemacht hatte. Im Haus der Fugger hatte er Clara Lauginger wieder getroffen, eines der Mädchen, die ihm vor langer Zeit kleine Briefe geschrieben hatten. Mittlerweile ging sie, wie er selbst, auf die Fünfzig zu, war zweifach verwitwet und hatte dabei gut geerbt. Das gegenseitige Erkennen, nach mehr als drei Jahrzehnten, hatte sie beide herzhaft lachen lassen. Auch das war ungewöhnlich für Johannes Zink, der in Gegenwart von Frauen sonst eher schmallippig war. Er fand sie so viel hübscher als damals, wo er sich in keiner Weise für sie hatte begeistern können.

Irgendwie hatten sie es geschafft, sich heimlich zu einigen Spaziergängen zu verabreden. Sie waren am Lechufer spazieren gegangen, hatten Händchen gehalten wie junge Verliebte und sich Geschichten von früher erzählt.

Zum ersten Mal fiel Zink die Abreise nach Rom nicht gar so leicht.

Zum ersten Mal dachte er daran, dass Rom vielleicht doch nicht alles war.

Sie hatten beschlossen, sich wieder zu sehen, auch wenn es einige Zeit dauern würde, bis Zink das nächste Mal nach Augsburg kommen sollte.

Nach einigen Wochen zurück in Rom, erreichte Johannes Zink auf dem Weg der Fugger-eigenen Boten ein Brief. Von Clara. Die beschrieb ihm in höchsten Tönen, wie sie sich freute, ihn getroffen zu haben und was er für ein stattlicher Mann sei. Und dass sie das Gefühl habe, dass er sie ebenso gemocht habe. Ob er sich denn nicht vorstellen könne, zurück nach Augsburg zu kommen? Mit ihr ein neues Leben anfangen?

Der Brief ließ einen verwirrten und räsonierenden Johannes Zink zurück. Sein so überschaubares Leben, das aus Zahlen und Geld, viel Essen und Trinken mit mächtigen Menschen bestand, sollte er austauschen gegen ein ehrbares, braves Leben in Augsburg? Das wollte wohl bedacht sein.

Und als hätte sich ein wohlmeinendes Schicksal zu einer Intrige gegen Johannes Zink entschlossen, forderte Jakob Fugger per Depesche erneut einen Besuch seines römischen Faktors in Augsburg an. Schnell und diskret.

Gut zwölf Tage später saß Johannes Zink bereits mit Jakob Fugger zusammen und hörte sich an, was dieser zu sagen hatte.

»Hört, Zink, ich fürchte, mein Bruder Ulrich wird bald das Zeitliche segnen.«

Zink nickte dazu, jeder wusste um die achtzehn Jahre Altersunterschied zwischen dem jüngsten und dem ältesten der Fugger-Brüder. Und um dessen schlechten Gesundheitszustand.

»Und es ist offensichtlich, dass ich dann die Regierung der Firma übernehmen werde.«

»Offensichtlich.«

Zink musste gar kein Süßholz raspeln. Es gab nur einen, der das konnte.

»Sonst ist ja niemand da, der solche Fähigkeiten hat wie Ihr.«

»Und nach der Meckau-Geschichte, da möchte ich nicht, dass so etwas noch einmal geschieht.«

»Wie wollt Ihr das vermeiden, wenn wir doch fremdes Geld brauchen.«

»Darüber muss ich noch nachdenken. Was ich aber in jedem Falle machen möchte, ist, das Kontor neu zu gestalten. Im Ablauf unserer Geschäfte, in der Kontrolle dessen, was wir und unsere Mitarbeiter so machen. Und da benötige ich Hilfe.«

»Dachtet ihr dabei etwa an mich?«

Zink war erstaunt, wenngleich er sich auch ein wenig geehrt fühlte.

»Ihr seid mein dienstältester Mitarbeiter.«

»Aber die Firma benötigt mich in Rom.«

»Sicher, das auch, aber da ließe sich Ersatz finden.«

»Sagt mir bitte, wie Ihr Euch das Ganze vorstellt.«

»Ich würde Euch gerne hier in Augsburg haben, als Hauptbuchhalter, der das ganze Geschäft überblickt. Der ausreichend Autorität hat, wenn ich auf Reisen bin. Und der auch alleine wichtige Entscheidungen treffen kann. Entscheidungen, die der Firma gut tun.«

»Ihr wollt, dass ich Rom ganz aufgebe?«

»Zumindest für eine Weile. Papst Julius wird vielleicht sogar froh sein, Euch eine Zeit lang nicht sehen zu müssen. Lassen wir Gras über das Meckau-Testament wachsen.«

»Bis wann muss ich mich entscheiden?«

Jakob Fugger stand auf. Er kam auf Johannes Zink zu, so nahe, wie er es sich erlaubte, sich einem Menschen zu nähern. Mit der größten Jovialität, zu der er fähig war, sagte er:

»Zink, ich mache Euch dieses Angebot nur einmal. Kommt zurück nach Augsburg. Sucht Euch eine nette Frau, heiratet die Clara« – Johannes Zink zuckte kurz zusammen bei der Erkenntnis, das Jakob Fugger kein Geheimnis verborgen zu bleiben schien –, »und beschließt den Rest Eures Lebens, das hoffentlich noch lange währen möge, hier in Augsburg, in meiner Firma.«

»Ihr habt meine Frage nicht beantwortet.«

»Reist zurück nach Rom, dann gebt mir Bescheid.«

Über den Lohn wurde gar nicht gesprochen. Zink wusste jedoch, dass, erfolgreiche Arbeit voraus gesetzt, er niemals Geldsorgen haben würde, wenn er Jakob Fuggers Angebot annahm.

Eine Nacht blieb er noch in Augsburg, besprach das Angebot mit Clara, die sich hocherfreut zeigte. Er überschlug die Finanzen, addierte Claras Vermögen mit seinem eigenen. Und verbrachte die Nacht in Clara Laugingers Witwenbett.

Am nächsten Morgen brach er auf nach Rom.

Er musste nachdenken.

Zwölf Tage hatte er nun Zeit dazu.

Im Sattel ließ er die letzten Jahrzehnte, alle verbracht im Dienst der Fugger, in seinen Gedanken vorüber ziehen.

Die erste Reise mit Jakob Fugger nach Venedig und Rom.

Wie sie – ebenfalls gemeinsam, Siegmund von Tirol zu Fall gebracht hatten.

Der Beginn seiner Freundschaft mit Melchior von Meckau und die damit verbundenen ersten, geschäftlichen Erfolge.

Seine Anfänge in Rom, seine Treffen mit Papst Alexander und den anderen Borgias, der Kastanienball.

Wie er sich die De-Doffis-Villa ergaunert hatte, ein Husarenstück, auf das er bis heute stolz war.

Seine Ausflüge auf die dunkle Seite, in die menschlichen Abgründe, das Treiben in der Villa, das er für Girolamo di Selvio und die anderen Seelen, die ihre Triebe nicht unter Kontrolle halten konnten, veranstaltete. Und dabei prächtig verdiente.

Voller Freude dachte er an Vanozza, die bis dahin wichtigste Frau seines Lebens, auch wenn sie lange schon kein Liebespaar mehr waren. Ob Clara ihm wohl jemals derartige erotische Vergnügen bereiten könnte wie diese wunderbare Frau es getan hatte?

Er dachte an die Reichtümer, die er mit dem Reliquienhandel verdiente. Und all das aufgeben, für ein geachtetes Leben an Lech und Wertach? Für eine ehrbare Frau und eventuell noch ein paar Kinder? Nein, Kinder wollte er keinesfalls haben.

Schließlich fiel ihm Papst Julius II. ein, dieser machtbesessene, intrigante Kirchenfürst. DAS war doch die Herausforderung, die er suchte! Nicht Haus und Herd und das Augsburger Fuggerkontor. Ein Rückzug nach Augsburg hätte bedeutet, vor Julius zurück zu weichen. Nie wieder wäre er im Vatikan als Geschäftspartner auf Augenhöhe wahrgenommen worden, wenn er jetzt, gleich nach der Causa Meckau, verschwunden wäre. Die Causa war ein Sieg für ihn und Fugger gewesen, der genutzt werden musste. Er war ja nicht Hannibal, der Karthager.*

Und, wenn er ehrlich war, schätzte er Rom bedeutend mehr als Augsburg.

Er stellte Vergleiche an:

Weltläufigkeit gegen biedere, schwäbische Enge.

Italienisches Klima gegen Regen und Kälte.

Lust und Laster gegen langweiligen Geschlechtertanz.

Wahre Macht und Einfluss gegen wertlosen bürgerlichen Respekt.

Die Welt der hohen Intriganz und Korruption gegen die des braven Augsburger Kaufmannswesens.

In Rom angekommen, hatte er seine Entscheidung getroffen.

---

* »Du verstehst zu siegen, Hannibal. Den Sieg zu nutzen aber verstehst Du nicht!« ist ein Zitat des karthagischen Generals Maharbal. (Anm. d. Autors)

18

JAKOB FUGGER WAR WEDER SONDERLICH ÜBERRASCHT noch allzu verärgert über Zinks Absage. Wozu auch, er benötigte ihn ja auch so weiterhin. Er hielt sich an seine Zusage, in jedem Falle, gleich wie er sich entscheiden würde, weiter auf ihn zu bauen.

Anders lag der Fall bei Clara Lauginger.

Wütende Briefe wurden von Fuggers Reitern nach Rom zugestellt, voller Beschimpfungen, Verhöhnungen und Drohungen, seinen Namen in Augsburg in dem Schmutz zu ziehen. Zink konnte und wollte das nicht ändern.

Seine Entscheidung stand fest. Kühl schrieb er zurück, verwahrte sich gegen die Beschimpfungen und drohte ebenso zurück, für den Fall, dass Clara seinen Namen verunglimpfen würde. Mit diesem einen Brief war für ihn der Fall erledigt.

Dann verstarb, wie erwartet, Ulrich Fugger, der älteste Teilhaber der Firma. Jakob war nun alleiniger Chef.

Und begann sofort mit dem Umbau der Firma. Junge, tatkräftige Männer wurden eingestellt, die scheinbar Tag und Nacht im Kontor arbeiteten. Die Geschäfte florierten und wurden auch durch den kleinen Skandal nicht gestört, mit dem die Firma Fugger am Rande in Verbindung gebracht wurden.

An einem kalten Wintermorgen wurde die Leiche der Witwe Clara Lauginger aus dem teilweise zugefrorenen Lech gezogen. Sie war scheinbar im Eis eingebrochen und darunter gezogen worden. Unübersehbar war ihre fortgeschrittene Schwangerschaft gewesen. Die Vaterschaft war unklar. Unklar war auch, was sie auf dem Eis gesucht hatte, das viel zu dünn gewesen war, wie jedermann wusste.

Diskret wurde – auf Geheiß von Jakob Fugger, das Haus der Clara Lauginger durchsucht, auf nachgelassene Briefe oder Notizen, die eventuell Auskunft geben könnten. Nachdem die Suche erfolglos verlaufen war, wurde die Witwe in aller Stille beerdigt und die Sache als tragischer Unfall abgetan.

Als wäre aber all dies nicht genug des Trauerns, folgte nur ein Jahr nach Ulrich bereits Zinks gelehriger Schüler, der junge Markus Fugger, der Sohn Georgs. Der Propst am Speyrer Dom und Kanonikus von Regensburg war in Rom zuerst durch die Syphilis geschwächt und dann an der Pest gestorben. Den Verlockungen Roms hatte er genauso wenig widerstehen können wie sein Lehrmeister, aber mit weitaus schlimmeren Folgen.

Um die Last der Firma wieder auf mehrere Schultern zu verteilen, stimmte Jakob schlussendlich der Umfirmierung der Firma in ›Jakob Fugger und Gebrüder Söhne‹ um. Damit waren Ulrichs Sohn gleichen Namens sowie Georgs andere Söhne, Raymund und Anton Fugger, Jakob Fuggers neue Kompagnons und – zumindest auf dem Papier – ebenfalls Vorgesetzte Zinks.

Der scherte sich allerdings nicht um die neue Fugger-Generation, sondern schacherte munter mit Pfründen, korrumpierte, wen immer er für ein Geschäft benötigte, zog dem hohen Klerus das Geld aus der Tasche und legte es bei der Fuggerbank gewinnbringend an.

Papst Julius hielt gelegentlich die Hand auf, diese dafür aber ansonsten schützend über den Faktor der Fugger.

Der jung verstorbene Markus Fugger war in gewissem Sinne als Aufpasser für Zink geplant gewesen, dieser hatte sich dem jungen Fugger jedoch turmhoch überlegen gezeigt und ihn schnell auf seine Seite gezogen.

Jakob Fugger war immer sehr bedacht drauf gewesen, die empfindliche Balance zwischen seinen beiden wichtigsten Kunden, dem Kaiser und dem Papst, aufrechtzuhalten. Wenn er auch Kaiser Maximilian näherstand, musste Zink dies durch Nähe zum Papst kompensieren. Nachdem sich beide Potentaten selten grün waren, war Fingerspitzengefühl eine wichtige, wenn nicht sogar oberste Tugend. Im folgenden Frühjahr beschloss Julius, verärgert durch einen Streit zwischen dem Kaiser und Venedig, politisch eigene Wege zu gehen. Das konnte gefährlich werden für die Fuggergeschäfte in Rom.

Ein erstes Signal, dass die schützende Hand des Papstes auf einmal weggezogen wurde, kam wieder einmal bei

Erbstreitigkeiten zwischen Kurie und der Fuggerfirma. Erneut war ein hochrangiger Kleriker der Anlass. Der päpstliche Datar Fazio Santori, ein wichtiger Fürsprecher der Fugger bei der Kurie über viele Jahre, war im März mit dreiundsechzig Jahren verstorben. Er hatte als langjähriger Zink-Kunde viel Geld angelegt, wenn auch nicht so viel wie der Brixener Bischof. Aber genug, um drüber zu streiten. Diesmal jedoch hatte Julius seine Lektion aus dem Meckau-Debakel gelernt und ließ sich auf keinerlei Diskussionen ein. Der Nachlass Santoris wurde knallhart eingefordert und eingezogen. Und zwar in Form von Verrechnungen mit Kupfer- und Zinnlieferungen der Fugger an die Kurie. Auch wenn Julius II. hier fraglos einen Sieg über Zink errungen hatte, war dies ein Sieg, der die Fuggerfirma nicht belastete. Im Gegenteil, der Umfang der Lieferungen stieg an und die Fuggerbank verdiente mehr denn je. Zink grämte sich nur über die taktische Niederlage. Das Geld hatte er für sich behalten wollen.

Im extrem heißen Hochsommer des darauffolgenden Jahres hieß es in Augsburg plötzlich, Papst Julius sei schwer erkrankt und läge im Sterben. Die Gerüchte erreichten auch Kaiser Maximilian. Und der fasste einen tollkühnen Plan: Warum nicht Reich und Kirche unter einem Regenten vereinigen? Also schickte er Matthäus Lang nach Rom mit der Mission, für den Fall des Todes des Rovere-Papstes dafür zu sorgen, dass die Tiara Kaiser Maximilian aufgesetzt werden sollte. Kaiser und

Papst in einem! Eine groteske Idee, die, falls ihr Erfolg beschieden sein sollte, alle Machtstrukturen Europas auf den Kopf stellen würde.

Matthäus Lang war Fürstbischof von Gurk, somit Nachfolger Kardinal Peraudis, und Bischof von Cartagena, jedoch, dem Brauch der Zeit entsprechend, nicht einmal geweihter Priester. Zudem Koadjutor des Salzburg wie ein feudaler Fürst regierenden Bischofs Leonhard von Keutschach. Und langjähriger Ratgeber und Vertrauter von Kaiser Maximilian. Ein harter, siegesgewohnter Mann Mitte vierzig, von großer, kräftiger Statur, mit Adleraugen und einem schmalen, verkniffenen Mund. Dessen Elternhaus zufällig auch in Augsburg stand. Sogar gleich schräg gegenüber vom ›Haus am Rohr‹, in dem Jakob Fugger geboren worden war.

»Ich denke, Ihr werdet zur Überzeugung der Kardinäle etwa dreihunderttausend Dukaten brauchen«, legte Kaiser Maximilian seinem Berater die Größenordnung dar, um die es sich hierbei handelte.

»Die Spanier haben wir schon im Sack, König Ferdinand von Aragon ist einverstanden, wenn ich gleich unseren Enkel Karl als meinen Nachfolger bestimme.«

»Woher wollt Ihr so viel Geld nehmen, Majestät?«, fragte Lang.

»Woher? Wie immer, vom Fugger natürlich«, kam die Antwort mit einer Selbstverständlichkeit, die Lang überraschte. Diese Summe war selbst für die Fugger schwer zu stemmen, das wusste Lang wohl besser als Maximilian, der keine Ahnung hatte, dass die Augsburger auch durch seine Unzuverlässigkeit bei der Rückzahlung der Schulden schon mehrmals am Rand der Pleite gestanden waren. Zudem war die Meckau-Krise noch nicht lange vorüber und die Fuggerfinanzen für ein derartiges Risiko noch nicht gefestigt genug.

Maximilian spann seine Idee weiter.

»Zur Belohnung sollen die Fugger direkt bei mir sitzen. Der Johannes Zink soll Vorstand der Camera Apostolica werden, oder wer immer dann Leiter der römischen Fuggerbank ist.«

Als Jakob Fugger von den Plänen erfuhr, war er alles andere als begeistert.

»Zu viel Geld, zu viel Risiko«, war sein erster Gedanke.

»Hinhalten, taktieren, verzögern«, sein zweiter.

Er wusste genau, dass selbst im Erfolgsfall ein großer Teil dieser gigantischen Summe verloren wäre. Außerdem fürchtete er den Größenwahn Maximilians, sollte dieser Kaiser UND Papst in Personalunion werden. Ganz der erfahrene, gerissene Taktiker, sagte er also Maximilian unter vier Augen seine Unterstützung zu, wies aber gleichzeitig Zink an, in Rom alles zu tun, um dessen Pläne zu hintertreiben. So gerne Zink Vorsitzender der Apostolischen Kammer geworden wäre, dieser Plan war auch ihm zu riskant. Da konnte, falls es schiefging, alles verloren gehen, was er sich an Beziehungen und Kontakten in den letzten Jahren aufgebaut hatte.

Fugger und Zink gingen tief in Deckung in dieser

Mission. Und hatten Glück. Denn Julius II. genas und wurde so munter wie eh und je.

»Das Fell des Bären verteilen, bevor er erlegt ist! Ich bin noch nicht tot, und schon wird um meine Nachfolge gestritten!«

Zu Recht grollte der Papst allen, die er der Teilnahme an diesem Komplott verdächtigte. Die kluge Zurückhaltung von Fugger, ganz besonders aber von Johannes Zink, zeigte Früchte. Mehrere Kardinäle wurden öffentlich getadelt, dem spanischen Königshaus schwor Papst Julius bittere Rache. Von da an war für eine Weile auch das Verhältnis zwischen Papst und Kaiser schlecht wie lange nicht mehr. Erst Sachzwänge, in diesem Fall eine Allianz gegen Frankreich und Venedig, brachten die beiden Regenten wieder zusammen. Maximilian sah seinen ehrgeizigen Fehler ein und näherte sich der päpstlichen Politik wieder an. Im Gegenzug ernannte Julius II. Matthäus Lang zum Kardinal.

Nur gegen das Augsburger Handelshaus war während der ganze Affäre kein Wort der Missbilligung aus Rom zu vernehmen gewesen. Zink durfte seine Geschäfte mit dem Vatikan unbehelligt fortsetzen, Papst Julius erweiterte sogar den Umfang, als eine Art Belohnung für den treuen Faktor, der ihn in dieser Situation nicht im Stich gelassen hatte.

Jakob Fugger waren die zahlreichen geschäftlichen Transaktionen Zinks mittlerweile mehr als suspekt. Aber was tun? Ohne Zink war er in Rom verloren.

»Seht, Zink, die Geschäfte laufen prächtig, Ihr werdet nicht jünger, ich denke, Ihr solltet einen Assistenten an die Seite gestellt bekommen.«

Zink wusste genau, dass Jakob ihn in erster Linie kontrollieren wollte.

»An wen hattet Ihr gedacht?«

»Den Engelhard Schauer aus Nürnberg.«

Zink hatte von diesem Mann gehört. Ein langjähriger Fugger-Mitarbeiter, loyal, aber nicht der hellste. Mal sehen, als wie hart sich diese Nuss erweisen würde. Zink stimmte zu. Schauer reiste im Spätsommer nach Rom. Er hatte keine Ahnung, was ihn erwartete.

Es dauerte genau drei Monate, in denen Schauer auf Disziplin und Anstand achtete. Dann war auch er den Verlockungen Roms erlegen. Zuerst zahlte er noch hübsch Lehrgeld, in Gaststätten, wo man ihm für viel Geld verdorbenes Essen vorsetzte, Schlafmittel in den Wein mischte und ihn in der Nacht beraubte. Dann hatte er seine Lektion gelernt. Zuerst sorgte er dafür, dass ihn niemand mehr mit einem dieser frommen, naiven Rompilger verwechselte, derentwegen die Gauner aus ganz Italien zur Vollendung ihrer kriminellen Ausbildung nach Rom reisten. Er legte seinen bieder klingenden Namen ab und ließ sich ›Angelus Sauer‹ titulieren. Die hübschen puttana, die ständigen Verlockungen von Geld, Reichtum und Luxus ließen die Moral des biederen Nürnbergers in weiterer Folge komplett in sich zusammenfallen. Zink erwies sich als guter Lehrmeister. Es dauerte nicht lange, da zweigte auch Schauer mehr Geld in die eigenen Taschen ab als in die seines Arbeitgebers. Schauer fraß, soff, korrumpierte und hurte herum, als wäre das sein eigentlicher Lebensinhalt.

Unrühmlicher Höhepunkt Schauers in Diensten Fuggers war dann – Jahre später – sein Mitwirken bei der Plünderung Roms, die für ihn zur Kündigung Fuggers und für die Firma Fugger zum Ende der römischen Filiale führte. Dies geschah aber nach Zinks Tod.

19

EINES ABENDS GINGEN ZINK UND SCHAUER –, zu einer Zeit, als Schauer noch gewillt war, Recht und Anstand zu wahren, nach einer Geschäftsbesprechung im Vatikan durch eine dieser Gassen, in denen ein Gasthaus neben dem nächsten stand. Die Unterkunft und Verpflegung boten für die vielen Besucher, die zu jeder Jahreszeit nach Rom pilgerten. Es gab sie in allen Güteklassen, für den höheren Klerus und die Kardinäle bis zu jenen für die einfachen Mönche und Pilger.

Sie hatten auf dem Rückweg vom Vatikan einen ausgedehnten Spaziergang gemacht, waren seit dem Nachmittag über die Märkte geschlendert, weil sich dabei diskret und ohne Zuhörer über das eben abgeschlossene Geschäft reden ließ. Mit der Routine erfahrener Stadtbewohner waren sie einige Male dem fliegenden Inhalt der Nachttöpfe ausgewichen, die immer wieder aus den Fenstern der mehrgeschossigen Mietshäuser in die stinkenden Gassen entleert wurden.

Sie hatten noch einen Abstecher zur Herberge Albergo del Sole gemacht, einem der vornehmsten Gasthäuser Roms, direkt am Campo de' Fiori gelegen, der nicht nur Markt war, sondern häufig auch als Richtstätte diente. Dort hatten sie ein Geschäft besprochen und gleichzeitig interessiert bei der Hinrichtung eines Diebes zugesehen. Zuerst wurde er ein wenig mit glühenden Zangen gezwickt, dann wurden ihm die Hände abgeschlagen, dann wurde er aufgehängt. Der Galgen war direkt vor den Fenstern der Herberge aufgebaut, ein Grund mehr, weswegen die Albergo del Sole bei auswärtigen Besuchern so beliebt war.* Das anschließende Vierteilen des Verurteilten interessierte sie weiter nicht. Die beiden Kaufleute hatten nach Verlassen der Herberge mit Erfolg versucht, das große Gedränge am Campo de' Fiori zu umgehen, das war doch etwas zu viel des Guten; da war keine Börse, kein Almosenbeutel sicher vor den flinken Taschendieben.

»Du glaubst zu schieben und wirst doch geschoben«, hatte Zink seinem Adlatus die dortigen Zustände beschrieben. »Und das Geschrei der Marktfrauen dort

* Die Albergo del Sole gilt heute als ältestes Hotel Roms. (Anm. d. Autors)

ist unglaublich. Also mir ist es lieber, meine Diener dort hinzuschicken als selbst dort einzukaufen.«

Sie passierten gerade auf ihrer Umgehung des Marktes in flottem Schritt einige eher einfache Pinten. Wobei die beiden sich trotz strömenden Regens, der mittlerweile eingesetzt hatte, der aggressiven Werbung mehrerer älterer Prostituierter erwehren mussten. Kaum waren sie der Frauen ledig, saßen dort drei nicht minder lautstark rufende Bettler. Zink zückte seinen Almosenbeutel. Die beiden Gauner, die in einem dunklen Türeingang, nur ein paar Meter weiter, mit gezückten Messern auf sie warteten, sahen sie nicht. Ohne Ahnung ob der drohenden Gefahr, hielt Zink immer noch seinen Almosenbeutel in der Hand, währenddessen er einen milden Tadel an Schauer aussprach:

»Wenn Ihr von den Pfründen, die der Papst zu vergeben hat, etwas abhaben wollt, dann müsst Ihr Euch aber geschickter anstellen. Wieso tut Ihr so, als sei dies etwas Ehrenrühriges? Gute Pfründen sorgen für ein gutes Auskommen ohne Arbeit, merkt Euch das.«

Schauer nickte, obwohl er nicht einverstanden war und noch an die kirchliche Moral glaubte. Er zog seine Kapuze tiefer über seinen Kopf, um den prasselnden Regentropfen zu entgehen.

Im gleichen Moment, als die beiden Gauner aus ihrem Versteck springen wollten, um die beiden wohlhabenden Kaufleute auszurauben, öffnete sich die Tür des Gasthofs und zwei Mönche traten heraus. Ein älterer, würdig aussehender, gefolgt von einem schlanken, drahtigen, der einige Jahre jünger war. Beide trugen eine Tonsur, der man ansehen konnte, dass sie frisch hier in Rom geschoren worden war. Die beiden waren wohl gerade erst angekommen. Der junge Mönch hatte die letzten Worte Zinks wohl gehört und begann gleich, ebenfalls den Regen ignorierend, in deutscher Sprache loszuschimpfen.

Die beiden Gauner zogen sich sofort zurück. Vier Männer, das war zu viel für sie, auch wenn sie bewaffnet waren. Da gab es jederzeit leichtere Opfer, die für weniger Aufsehen sorgten.

»Seht her, Pater Johann!«, rief der Mönch seinem Begleiter zu. »Das sind sie«, und zeigte vor den Passanten auf Zink und Schauer, »die unsere Mutter Kirche in den Abgrund stürzen. Die Pfründenjäger und Ämterschacherer.«

Fast sah es so aus, als wollte er auf Zink losgehen. Die Situation war grotesk. Es regnete in Strömen, Bettler und Prostituierte bildeten den Rahmen, als ein einfacher Mönch mit einem gesetzten Kaufmann Streit anfangen wollte. Der als Pater Johann titulierte hielt seinen Mitbruder zurück. Zink erkannte in den beiden Augustinermönche. Er wusste, es weilten derzeit einige von ihnen in Rom, um beim Papst gegen die Vereinigung der Augustiner mit den Orden der strengen Observanten zu protestieren.

Zink war nicht in Streitlaune und wollte alles, nur nicht in der Öffentlichkeit erkannt und diskreditiert werden. Also sagte er versöhnlich, ebenfalls auf

Deutsch, während er seine Kapuze im Regen fester zuzog:

»Ihr müsst uns missverstanden haben. Wir sind gewöhnliche Kaufleute. Und mit wem haben wir die Ehre?«

Der Mönch riss sich von dem Älteren los, stellte sich gerade und erwiderte:

»Mein Name ist Martinus Luther.« Er zeigte auf seinen älteren Begleiter. »Ich bin Socius Itinerarius unseres ehrwürdigen Priors Johann von Mechelen vom Erfurter Convent.«

Schauer rief ihm zu, bevor Zink ihm den Mund verbieten konnte:

»Und wir sind die Herren der römischen Fugger-Faktorei.«

Das hätte er besser bleiben lassen sollen. Der Mönch kam näher und begann erneut zu schimpfen:

»So, für den Fugger arbeitet Ihr. Den schlimmsten Ausbeuter und Menschenschinder, der aus Geld ohne eigene Arbeit mehr Geld macht. Schämt Euch.«

Resigniert drehte er sich um und rief laut:

»Dann seid Ihr richtig hier in Rom, der Hauptstadt des Unernsts und des Sittenverfalls. Und kann ich zu Recht davon ausgehen, dass ich Euch morgen bei der Generalbeichte nicht sehen werde?«

Zink lachte hämisch und schob seinen Bauch nach vorne. Luther hatte ihn provoziert. Jetzt wollte er ihm zeigen, wer hier das Sagen hatte. »Mein liebes Mönchlein«, wurde er unverhohlen überheblich. »Beichtet Ihr mal fleißig für mich mit. Ich habe Besseres zu tun, als auf dem Bauch die Heilige Treppe am Lateran hinauf zu rutschen, um ein wenig billige Sündenvergebung zu erlangen.«

Die umstehenden Passanten, einige davon neu hinzugekommen, lachten.

Zink setzte noch eins drauf.

»Kauft unbedingt morgen nur fleißig Ablassbriefe und Reliquien«, sagte er mit spotttriefender Stimme. Luther wurde rot vor Zorn. Seine Augen blitzten. Er trat in eine Pfütze, so dass Wasser nach allen Seiten spritzte, sein Habit noch nasser wurde als ohnehin schon, und wandte sich an seinen Begleiter. »Und ich Esel habe beim Anblick Roms auf der Via Cassia noch ausgerufen: ›Sei gegrüßt, oh heiliges Rom! Land der Märtyrer, geheiligt durch das Blut, das sie hier vergossen haben!‹ Da reisen wir wochenlang durch Kälte und Regen, um uns dann hier von Augsburger Kaufleuten blasphemisch beschimpfen zu lassen. Rom ist mehr eine babylonische Hure als eine Heilige Stadt.« Der Prior schüttelte den Kopf angesichts von Martin Luthers jugendlichem Überschwang. Luther hatte sich in Rage geredet. Hände fuchtelnd stand er auf der Straße, während der Himmel über ihm seine Schleusen öffnete. Umgeben von Pater Johann, Zink, Schauer und einigen neugierigen Passanten.

»Seht sie Euch doch an, die Italiener. Lesen die Messe, als gelte es, einen Wettlauf zu gewinnen. Ständig nur ›Passa, passa‹ – ›Mach schnell, mach schnell‹. Den Priestern in Rom sehe ich ihre Ungläubigkeit an der Nasenspitze an. Gottesdienst ist für sie Gaukelspiel. Schämen sollten sie sich.« Dann erinnerte er sich an den Grund seiner Rede. Zu Zink gewandt, fuhr Luther fort:

»Wir sprechen uns noch, Fuggersklave. Eines fernen Tages wird Euch das Lachen vergehen.«

Zink ließ ihn stehen und ging mit Schauer seines Weges.

Ohne auch nur zu ahnen, dass ihm dieses zufällige Treffen das Leben gerettet hatte. Oder ihn zumindest vor einem unangenehmen Raubüberfall bewahrt hatte. Die beiden Mönche diskutierten noch eine Weile weiter, dann gingen auch sie in ihr Nachtquartier, ein hinter dem Stadttor gelegenes Kloster ihres Ordens.

Am nächsten Morgen hatte Zink den Mönch aus Thüringen bereits wieder vergessen. Es sollten noch ein paar Jahre ins Land gehen, bis sich beide erneut begegneten. Der kurze Romaufenthalt hatte die Gemütsverfassung des frommen jungen Mönchs völlig durcheinandergebracht, ihn geradezu verstört. Das sollte weitreichende Folgen haben.

Für Fugger und Zink, für die Kirche, für die ganze Welt …

20

Johannes Zink hasste Kinder. Diese stinkenden, schreienden Lumpenbündel, die von ihren nicht minder leisen Müttern durch Roms Gassen getragen wurden. Die einfach überall waren. Nirgendwo konnte man vor ihnen sicher sein. Dabei hatte er nichts gegen den Lärm der Stadt einzuwenden. Den genoss er, der war Teil des Lebens in Rom. Bis auf die Kinder.

So hatte er auch nicht schlecht gestaunt, als vor einigen Jahren eine Puttana, gerade die, mit der er am Öftesten verkehrte, ihm so ein schreiendes Geschöpf unter die Nase gehalten hatte mit den Worten: »So, der gehört zum gleichen Teil Euch wie mir.« Das kam natürlich überhaupt nicht in Frage. »Ich zahle dich auch dafür, dass du für die Verhütung ein solchen Unglücks Sorge trägst«, war Zinks erste Erwiderung. Auch die unverhüllte Drohung, seine Vaterschaft öffentlich zu machen, brachte ihn nicht aus der Fassung. »Hier hat fast jeder Mann Bastardkinder herumlaufen. Sogar der Papst und beinahe alle Kardinäle. Wieso glaubst du, mich würde das interessieren?« Letzten Endes interessierte es ihn aber doch, zumindest so weit, dass er als erster Bankier der Kurie integer erscheinen wollte, sachlich, ohne Lüste oder geheime Leidenschaften.

Also überredete er die Frau – die er danach nie wieder sah, das Kind im Hospital Santo Spirito abzugeben. Dort gab es eine steinerne, drehbare Klappentüre, die wie eine Schleuse ausgeführt war, zum Zweck der anonymen Kindsabgabe. Santo Spirito war nicht nur das größte Hospital Roms, sondern auch das größte Heim für Findelkinder. Und seit Einrichtung der steinernen Schleuse, deren Zweck auf einer Marmortafel erläutert wurde, war die Anzahl der Kinder, die dort nachts abgegeben wurden, in gleichem Maße gewachsen, wie die der Kindsleichen, die man aus dem Tiber fischen musste, gesunken war. Die Nonnen von Santo Spirito pflegten die Kinder, bis sie entweder heirateten oder alt genug waren, in die Welt hinaus zu ziehen.

So war Zinks Problem schnell aus der Welt geschafft.

Es regnete viel in diesem Frühjahr. Alle Römer schimpften auf das Wetter. Nur einige Tage nach dem zufälligen Zusammentreffen mit Martin Luther war Johannes Zink gerade unterwegs an der Piazza della Minerva, im Viertel Pigna. Er kam gerade von Santo Spirito. Neben der Kinderschleuse gab es einen Briefkasten, in dem Geldspenden für die Kinder deponiert werden konnten. Zink tat dies mit schöner Regelmäßigkeit. Nicht aus Mitleid, sondern um sicher zu sein, keinen Ärger mehr zu bekommen. Über die Jahre hatten sich dem ersten Bastard noch drei weitere dieser ›Unfälle‹ hinzu gesellt. Das war allerdings kein Grund für Johannes Zink, die Spendensumme zu erhöhen. Die war seit dem ersten Kind gleich geblieben. Mit erleichtertem Gewissen schritt er so dahin. Er hatte sein bestes Gewand angelegt, ein wichtiges Geschäft galt es nun noch abzuschließen. Da öffnete plötzlich der Himmel seine Schleusen und ließ es schütten. Fette Tropfen klatschten auf seinen Hut und seine samtverbrämten Schultern. Er verfluchte sein Pech. Konnte er derart nass zu seinem Geschäftstermin erscheinen? Oder sollte er vor dem Regen ins nahe gelegene Pantheon flüchten? Jeder hätte Verständnis dafür, wenn man wegen des Wetters einen Termin verschob. Schnellen Schrittes ging er weiter. Unvermittelt stand er vor einer Kirche, die er noch niemals beachtet hatte. Gleich, wie oft er an ihr vorbeigegangen war. ›Santa Maria sopra Minerva‹ stand an der eher unscheinbaren Fassade geschrieben. Eine Kirche der Dominikaner. Das sollte als Zuflucht ausreichen. Er hielt trotz des Regens kurz vor dem Eingangsportal inne und betrachtete eines der dort aufgebrachten Gemälde, das einen Dominikanermönch mit einem Hund zeigte, der eine Fackel im Maul trug.

»Immer noch die Bluthunde Gottes«, murmelte er, dem dieser Orden immer suspekt gewesen war. Wie alle Menschen, die aus Überzeugung, nicht aus Gier handelten und die insofern unbestechlich waren.

Links daneben hing eine Tafel, die den Stand des letzten Tiber-Hochwassers anzeigte. Da stünde er jetzt bis zum Hals im Wasser. Zink öffnete das schwere Portal und trat ein. In der Kirche schüttelte er kurz die Regentropfen von seinen kostbaren Kleidern ab, dann verharrte er kurz bei einem Epitaph, der offensichtlich noch recht neu war. ›Andrea Bregno‹ las Zink. Er erinnerte sich. Einer der wichtigsten Künstler Roms war das gewesen, sogar Michelangelo hatte ihn bewundert. Zink hatte ihn flüchtig gekannt. Er war im gleichen Jahr verstorben wie Papst Alexander.

Und nun lag er hier …

Die Kirche war innen viel schöner, als von außen anzunehmen war. Zink vergaß für einen Moment, dass er nur hier war, um sich vor dem Regen zu schützen, und ging durch das Kirchenschiff mit dem hohen Kreuzrippengewölbe nach vorne. Ein prächtiges Mosaik einer Madonna auf Goldgrund zierte den rechten Seitenaltar. Er inhalierte die übersinnliche Atmosphäre, die das Bild ausstrahlte, dann sah er die Frau.

Eine außergewöhnlich schöne, reife Frau von Ende dreißig, sie erinnerte ihn an eine jüngere Ausgabe seiner Freundin Vanozza. Bis auf die Haare, die trug diese engelsgleiche Erscheinung lang und rotblond, in einem geschickten Flechtmuster aus mehreren Zöpfen, die wieder ineinander verflochten waren. Die Kleidung der Dame aus einer vornehmen Familie. Und sie kam ihm bekannt vor, wenn er auch nicht mehr wusste, woher. Zink überlegte kurz, ob diese Frau wohl auch vor dem Regen in die Kirche geflüchtet war. Dann sprach er sie an.

»Kenne ich Euch?«

Die Frau lächelte verführerisch.

»Vielleicht. Woher meint Ihr denn, mich zu kennen?«

Zinks Mundwinkel zuckten. Jetzt war er unsicher. Sein berühmter Blick schien von der Frau abzuprallen. War er hier an eine Puttana geraten? Also fragte er keck zurück:

»Woher sollte ich Euch denn kennen können?«

»Seid Ihr ein Mann der Kirche?«, fuhr die Frau fort. »Dann ist es möglich, dass wir uns im Vatikan begegnet sind. Es ist aber bereits eine Weile her, dass ich zuletzt dort war. Seit Papst Alexander nicht mehr unter uns weilt …«

Sie ließ die Fortsetzung des Satzes offen, denn sie sah Zinks offenen Mund und verstand, dass er sie wiedererkannt hatte.

»Giulia Farnese?«

Das war keine Frage, mehr eine Feststellung.

Die Frau nickte.

»Und Ihr?«

»Johann Zink, Faktor der Fuggerbank.«

Giulia Farnese brach, der kirchlichen Umgebung zum Trotz, in glockenhelles Lachen aus.

»Der Kastanienball!«

Nun leuchteten auch Zinks Augen, denn es war ihm keineswegs peinlich, an diesen Abend erinnert zu werden. Die Frau, die vor ihm stand, war Cesare Borgias damalige Favoritin gewesen. Die Frau, die ihm zuerst beim Umkleiden geholfen hatte, ihm dann den kecken Klaps aufs Hinterteil gegeben und später auf so unzüchtige Weise dic Kastanien aufgesammelt hatte. Sie war eine enge Freundin von Cesares Schwester Lucrezia Borgia, der Tochter Vanozzas, gewesen und zu ihrer besten Zeit so stadtbekannt, dass die Römer ihr einen eigenen Lästernamen gegeben hatten: Giulia war die ›Braut Christi‹. Sie hatte dafür gesorgt, dass ihr Bruder Alessandro in der Kirche rasant Karriere machte. Wenn er deswegen auch nicht den besten Leumund hatte. Auch ihm war der Spott der Straße gewiss gewesen, aber bösartiger als der für seine Schwester: ›Cardinal Gonella‹ – ›Röckchen‹ und ›Cardinal Fregnese‹ – ›Möse‹, tuschelten ihm die Leute hinterher.

Zink hatte nur noch gerüchteweise mitbekommen, dass sich für einige Jahre auch Papst Alexander ihrer Liebeskunst versichert hatte. Bis er gestorben und Cesare in Ungnade gefallen war.

Er unterbrach den Moment der Stille und der Überlegung, der der Erkenntnis des Kastanienballs gefolgt war.

»Was führt Euch hierher, in diese einzige Kirche aus der Zeit der Gotik, in einer Stadt so voller Kirchen?«

»Der Regen, wohl ebenso wie bei Euch«, erwiderte Giulia kokett.

»Nun, ich glaube, der hat mittlerweile aufgehört.«

Er bereute den Satz in dem Moment, in dem er ihn sagte. Er wollte unbedingt, dass diese Frau bei ihm blieb. Sie war die dreißig Jahre jüngere Ausgabe seiner Vanozza. Bildschön und talentiert, dabei ohne jede Skrupel. Eine Frau, so recht nach seinem Geschmack.

In seiner Jacke ertastete er ein Stück Marzipan, in ein leicht feuchtes Tuch gewickelt. Eigentlich war es für ihn selbst bestimmt, er liebte diese süße Leckerei. Mit einem süffisanten Grinsen zog er das Tuch aus der

Tasche, wickelte das fingergroße Stück aus und reichte es mit einer leichten Verbeugung der schönen Frau an seiner Seite. Die lachte überrascht auf.

»Da sage noch einer, ihr deutschen Kaufleute seid so nüchtern und trocken. Ihr jedenfalls versteht es, einer Frau eine Freude zu machen.«

Während sie mit geradezu obszöner Lüsternheit die Hälfte des Marzipans abbiss, schaute Johannes Zink aus dem Portal hinaus auf die Straße, in der bereits wieder die ersten Sonnenstrahlen erschienen. Dann jedoch der schönen Frau direkt in die Augen. Und auf einmal klappte es mit seinem blauen Blick.

»Was macht Ihr derzeit? Womit vertreibt Ihr Euch den Tag?«

Giulia Farnese sprang eine Stufe hinunter, das Tuch mit dem Marzipanrest in der rechten Hand und hakte sich, als wäre es das Selbstverständlichste auf der Welt, mit dem linken Arm bei dem fünfzehn Jahre älteren Fuggerfaktor unter.

»Zeigt mir doch, wie *Ihr* den Tag verbringt.«

Der Geschäftstermin war vergessen, für Johannes Zink etwas Ungeheuerliches, eigentlich Undenkbares.*

---

* Die Kirche Santa Maria sopra Minerva wurde angeblich über der Ruine eines angeblichen früheren römischen Minerva-Tempels errichtet. Heute ist jedoch gesichert, dass sich das Minervaheiligtum etwa 200 m weiter östlich befand. Es ist die einzige gotische Kirche Roms. Bauzeit war von 1270 bis 1370. Obwohl weitgehend unbekannt, war sie in der Vergangenheit Schauplatz wichtiger Inquisitionsprozesse, so etwa auch der Prozesse gegen Galileo Galilei und Luigi Pasquali. Die Kirche beherbergt zahlreiche Kunstwerke von Michelangelo und Bernini. (Anm. d. Autors)

Es dauerte nicht lange, da verwaltete Johannes Zink auch das Vermögen Giulia Farneses. Alexander hatte ihr einige Legate hinterlassen, nebst einiger Barschaft. Unermessliche Reichtümer besaß sie nicht, es sollte jedoch für einen sorglosen Lebensabend ausreichen. Zumal sie von einem ›richtigen‹, verstorbenen Ehemann ebenfalls geerbt hatte und seit zwei Jahren mit dem Baron Bozzuto verheiratet war. Diese Tatsache hatte sie Zink vorenthalten, als sie das erste Mal das Bett teilten. Und auch die Male danach. Erst als Johannes Zink ihre Papiere durchging, um den genauen Stand ihres Vermögens festzustellen, kam sie damit heraus.

»Warum habt Ihr mir das nicht vorher gesagt?«

Zink wirkte leicht pikiert.

Giulia sah das Ganze eher locker.

»Was hätte es geändert? Habt Ihr etwas gegen Ehebrecherinnen und Ehebrecher? Dann wärt Ihr in Rom aber sehr einsam.«

Zink wusste, dass sie recht hatte. Er hatte keinen Grund, seiner neuen Geliebten mit Moral oder gar Religion zu kommen. Dennoch fühlte er einen Stich in seinem Herzen, als wäre er betrogen worden. Und er beschloss, es Giulia zu gegebener Zeit heimzuzahlen. Einstweilen konnte er ja noch die Lustbarkeiten annehmen, die sie ihm so bereitwillig anbot.

Eine passende Gelegenheit würde hoffentlich kommen.

Irgendwann …

DER PAPSTKÄUFER

21

Johannes Zink war keineswegs geneigt, sich von seinem Arbeitgeber Jakob Fugger so ohne Weiteres kontrollieren zu lassen. Er war durchaus noch nicht am Ende mit seiner Kunst, sein wahrer Aufstieg und die wichtigsten Geschäfte seiner Karriere sollten erst noch kommen.

Dazu musste das Schicksal erst ein wenig nachhelfen. Was es tat, indem es den ruhm- und prachtsüchtigen Militärpapst Julius II. in einem feuchtkalten Februar, in seinem siebzigsten Lebensjahr, ins Jenseits schickte. Angeblich hatte der sich noch im hohen Alter mit der Syphilis infiziert. Trotz seiner Abneigung gegen einige Unsitten seiner Vorgänger, wie den Nepotismus und die Simonie, hatte er ebenso wie diese ein zügelloses Leben geführt, das ihm letzten Endes den Tod brachte.

Wie so häufig, war es der interne Fuggersche Nachrichtendienst, in diesem Fall war Zink der Zuträger, der die Meldung vom Tod des Papstes als Erstes nach Deutschland und an den Kaiserhof brachte. Maximilian verzichtete auf einen erneuten Versuch, den Papstthron an sich zu reißen; ein blaues Auge reichte aus.

Während im fernen Deutschland ein immer noch weitgehend unbekannter Mönch namens Martin Luther öffentlich über den Tod des jähzornigen ›Blutsäufers‹ jubilierte, machte sich Zink große Sorgen, sowohl um die Rückzahlung der päpstlichen Schulden als auch um den Nachfolger Julius'. Jakob Fugger hoffte auf die Ernennung des venezianischen Kardinals Grimani, der ihnen sehr gewogen war. Alle waren jedoch dann überrascht vom tatsächlichen Ausgang des Konklaves. Der neue Papst kam aus der Toskana.

Beide Sorgen Zinks waren dennoch unberechtigt.

Wenn er auch zuerst einen großen Schreck bekam: Der neue Papst war ihm persönlich, wenn auch nur flüchtig, bekannt, einige Male waren sie sich über den Weg gelaufen. Er kam nämlich aus dem Geschlecht der Medici. Giovanni de' Medici war siebenunddreißig Jahre alt und das sechste Kind von Lorenzo de' Medici, der als ›Il Magnifico‹ – ›der Prächtige‹ in die Geschichte eingehen würde. Aber die Zeiten, da die Fugger die Bank der Medici und deren immensen Reichtum gefürchtet, bekämpft oder beneidet hatten, waren längst vorbei. Man begegnete sich mittlerweile auf Augenhöhe und machte auch Geschäfte miteinander, lieh einander Geld und beteiligte sich gemeinsam an Unternehmungen. Somit hatte sich mit einem Medici auf dem Heiligen Stuhl auch die zweite Sorge erledigt. Ein Florentiner Medici stand in der Regel zu seinem Wort, also sollten auch die Schulden der Vorgängerpäpste anerkannt werden.

Zur Amtseinführung gab es allerdings noch einige Hindernisse zu umschiffen, über die sich der Pöbel auf der Straße das Maul zerriss:

»Hast du gehört, der neue Papst ist noch nicht mal Geistlicher!«

»Und das, obwohl er seit seinem achten Lebensjahr Domherr in Florenz und Abt in Santa Michele ist.«

»Nicht zu vergessen, päpstlicher Pronotar, seit er sieben war.«

»Und Kardinal mit vierzehn!«

»Fleißig Pfründen kassiert, sein Leben lang, aber wohl noch nie eine Kirche von innen gesehen.«

In der Tat war dies noch nie vorgekommen, dass ein Konklave mit der Wahl eines Mannes zu Ende ging, der erst noch zum Priester geweiht werden musste, bevor er sich die Tiara aufsetzen durfte.

In Augsburg teilte man den Optimismus Zinks nur bedingt.

»Ein Medici bleibt ein Medici. Der wird seine Geschäfte lieber mit der versippten italienischen Hochfinanz machen wollen als mit uns«, machte Jakob Fugger kein Hehl aus seinem Unmut über diese Wahl. »Die Salviati und Strozzi werden sich ins Fäustchen lachen.«

Zink versuchte in Geheimdepeschen, ihn zu beruhigen.

»Der Heilige Stuhl steht bei uns so im Soll, er kann sich gar nicht leisten, uns zu ignorieren.« Schließlich bekam Zink als wichtigsten Auftrag von Jakob Fugger mit auf den Weg, ein bestes Einvernehmen mit dem jungen Papst herzustellen, der sich Leo X. nannte.

Zink wartete also ab, bis Leo X. nach seiner Papstwahl zuerst zum Priester und zwei Tage später zum Bischof geweiht wurde. Erst dann konnte, wiederum zwei Tage danach, die Papstkrönung folgen. Bereits drei Tage darauf saß er im Vatikan Leo gegenüber, für ein vertrauliches Gespräch unter vier Augen. Zink wertete es als gutes Zeichen, dass der Tisch üppig gedeckt war. Rehkeule, Rebhühner, gebratene Tauben und ein halbes Lamm ließen ihm das Wasser im Mund zusammenlaufen. Es gab sicher kein Festessen, wenn man ihm schlechte Nachrichten mitzuteilen hätte. Da man sich bereits kannte, verzichteten beide auf weitschweifige Höflichkeitsfloskeln, bezeugten sich kurz ihren gegenseitigen Respekt und kamen sogleich zur Sache.

»Ihr seid schnell, Zink«, eröffnete der Papst das Gespräch. »Habt Ihr Angst um Eure Pfründen? Oder um das Geschäft der Fugger?« Er redete wirklich nicht um den heißen Brei herum.

Johannes Zink hatte sich vorher zurechtgelegt, was er sagen wollte. Dies wurde jedoch durch diese offene Frage bereits überflüssig. Also musste er improvisieren.

»Euer Heiligkeit, eigentlich wollte ich Euch beglückwünschen zu dieser Wahl und fragen, ob ich und das Haus Fugger Euch behilflich sein können. Aber Eure Fragen sind angebracht. Angst habe ich keine, berechtigte Sorge aber allemal.«

Der frischgebackene Papst lachte.

»Ihr seid ehrlich zu mir? Das kommt unerwartet.

Dann sagt mir gleich: Auf wie viel haben meine Vorgänger sich bei Euch verschuldet?«

Zink nannte eine Summe, die sogar den reichen Spross aus dem Hause de Medici kurz schlucken ließ.

»Nun, sei's drum«, sagte Leo. »Ich stehe dafür.«

Zink konnte den Stein förmlich aufschlagen hören, der in diesem Moment von seinem Herzen fiel. Nun konnte er weiterfragen.

»Und in Zukunft? Werdet Ihr uns benötigen, Euer Heiligkeit?«

»Zink, meine Familie ist reich, ich habe jedoch nicht vor, das Geld meiner Familie zu verprassen, solange es andere Quellen dafür gibt. Da Gott Uns das Pontifikat verliehen hat, so lasst es Uns denn genießen. Und dafür brauche ich Geld. Viel Geld. Und natürlich auch Euer Geld.«

»Wir stehen zu Diensten.«

»Wie viele Pfründen hält er derzeit?«

»Acht.«

»Das ist nicht viel. Da werden wir einmal in nächster Zeit etwas drauflegen. Immer unter der Voraussetzung, dass unsere Zusammenarbeit klappt. Kennt Ihr das Motto meines Vaters?«

Zink verneinte.

»›Ich gebe, damit du gibst.‹ Ist damit alles gesagt?«

Johannes Zink hatte verstanden.

Zurück im Fuggerkontor, fing er sofort mit den Planungen für den Einzug des Papstes in den Lateranpalast an. Viel Zeit blieb ihm nicht. Nicht nur der Papst, *alle* Menschen in Rom sollten beeindruckt sein von der Pracht, die die Fuggerbank für den Papst entfalten würde. Der neue Papst würde dies als Zeichen der Wertschätzung anerkennen, der Pöbel als Symbol der Macht der Fugger.

Die Prozession des neuen Papstes brach am 11. April vom Vatikan zum Lateranpalast auf. Alle Häuser waren festlich geschmückt. Die alten Familien Roms ließen es sich nicht nehmen, auf ihren altehrwürdigen Status hinzuweisen. Die Banken und Filialen der großen Kaufmannsfamilien zeigten ungeniert ihren Reichtum. Ganz Rom war auf den Beinen. Herrlich war der Zug anzusehen. Den ersten Teil bildeten die Laien, deren Abschnitt von Lanzenreitern eröffnet wurde. Die Florentiner Kaufleute schritten geschlossen, im besten Sonntagsstaat, daher, ebenso die Venezianer und die Deutschen. Dann präsentierten fünf Fahnenträger ihre großen, imposanten Banner hoch zu Ross. Das Banner der Ewigen Stadt kam als Erstes. Ihm folgte der Deutschordensritter Johann Blankenfeld mit der Standarte aus weißem Taft mit dem schwarzen Kreuz in der Mitte, begleitet von vielen Fußknechten, die in weiße Seide gehüllt waren. Giulio Medici – er sollte ein Jahrzehnt darauf selber Papst werden, trug das Banner der Johanniter. Den Abschluss bildeten die Wappenbanner von Papst und Kirche.

Zwölf Zelter und Maultiere mit Brokatdecken und Geschirr aus Silber und Gold entlockten der Menge Ahs und Ohs. Die Zelter führten die Barone Roms an, mit ihnen die Lehensleute der Kirche, der Adel von Florenz und die vielen ausländischen Gesandten.

Dann begann der geistliche Teil der Prozession, eröffnet von einem weißen Zelter, der auf seinem Rücken den Tabernakel mit dem Allerheiligsten trug. 250 Bischöfen und Prälaten, alle mit Mitra und hoch zu Ross, folgten die Kardinäle auf Pferden, die bis zu den Hufen hinunter mit weißer Seide behängt waren.

Nun kam der Papst höchstpersönlich angeritten. Auf einem weißen türkischen Pferd thronend, winkte er mit der Hand segnend über die unüberschaubare Menschenmenge. »Viva Leone! Viva Leone!«, erscholl es an allen Ecken. Unmittelbar hinter dem Papst ritt sein Camerlengo, an dessen Pferd links und rechts vom Sattelbogen je ein großer Korb befestigt war. Mal griff er nach links in den Korb, mal auf die andere Seite. Und jedes Mal erscholl großer Jubel, wenn die Münzen mit dem Wappen des neuen Papstes in die Menge flogen.

Den Abschluss bildete erneut ein großer Reiterzug.

Auf dem Weg nach dem Lateran näherte sich diese herrlich anzusehende Prozession der Fuggerbank, um bald darauf links ab zum Parione einzubiegen. Beim Näherkommen staunten dann sogar die viel Prunk und Pracht gewohnten Teilnehmer der Parade. Denn bei allem Aufwand, den die anderen Häuser betrieben hatten, hier gab es die wahrhaftige Krönung der Prozession zu bestaunen.

In der Tat war kein Gebäude in Rom prächtiger

geschmückt als die Fuggerbank. Zink hatte eigens für Leo X. einen neuen Triumphbogen, noch prächtiger als der für den Rovere-Papst, errichten lassen. Geschmückt in einer Mischung aus Bildern der Antike und Motiven des Christentums, fehlte aber auch die Botschaft nicht, mit Leo X. hoffentlich einen neuen Friedensfürsten auf dem Papstthron zu haben. Und einen Schützer und Gönner von Wissenschaft und Kunst. Die Gläubigen konnten Bilder bewundern von der Taufe Christi durch Johannes und andere Schlüsselszenen der Kirchengeschichte. Die Patronatsheiligen der Medici schauten huldvoll auf die Menge herab. In der Mitte des Bogens prangte das Wappen des Papstes. Tücher und Schmuck waren reichlich angebracht worden. Scheiben mit allegorischen Bildern – Fischer am Bach, ein Glücksrad, das Fortuna oben hielt, Wortspielereien mit dem Namen Leo –, weitere Bilder zu Künsten, Wissenschaft und Gewerbe. An der Fassade des Hauses der Fuggerbank prangte überdies in großen Lettern die Inschrift:

›Hominumque Deique consensu felix Romanorum imperium.
Sapiens dominator virtuibus omnibus januam aperiens.‹

Sinngemäß in etwa:

›Mensch und Gott in einem, im vom Glück begünstigten Römischen Reich.
Der weise Herrscher öffnet allen die Türen zur Tugend.‹

Geschickt hatte Zink seinen Triumphbogen genau am Schnittpunkt von Hin- und Rückweg der Prozession errichten lassen, am einzigen Punkt, den der neue Papst zweimal passierte. Er hatte wirklich ganze Arbeit geleistet. Der Triumphzug – angeblich der üppigste Festzug der gesamten Renaissance, machte denn auch tatsächlich ausgiebig Halt vor dem Bogen, wie auch vor der Fuggerbank, und zeigte der staunenden römischen Öffentlichkeit die Wertschätzung des neuen Papstes für das schwäbische Unternehmen. Und mit seinem Spruch hatte Zink umsichtig das Dilemma gelöst, einerseits als päpstlicher Münzmeister dem Papst ergeben zu sein, andererseits als immer noch kaiserlicher Untertan nicht zu unterwürfig daherzukommen. Der Triumphbogen und die Inschrift sagten alles, in Wirklichkeit jedoch nichts aus.

Der Zug zog irgendwann weiter zum Lateranpalast, wo Leo X. Besitz von seiner neuen Residenz ergriff, bevor die Prozession sich auf den Rückweg machte. Dabei bog sie beim Palazzo Massimi zum Campo de Fiori ab. Es wurde dunkel, Kerzen und Fackeln wurden entzündet. Der Zug verwandelte sich in ein wunderbar anzusehendes Meer aus Flammen. Die meisten Römer wünschten, dieser Tag möge kein Ende nehmen. Auch Leo X. dachte so. Er war mit sich im Reinen. So ließ sich das Pontifikat genießen.

Kein Missklang hatte die Prachtentfaltung behindert, nichts hatte die Prozession gestört.

Diese sollte, wenn es nach Leo ging, jedoch erst der

Anfang der päpstlichen Prachtentfaltung sein. Feinsinniger Lebensgenuss und Verehrung der Kunst und der Musen sollten von nun an im Zentrum des Vatikans stehen. Ohne Rücksicht auf die Kosten. Die kirchliche Lehre war Nebensache.

Niemand wusste zu diesem Zeitpunkt, dass dies die in dieser Art letzte ungestörte Amtseinführung eines Papstes gewesen sein sollte.

Die Reformation stand vor der Türe.

Und fast alle, die sie mit verursachen sollten, waren bei der Prozession dabei gewesen.

22

Nachdem sich Zink und die Fugger so des päpstlichen Wohlwollens versichert hatten, schickte Jakob Fugger Zink mit einem ersten Auftrag zu Papst Leo.

»Euer Heiligkeit, mein Brotgeber, der Fugger, würde Eure Unterstützung in einer heiklen Sache benötigen. Natürlich nicht ohne Gegenleistung.«

»Lasst hören, Zink.«

»Es herrscht Unruhe in Ungarn. Einigen dort ist der Fugger zu mächtig geworden. Sie fürchten, dass er bald das ganze Land regiert, was natürlich nicht wahr ist.

Und jetzt hat der Klerus angefangen, das Volk aufzuwiegeln gegen den Fugger.«

Papst Leo wusste natürlich genau über die Situation in Ungarn Bescheid. Er stellte sich lediglich unwissend, weil er hoffte, so noch Neuigkeiten zu erfahren.

Tatsächlich hatten sich die Fugger, teils über Strohmänner, teils direkt, im Lauf der Jahre den größten Teil des ungarischen Handels und Bergbaus unter den Nagel gerissen. Es gab keinen Geschäftszweig mehr, in dem die Fugger dort nicht ihre Finger im Spiel zu haben schienen. Hass und Verbitterung der armen Bevölkerung suchten sich ein Ventil. Einen Schuldigen für den rapiden Geldverfall und die Preissteigerungen. Und fanden letzten Endes das Augsburger Handelshaus, dem all das als Einzigem nichts auszumachen schien.

»Was erwartet Ihr nun von mir?«, führte Leo das Gespräch fort.

»Jakob Fugger würde es gerne sehen, wenn Euer Klerus in Ungarn von Euch zur Räson gerufen würde«, sprach Zink Klartext. »Er sieht dies als einzige Möglichkeit, dort das Geschäft aufrechtzuerhalten. Und wenn der ungarische Handel einbräche, würde dies uns alle«, wobei er dezidiert auch den Papst mit einbezog, der dies auch so verstand, »viel Geld kosten. Weil wir letzten Endes alle unsere Vorteile aus diesem Handel ziehen.«

Der Papst hatte verstanden. Für eine lächerlich geringe Summe, die von den päpstlichen Schulden abgezogen wurde, erging eine offizielle päpstliche Aufforderung an alle ungarischen Kirchenmänner, die Gläubigen in Zukunft nicht mehr gegen Fugger aufzustacheln und die Augsburger unbehelligt ihre Geschäfte machen zu lassen.

Wenn dies auch ein wenig Ruhe ins Ungarngeschäft brachte, der ungarische Adel ließ sich davon nicht beeindrucken. König Wladislaw hatte zwar vor Jahren mit dem Borgiapapst ein Bündnis gegen die muselmanischen Reiterheere geschlossen. Alle Gelder für dieses Bündnis waren damals über Fugger geflossen. Wladislaw hatte somit Fugger sein erstes größeres Kirchengeschäft ermöglicht. Mittlerweile aber war er schwach und hatte seinen aufmüpfigen Adeligen nichts mehr entgegenzusetzen. So musste Fugger den Kaiser zu Hilfe rufen, Zink und der Papst waren dort machtlos.

Nach kurzer Zeit bereits ging Zink bei Papst Leo ein und aus. Ende Juli betrug der Schuldenstand des Papstes bei den Fuggern zwölfeinhalbtausend Dukaten.

Leo X. förderte zwar den Nepotismus und erhob Freunde und Verwandte in hohe Ränge. Er, der perfekte Lateiner, achtete aber eigenartiger Weise immer darauf, dass er diejenigen mehr förderte, die besser Latein sprachen. Er behandelte Johannes Zink wie auch seinen Arbeitgeber, die Fuggerbank, mit einer eigenartigen Mischung aus Zuspruch und Ablehnung, Zuckerbrot und Peitsche.

Als Zuckerbrot ließ er Zink, der fließend Latein konnte, nach und nach weitere Pfründen reservieren, die er irgendwann einmal in Anspruch nehmen könnte. In diesem Fall dürfte er für sich privat Kirchengelder aus Mainz, Köln, Augsburg, Konstanz, Bamberg und Würzburg einstreichen, ohne auch nur einmal dort gewesen zu sein.

Der Hof des Papstes gewann bald wieder den Ruf irdischer, gänzlich unkirchlicher Vergnügungen, den er unter Papst Alexander besessen hatte und der unter dem machthungrigen Roverepapst Julius ein wenig ›gelitten‹ hatte. Dessen ehrgeizige Unternehmungen wollte Leo dennoch fortführen, besonders den Bau der neuen Peterskirche.

Prunkvolle Feste und Umzüge waren an der Tagesordnung, Zink musste mehr als einen davon finanzieren. Künstler, Dichter und Günstlinge zogen das Geld aus Leos ohnehin leeren Taschen. Wochenlange Jagdausflüge mit bis zu zweitausend Reitern kosteten eine Menge Geld. Auch die persönliche Menagerie des Papstes wurde von der Fuggerbank opulent unterstützt. Soweit die Tiere nicht, wie der indische Elefant Hanno – Leos Lieblingstier –, Geschenke ausländischer Regenten waren, ging er meist Zink um Geld an.

Neben Hanno war auch ein ausgestopftes Nashorn ein Präsent des portugiesischen Königs Manuel I. Es war auf der Reise nach Rom gestorben, wurde dann aber noch posthum von Raffael und Albrecht Dürer verewigt.

Johannes Zink erwies sich erneut als sehr anpassungsfähig. Der Papst liebte die Malerei? Also ließ er das Fuggerkontor und die päpstliche Münze von einem hervorragenden Maler ausmalen. Und sorgte dafür, dass Leo X. davon Kenntnis erhielt, der Zink bei Gelegenheit für diesen größeren Auftrag an Perino del Vaga, einen Schüler Raffaels, lobte.

»Ich alleine kann ja nicht alle Maler dieser Welt beschäftigen. Es freut mich, dass auch ihr Kaufleute bisweilen Sinn für Kunst beweist.«

Leo ging sogar so weit, Zink ab und an nach seiner Meinung zum einen oder anderen Gemälde zu fragen. Der Augsburger tat alles und spielte jede Rolle, damit Leo ihm und der Fuggerbank gewogen blieb. In Wahrheit war Zink genauso amusisch wie sein Herr, Jakob Fugger. Jede Form von Mäzenatentum war ihnen fremd. Während der Papst Michelangelo, Bramante und Raffael nach Kräften förderte, erhöhte Zink lieber – mit Billigung Jakob Fuggers – zur gleichen Zeit die Bezüge der Schweizergarde. Denn diese Seite der italienischen Seele hatte Zink nicht verstanden und würde sie auch nie verstehen. So blieb er, der sich als doch so italienisch sah, in seinem Kunstverständnis, ebenso wie Fugger, sein Leben lang schwäbisch hausbacken-bürgerlich.

Die Peitsche kam dann in Form einer Kündigung aller Ablässe, die sein Vorgänger den Fuggern genehmigt hatte.

Wutentbrannt lief Zink in den Lateranpalast, um seinen Schuldner zur Rede zu stellen. Den traf er bei entschieden schlechter Laune an. Leo war gerade dabei, vor versammeltem Hofstaat seinen Hofnarren durchzuprügeln, weil er ihm nicht witzig genug gewesen war. Er sah an Zinks Miene, dass mit ihm nicht zu spaßen war, ließ ab von seinem Opfer und entließ seinen Hofstaat.

»Was wollt Ihr?«

»Wieso kündigt Ihr die Ablässe Eures Vorgängers? Das ist unrecht!«

»Ich habe nicht die Ablässe gekündigt, sondern nur die Genehmigung für die Fugger, die Gelder aus diesen Ablässen zu transferieren. Das ist etwas völlig anderes.«

»Und warum? Wir haben allzeit gute Rechnung geführt.«

»Mein lieber Zink«, versuchte der Papst, den aufgebrachten Fuggerfaktor zu beruhigen. »Diese Abmachungen sind vor langer Zeit geschlossen worden. Da war die Fuggerfirma noch eine andere. Jetzt ist es ›Jakob Fugger und Gebrüder Söhne‹, die Verträge wurden noch mit den ›Gebrüdern Fugger‹ abgeschlossen.«

»Und wer wird Euch nun das Geld bringen aus diesen Ablässen?«

»Das wird sich finden.«

»Und wer wird Eure Jagden, Angelpartien und Festumzüge bezahlen?«

Jetzt wagte sich Zink weit aus der Deckung.

»Zink, wollt Ihr mir drohen, mir den Geldhahn zuzudrehen?«

»Nein, Eure Heiligkeit, ich konstatiere nur Tatsachen, das Offensichtliche.«

Der Papst schüttelte den Kopf.

»Ihr werdet wieder zu dem Euren kommen. Ich muss nur hier einen Schnitt machen, damit für uns – und mich – wieder mehr Geld hineinkommt.«

»Und die Fuggerbank?«

»Wir werden sehen.«

»Was ist mit den Gläubigen, die nun vielleicht keine Ablassbriefe mehr kaufen können? Sie werden um ihr Seelenheil fürchten.«

Zink glaubte selber nicht, was er da sagte. Und rechnete auch nicht damit, dass Leo X., der nicht als sonderlich religiös bekannt war, sich um das Seelenheil seiner Schäfchen kümmern würde. So winkte er auch ab.

»Ach, Zink, alle Welt weiß doch, wie viel uns diese Fabel von Christus eingebracht hat. Es wird weitergehen. Es wird wieder neue Ablässe geben und das Geld wird wieder im Kasten klimpern. Also geduldet Euch.«

Zink war entlassen.

Einige Wochen mied er daraufhin den Kontakt mit dem Vatikan. Mal sehen, wer länger aushielt.

23

Johannes Zink nutzte die freie Zeit, die er nicht mehr im Vatikan verbrachte, für neue geschäftliche Unternehmungen.

Seine Freundin Vanozza hatte eine Idee.

»Ich möchte einige Grundstücke und Gebäude am Campo de' Fiori kaufen«, ging sie ihn um Abhebung von ihrem Konto an.

»Wie viele Golddukaten benötigst du?«

»Etwa dreitausend.«

»Das ist viel Geld.«

»Es ist aber auch viel Grund und Boden, in bester Lage.«

»Was machst du damit?«

»Die Taverne, die dort bereits besteht, übernehmen und betreiben.«

»Welche Taverne?«

»Die Taverna della Vacca.«

»Ah, den Gasthof ›Zur Kuh‹!« Zink kannte die Taverne. »Das ist wohl die abscheulichste Spelunke Roms.«

Sie hatte nicht den besten Ruf, war aber immer voll. Legendär war der Schmutz, man konnte nicht sagen, was klebriger war: Die Wände oder die kleinen Holztische, auf denen der gepanschte Wein serviert wurde. Finster und laut, war es dennoch für viele Römer wie eingesessene Nichtrömer ein Lieblingsort, für Außenstehende unmöglich zu erklären.

Zink witterte eine Möglichkeit.

»Du kannst nicht raus aus deiner Haut«, grinste er sie an. »Darf ich mich beteiligen?«

Vanozza schüttelte den Kopf und lachte.

»Was willst du mit einer Taverne? Du Kaufmann und Mann der Kurie!«

»Geld verdienen. Mit dir zusammen. Ich glaube an dich.«

»Das stünde deinem Ruf schlecht an.«

»Dann machen wir es geheim, wie ich umgekehrt mit meinen Kunden verfahre.«

Und so beteiligte Zink sich mit einem Drittel an Vanozzas Unternehmungen, die aber offiziell nur ihr gehörten. Und sie hatten Erfolg. Innerhalb weniger Monate war die Taverna della Vacca Treffpunkt aller Prostituierten, hatte sich somit in eine Art Bordell verwandelt. Das Geld floss nur so herein. Vanozzas Abzüge von ihrem Konto bei Zink waren bald nicht nur kompensiert, sondern es füllte sich weiter auf.

Zinks Abwesenheit nötigte den Papst derweil, neue Geldquellen zu erschließen. Ein Hofstaat von siebenhundert Menschen wollte schließlich unterhalten sein. Zudem warteten zwei teure Baustellen auf Geld: Der Petersdom und die Sixtinische Kapelle. Papst Leo hatte es sich durch seinen Regierungsstil mit einigen Kardinälen gründlich verscherzt. Die sannen auf Rache. Als er sich dann am Hintern eine bösartige Fistel behandeln lassen musste, da ahnte er nicht, dass einer seiner eigenen Leibärzte an einer Verschwörung teilnahm und eine vergiftete Salbe verwendete. Der junge Kardinal Alfonso Petrucci hatte eine Gruppe älterer Kardinäle aufgewiegelt zu diesem Putsch gegen den Medici-Papst. Die Verschwörung war recht bald aufgeflogen, weil ein weiterer Leibarzt die Vergiftung entdeckt hatte.

Petrucci wurde hingerichtet, die anderen Mittäter kamen mit jeweils fünfundzwanzigtausend Dukaten Strafe davon.

»Was habe ich da für Nattern an meiner Brust genährt.« Leo war außer sich.

Damit das in Zukunft nicht mehr geschehen konnte, brauchte Leo sichere Mehrheiten im Kardinalskollegium. Also ernannte er kurzerhand einige neue Kardinäle. Einunddreißig an der Zahl. Loyale hoffentlich, denn die meisten waren irgendwie mit ihm verwandt.

Diese Ernennungen hatten noch einen weiteren Vorteil: Die neuen Hüte brachten Geld. Viele Kaufmannsfamilien im Dunstkreis des umfangreichen Medici-Clans sahen dies als eine gute Gelegenheit, ihre Familienmitglieder zu Kardinälen zu erheben. Das Problem dabei war nur, dass viele Kandidaten nicht bar zahlten, sondern in Form von Schuldscheinen. Leo jedoch brauchte klingende Münze. Die dreihunderttausend Dukaten der neuen Kardinäle hielten nicht lange vor. Es dauerte also nicht lange, dann vermisste der Vatikan die Fuggerschen Geldspritzen. Leo X. wurde nervös. Er wusste genau, dass die Fugger, finanziell gesehen, am längeren Hebel saßen. Sie waren die Einzigen, die ihm seine Schuldscheine einlösen konnten.

So ließ er Zink wieder zu sich rufen, nachdem die Fistel verheilt war.

Diesmal gab er sich gleich versöhnlicher. In blendender Laune bot er ihm einen Platz an seiner Tafel an, die sich vor köstlichen Speisen nur so bog.

»Zink, greift zu, bevor es ans Geschäftliche geht.«

Der ließ sich nicht lange bitten. Nicht nur satt, eher vollgefressen, lagen beide später auf ihren Liegen. Wie im alten Rom, eineinhalb Jahrtausende zuvor.

Nur kurz ließ Leo dabei das missglückte Attentat Revue passieren.

»Ich bin viel zu gutmütig«, scherzte Leo. »Ein Borgia wäre weit weniger milde mit solchen Verschwörern umgegangen. Da säße jetzt das halbe Kollegium im Verlies in der Engelsburg.«

Der launige Teil des Treffens war vorbei.

Jetzt musste Tacheles geredet werden.

»Mein lieber Zink«, begann der Papst danach, dennoch erheblich umgänglicher als bei der Kündigung. »Wir sollten über die Ablässe reden.«

»Die alten oder etwa neue Ablässe?«

Der Fuggerfaktor war auf alles vorbereitet.

»Ich denke, beides.«

Zink grinste.

»Benötigt Ihr mehr Geld?«

Papst Leo grinste zurück.

»Natürlich, was glaubt Ihr denn? Denkt Ihr, ich würde Geld meiner Familie hier hineinpumpen? Und, wie ich Euch einschätze, habt Ihr schon Ideen dazu.«

»Natürlich, Euer Heiligkeit. Einer Welt, die das Böse mehr hasst, als sie das Gute liebt, sollte man diese Erlösung vom Bösen nicht vorenthalten.«

Jetzt hatten sie wieder zu ihrer Basis gemeinsamer Schlitzohrigkeit zurückgefunden, die ihnen zu Beginn von Leos Pontifikat die Zusammenarbeit so erleichtert hatte.

Zink fuhr fort:

»Zuerst sollten wir die gekündigten Ablässe wieder bestätigen.«

»So soll es geschehen.«

»Und dann hätte ich eine Idee. Wir Ihr wisst – oder auch nicht –, wurden vor einigen Jahren bei einem Brand große Teile des Konstanzer Münsters zerstört.«

Der Papst nickte wissend.

»Wir könnten einen ›Konstanzer-Münster-Ablass‹ herausgeben, mit dem der Wiederaufbau des Münsters finanziert wird.«

»Ein grandioser Gedanke!«

Der Papst war begeistert.

»Sollen wir die Zeiten verlängern? Ich könnte statt der üblichen eintausend Jahre auch zehntausend oder gar einhunderttausend Jahre Ablass vom Fegefeuer bewilligen.«

Zink grinste und murmelte spöttisch:

»Ja, richtig, vor Gott sind tausend Jahre wie ein Tag.«

Leo nickte geflissentlich, beschwichtigte jedoch sogleich wieder.

»Aber zu viel Geld sollte nicht nach Konstanz wandern, sondern hier bleiben.«

»Natürlich, Euer Heiligkeit. Mein Vorschlag wäre: Ein Viertel für Euch, ein Viertel für Konstanz, zwei Viertel für Fugger.«

»Die Hälfte für den Fugger?« Leo war empört. »Das ist unerhört!«

»Wir kümmern uns um den Verkauf der Briefe, den Transport der Gelder und die ganze Organisation. Da ist die Hälfte schon angebracht. Zumal in Anbetracht Eurer Schulden.«

»Wie viel wird mir denn gutgeschrieben?«

»Ein Viertel, wie gesagt. Und Ihr braucht nichts dafür zu tun, außer einen Federstrich unter den Ablass zu setzen.«

»An welches Gebiet dachtet Ihr?«, fragte Leo weiter.

»An das ganze Heilige Römische Reich nördlich der Alpen.«

»Zink, jetzt seid Ihr völlig närrisch geworden. Das gäbe großen Ärger. Seid nicht zu gierig. Bescheidet Euch.«

Schließlich wurde den Fuggern erlaubt, für den so genannten Konstanzer-Münster-Ablass in den Bistümern Konstanz, Chur, Augsburg, Straßburg, Mainz,

Bamberg, Salzburg, Passau und Würzburg Geld einzutreiben. Später, nachdem der Ablass nicht den gewünschten Erfolg hatte, kam noch das Bistum Magdeburg hinzu.

Zwei Viertel der Einnahmen wanderte in die Fugger-Schatulle.

Bald hatte Zink das Ablassgeschäft nicht nur auf den alten Stand gebracht, sondern trieb es mit großem Geschick und viel Überzeugungskraft zu immer neuen Höhen. Ständig erfand er neue Ablässe. Auch sein Adlatus Schauer war mittlerweile recht kreativ im Ausdenken neuer Ablässe.

Johannes Zink war aber schlau genug, sich nicht mit den mächtigen Territorialfürsten einzulassen, denen durch zu viele Ablässe Gelder fehlen würden, die sie selbst gerne einzögen. Er suchte keinen Streit, sondern Profit. Und den fand er in den kleinen, schwächeren Fürstentümern im Kern von Deutschland. Dem papsttreuen Kern, wie Köln und Mainz, Eichstätt, Brixen, Freising, Regensburg oder Bamberg. Vom Osten und Norden – Bremen, Magdeburg, Prag, dem östlichen Bistum Salzburg – ließ er einstweilen die Finger. Und von Trier, erstaunlicherweise.

Offiziell unterstützte und finanzierte die Fuggerbank mit diesen Ablässen den Bau von Hospitälern, Kirchen und Klöstern in Städten wie Würzburg, Straßburg, Nürnberg, Wien, Annaberg, Trier oder Ingolstadt. Insgeheim wanderte ein Großteil des Geldes in schwarze Kassen in Rom, aus denen Zink teilweise seine fragwürdigen Unternehmungen finanzierte.

Papst Leo hatte es sich bald zu eigen gemacht, Zink häufig dann kommen zu lassen, während er noch mit Einkleiden beschäftigt war. Zudem spielte meist noch ein Harfenist Lieder, die ein Sänger mit wenig religiösen, häufig vulgären Texten begleitete. Die beiden trollten sich jedes Mal, sobald sie Zinks ansichtig wurden.

Zuerst war der irritiert davon, mit dem Papst zu verhandeln, während dieser in einem weißen, leinenen Unterrock vor ihm stand und sich in sein purpurrotes Obergewand hineinzwängte. Hermelinbesatz und Purpurhaube folgten. Er merkte aber schnell, dass Leo während des Ankleidens besser nachdenken konnte, als wenn er, umgeben von seinem Hofstaat, auf seinem Thron saß. Und klare Gedanken waren bei Verhandlungen mit dem Fuggerfaktor stets angebracht. Sonst zog man schnell den Kürzeren. Auch der ›fröhliche Fettsack‹, wie Zink den Papst insgeheim titulierte.

Denn Jakob Fuggers Credo, das er auch seinem Faktor zu Beginn ihrer langen Partnerschaft förmlich eingebläut hatte, war stets gewesen: »Wenn Ihr mit gleichberechtigten Partnern Geschäfte macht, dürft Ihr keine Nachsicht zeigen, sonst verliert Ihr. Und verlieren ist für uns verboten!«

Verlieren durfte Zink gegen den Papst nur beim

Kartenspielen. Leo liebte es, bei schlechtem Spielverlauf seine Zuflucht bei den Sternen und diversen Göttern, nicht jedoch dem christlichen, zu suchen. Zink war beim Kartenspiel bald so versiert, dass er, je nachdem, ob er von Leo einen Gefallen benötigte oder dieser von ihm, gewinnen oder verlieren konnte. Ohne, dass Leo es merkte.

Ein ungewöhnlich zeitiger Wintereinbruch, große Kälte und früher Schneefall hatten die Stadt in eine winterliche Landschaft verwandelt. Die Schneedecke wurde dicker. Und urplötzlich, Anfang Dezember, hellte sich der Himmel auf, mildes Wetter brachte den Schnee zum Schmelzen. Starke Regenfälle setzten ein. Der Tiber schwoll an, schnell, unaufhaltsam und mit ungeheurer Kraft. Die Katastrophe war nicht mehr aufzuhalten. Häuser, Brücken und Stege am Ufer wurden mitgerissen. Menschen versanken mitsamt ihren Pferden und Kutschen in den Fluten. Einige von denen, die sich am Ufer noch festklammern konnten, wurden von mitgerissenen Mühlrädern und anderen größeren Holzstücken erschlagen. Große Lebensmittelvorräte wurden zerstört. Ohne Mühlen gab es auch längere Zeit nach der Flutkatastrophe nicht genügend Brot. Häuser und Keller in zweiter Reihe liefen voll. Die Menschen wurden in ihren Betten von der Flut überrascht. Wertvolle Kunstwerke in den Kirchen nahe des Tiber wurden vernichtet, kostbare Mosaikböden zerstört. Friedhöfe überschwemmt und Särge ausgeschwemmt, die oben auf dem Wasser trieben. Die gespenstische, apokalyptische Atmosphäre trieb die Menschen in die Kirchen, wo sie sich Hilfe erhofften vor diesen Zeichen des Himmels. Sie befürchteten ein Gottesgericht, eine große Abrechnung mit ihrer gottlosen Stadt. Von den Predigern bekamen sie aber nur leere Worte zu hören. Die versuchten eher, ihre eigene Habe zu retten. Auch wenn der Papst Prozessionen anordnete, um die Barmherzigkeit Gottes anzurufen, für die meisten Römer blieb dies ein Warnzeichen des Himmels. Als sichtbarstes Zeichen, noch lange nach der Katastrophe, blieb das Wasser in den tiefen Gräben rund um die Engelsburg stehen. Nachdem das Hochwasser zurück gegangen war, kam eine große Zeit der Kredite für den Wiederaufbau.

Die Fuggerbank war, obwohl nahe dem Tiber, aber höher gelegen, unbeschadet geblieben. Im Gegensatz zu zwei anderen Banken, die mitsamt Kontor und Geldvorräten untergegangen waren. Die Zinsen stiegen, Zinks Profite ebenso.

»So eine Flut hat auch ihre Vorteile«, war sein persönliches Resümee, das er jedoch mit niemandem teilte.

Im Frühjahr darauf gab es – wieder einmal – einen Rückschlag für die Firma Fugger: Papst Leo X. kündigte den Pachtvertrag über die päpstliche Münze und übergab sie an Florentiner Bankiers, die unter der Flut mehr gelitten hatten als die Fuggerbank. Zinks Einwände, dass sie gerade für viel Geld einen Neubau für die päpstliche Münze errichtet hatten, wischte er einfach beiseite.

»Zink, die Kündigung betrifft die Fugger, nicht Euch.«

Drei lange Jahre sollte es dauern, bis die Fuggerbank wieder Münzpächter werden sollte.

Nur zwei Monate später machte der Papst jedoch wieder alles gut. Zinks gutes Einvernehmen mit Leo sollte nun endgültig belohnt werden. Zink war schließlich, mit Mitte fünfzig, dort angekommen, wo er immer schon hingewollt hatte. Er stand vor dem Spiegel und musterte sich selbst mit kritischen Augen. Heute musste alles passen, durfte nichts danebengehen. Heute war sein großer Tag, der wichtigste seines bisherigen Lebens. In weniger als einer Stunde hatte er eine Audienz bei Papst Leo X. Dort würde er, wenn alles gut ging, seine Ernennung zum päpstlichen Kanzleischreiber in Empfang nehmen. Als Kanzleischreiber der Kurie war er eine der wichtigsten Vertrauenspersonen des Papstes. Gleichzeitig würde diese Ernennung aus ihm ganz offiziell einen hochrangigen Kleriker machen. Mit entsprechenden Ansprüchen und Rechten. Und als päpstlicher Familiare war er ab sofort ausschließlich der päpstlichen Gerichtsbarkeit unterstellt. Kein weltliches Gericht konnte ihm mehr etwas anhaben. Für einen Kaufmann eine fürwahr verlockende Vorstellung! Gleichzeitig sollte er heute noch zum Pronotar ernannt werden, im Verbund mit allen

Rechten und Titeln eines Lateranensischen Pfalzgrafen und Ritters.

Die Zeit verrann, die Stunde des großen Auftritts rückte näher.

Schon hörte er das Läuten des Kutschers, gefolgt von dessen ungeduldigem Ruf.

Geziert setzte sich Johannes Zink seinen Hut auf, den er eigens für die heutige Vorstellung gekauft hatte. Nicht von ungefähr hatte der Papst ihm bereits seit zwei Jahren eine Reihe lukrativer Pfründen reserviert; heute würde er sein Versprechen einlösen können.

Noch ein allerletztes Mal in den Spiegel geschaut, der ihn die gesamte fette Provision einer größeren geschäftlichen Transaktion gekostet hatte. Spielerisch tänzelnd – niemand war ja Zeuge seiner lächerlichen Eitelkeit, drehte er sich einmal um seine eigene Achse, den Blick immer auf das kostbare Glas geheftet.

Ein schöner Mann war er einst gewesen, stattlich war er jedoch immer noch, trotz seines Alters, er, der Johannes Zink aus Augsburg.

Die Haare waren fast alle noch da, ebenso die Zähne. Wenn auch der eine oder andere Zahn ihm bisweilen große Pein bereitete, besonders der Stockzahn rechts oben, aber das war normal für sein Alter.

Zwar wölbte sich mittlerweile ein Bauch des Wohlstands in seiner Mitte, dies machte ihn jedoch in seinen Augen nur noch männlicher.

Eine rot-schwarze, leicht protzige Almosentasche, wie sie jeder Reiche, der etwas auf sich hielt, mit sich führte, hing links an seiner Hüfte herunter. Aus feinster Seide, mit Goldfäden durchwirkt. Die Münzen klimperten, zu prall durfte der Beutel jedoch nicht gefüllt sein. Er hatte ja nichts zu verschenken, es ging ihm lediglich ums Ansehen, den guten Ruf, beim Almosen geben.

Großes hatte er geleistet in den letzten Monaten, in der Tat. Dieser unerhörte Jubelablass, der die Truhen der Fugger voller machen sollte als alles, was es je vorher gegeben hatte, der war in erster Linie sein Werk.

Den Weg zum Papst wollte er heute zu Fuß gehen. Keine Kutsche, keine Sänfte. Die Straßen waren trocken und der kurze Weg zum Vatikan halbwegs sauber.

Die Vorfreude auf den Triumph wollte er ganz alleine genießen.

Ein kurzer Befehl an seinen Diener, die Kutsche wieder fort zu schicken.

Mit einem parfümierten Zahnstocher aus Sandelholz entfernte er schnell einen Essensrest, den er beim Blick in den Spiegel noch rechtzeitig gesehen hatte, aus der Lücke zwischen seinen Schneidezähnen.

Ein allerletzter prüfender Blick in den Spiegel.

Sein Blick, mit dem berühmten Zink-Blau in den Augen, war immer noch da.

Beruhigend.

Er sollte langsam losgehen.

Dieser Tag würde vieles ändern in seinem Leben.

Lange hatte er darauf hingearbeitet.

Heute war Zahltag, der Tag der Ernte.

Man schrieb den 23. März 1515.

Es war ein schöner, sonniger Frühlingstag in Rom.

Einige Stunden später spazierte der lachende, frischgebackene päpstliche Kanzleischreiber, Pronotar und Lateranensische Pfalzgraf und Ritter Johannes Zink aus dem Lateranpalast und wünschte sich, dieser Tag möge niemals enden.

Dem Ablassgeschäft mit den Fuggern hatte der Papst – allen sonstigen Differenzen zum Trotz – zu keiner Zeit widerstehen können und war dahingehend immer großzügiger geworden. Dabei ignorierte er geflissentlich, dass der Unmut über den Sittenverfall und den Ablasshandel beim Klerus wie auch bei den Gläubigen bereits Ausmaße angenommen hatte, die für Gesprächsstoff in Rom und anderswo sorgten.

Besonders Pasquino nahm sich ihrer an. Nicht nur der Papst, auch Zink und Jakob Fugger, waren nun regelmäßig Opfer dieser ›statua parlante‹ der ›sprechenden Statue‹, einer Institution Roms. Seit einige Jahre zuvor Kardinal Oliviero Carafa bei der Renovierung seines Palastes auf eine alte, verstümmelte Steinbüste gestoßen war, die er an einer Ecke seines Palastes hatte aufstellen lassen, war diese vom Volk sogleich ›Pasquino‹ getauft worden.

Und seither – Zufall oder auch nicht, führte jedes Frühjahr am 25. April, dem Tag des Heiligen Evangelisten Markus, eine Prozession exakt am Kardinalspalast und an Pasquino vorbei. Irgendwann hatten Studenten begonnen, an diesem Tag frivole Botschaften an die

Büste zu heften, andere taten es ihnen nach. Unzählige Nachrichten waren in den Jahren dort deponiert worden. Liebesbotschaften ebenso wie politische, Spottverse wie Lobpreisungen. Pasquino hatte die Funktion übernommen, die Jahrhunderte später Zeitungen erfüllen sollten. So entstand in kurzer Zeit ein Brauch, bei dem sich das Volk ungestraft und anonym über die Oberen lustig machen konnte. Aber wen Pasquino zu oft erwähnte, der sollte dies auch zur Kenntnis nehmen. Denn Volkes Stimme war wahr, aber nicht ungefährlich. Und zuletzt waren nur noch drei Namen regelmäßig auf Pasquinos Spottbotschaften zu finden: Papst Leo sowie ›Jacopo Fugker‹ und ›Iohannes Zinck, factor Fugkerorum in Urbe‹.*

Dennoch wähnte Leo sich in Sicherheit.

In Rom.

Hinter den Mauern des Vatikans.

Der mächtigen Engelsburg.

Und hinter den Spalieren seiner Schweizergarde.

Ebenso waren Johannes Zink und Jakob Fugger mit dem Lauf der Dinge in Rom weitgehend zufrieden. Sie glaubten zuversichtlich daran, den Heiligen Stuhl fest für alle weiteren Geschäfte verpflichtet zu haben.

Beide Parteien sahen indes in die falsche Richtung.

---

* Der Pasquino diente vor allem in Zeiten, in denen die Meinungsfreiheit unterdrückt wurde, als Ventil für die Unzufriedenheit der Römer. Von Pasquino abgeleitet ist der Begriff Pasquill für ein satirisches Gedicht. Der Pasquino ist die berühmteste und einzige noch genutzte der so genannten sprechenden Statuen Roms. (Anm. d. Autors)

Denn die Gefahr drohte von anderer, völlig unerwarteter Seite.

Eine Gefahr, die das eineinhalbtausend Jahre alte Reich der päpstlichen Macht aus den Angeln heben oder zumindest ordentlich in ihren Grundfesten erschüttern sollte.

Es fehlte nur noch der sprichwörtliche Tropfen, der das Fass zum Überlaufen bringen musste. Dieser Tropfen war Johannes Zinks so genannter Jubelablass. Er würde die größte politische Umwälzung auslösen, die Europa in eintausend Jahren erlebt hatte. Und die katholische Kirche und das Papsttum in die größte Krise ihrer langen Existenz führen.

Dabei würde Zink einen alten Bekannten wiedersehen, den er so eigentlich nicht wiederzusehen erwartet hatte.

24

Rückblende – knapp zwei Jahre zuvor: Es war ein drückend heißer Sommertag in Magdeburg gewesen. Die Trockenheit der letzten Wochen hatte so große Ausmaße angenommen, dass mittlerweile der Felsen nahe dem Elbufer, auf dem der Dom erbaut worden war, teilweise zu sehen gewesen war. Offiziell ›Domfelsen‹ genannt, hatte sich im Volksmund längst der Name ›Hungerfelsen‹ eingebürgert. Denn den Felsen konnte man nur erblicken, wenn die Elbe einen sehr niedrigen Pegel hatte, und das verhieß zwangsläufig Dürre und schlechte Ernten.

Den dreiundzwanzigjährigen Albrecht von Brandenburg, jüngster Spross des Hauses Hohenzollern, hatte dies wenig gestört. Hauptsache, die Menschen jubelten ihm zu, wie er in die Kirche St. Mauritius und Katharina, wie der Magdeburger Dom offiziell hieß, einzog. Als jüngster Bischof aller Zeiten sollte er Herr der ältesten gotischen Kirche des Reiches werden.

Er bedauerte es sehr, dass seine Eltern dies nicht mehr miterleben konnten. Sein Vater, Johann Cicero von Brandenburg, war bereits vor über vierzehn Jahren an seiner Fettleibigkeit gestorben. Zweieinhalb Jahre später war seine Gattin, Margarete von Sachsen, ihm gefolgt. So hatten beide nicht mehr den Aufstieg ihres jüngsten Sprösslings verfolgen dürfen. Albrecht hatte alle Anlagen zu dem, was man heutzutage ›frühreif‹ nennen würde. Intensiv gefördert von seinem älteren Bruder Joachim, der auch die väterliche Nachfolge als Landesherr angetreten hatte, hatte er gemeinsam mit ihm – mit gerade einmal sechzehn Jahren– die Universität Frankfurt an der Oder gegründet, wo er dann auch praktischerweise gleich studiert hatte. Ebenfalls mit sechzehn Jahren war er in den geistlichen Stand getreten.

Als sich dann einige Jahre später die Gelegenheit

ergab, einen der wichtigsten Bischofssitze des Reiches für die Hohenzollern zu sichern, hatten die beiden Brüder gleich beschlossen, sich diese Butter nicht vom Brot nehmen zu lassen. Im Gegensatz zu vielen anderen Familien, die von Erbstreitigkeiten und Bruderzwist geprägt waren, herrschte Einigkeit zwischen Joachim I. Nestor und seinem jüngeren Bruder Albrecht.

Nun saß Albrecht in seinem Bischofsstaat auf dem prächtig geschmückten Pferd und erwartete Joachim. Beide Brüder hätten unterschiedlicher nicht aussehen können. Der hochgewachsene Albrecht, immer glatt rasiert, war der Denker, verfügte allerdings über leicht weibische Züge. Joachim war kleiner, stämmiger, kräftiger. Ein Mann der Tat, ein Macher mit Vollbart. Vielleicht ergänzten sie sich deswegen so gut.

Joachim war spät dran. Er war aufgehalten worden, so war Albrecht schon vor einer Stunde berichtet worden. Immer wieder wurden ihm auf seinem Weg nach Magdeburg Klagen hinterbracht, über die er zu urteilen hatte. Klagen über ungerechte Lehnsherren, prassende Kleriker, die das Volk ausnahmen und Unruhe stifteten. Sogar an einem Tag wie diesem ließ man ihn nicht in Ruhe.

»Das Volk sollte heute jubeln statt jammern«, grummelte Albrecht vor sich hin, als er von Weitem die Fahne des Kurfürsten von Brandenburg näher kommen sah.

»Na endlich!« Nun begann das Volk doch, den

erwünschten Applaus zu spenden, der den Hohenzollern so selbstverständlich erschien.

»Schön, dass dein Volk dich hat gehen lassen«, begrüßte Albrecht seinen Landesherrn nicht ohne Sarkasmus.

»Sei froh, dass ich überhaupt da bin«, kam es einigermaßen schroff zurück. »Es freut mich nicht zu hören, was im Moment draußen im Lande los ist. Ich hoffe, du kannst einige Dinge abstellen, so du endlich in Amt und Würden bist.«

Albrecht nickte. Er war weder sonderlich religiös noch hatte er vor, die Kirche St. Mauritius und Katharina allzu oft zu besuchen. Dafür hatte er Priester, die an seiner Stelle die Messen lesen konnten. Allerdings schätzte er die Schriften des Francesco Petrarca und dessen antikes Konzept der Humanität.*

Er sah selbst, dass im Moment im Reich einiges schieflief. Er betrachtete dies mit dem für die Humanisten der Zeit üblichen Pessimismus und hoffte nur, dass man die Schuldigen – wer immer dafür ausgemacht werden würde – finden und aus der Gemeinschaft der Gläubigen aussortieren würde. Dann herrschte wieder Ruhe in der Herde.

Nun war aber nicht die Zeit für trübe Gedanken. Ein Festtag sollte es sein, seine eigene Krönung zum Bischof von Magdeburg!

---

* Das erst im frühen 19. Jahrhundert dann in ›Humanismus‹ umbenannt wurde. (Anm. d. Autors)

Joachim und er stiegen von den Pferden und gingen durch die Menschenmenge, die schon jubelnd vor dem Portal wartete, in den Dom. Zahlreiche Priester folgten ihnen.

Albrechts Ernennung war nicht ohne Proteste vor sich gegangen, zu jung hielten ihn viele für ein derart wichtiges Amt. Dennoch war es den Hohenzollern gelungen, Richard von Greiffenklau zu Vollrad, seit einem guten Jahr Erzbischof von Trier, zu einer Reise nach Magdeburg zu bewegen.

Der sechsundvierzigjährige Trierer Kurfürst war einer der wichtigsten Kirchenmänner im Reich. So wurde dessen Zusage als problemloser Ersatz für die Absagen der Bischöfe von Straßburg, Worms, Mainz und Köln angesehen. Er war bereits vor zwei Jahren einstimmig als Nachfolger von Jakob von Baden als Trierer Erzbischof gewählt worden. Bis zur päpstlichen Bestätigung und erzbischöflichen Weihe hatte es jedoch über ein Jahr gedauert. Kriegsunruhen in Italien hatten die Delegation auf dem Weg nach Rom bereits in Innsbruck umkehren lassen. Erst im vorigen April hatte sein Abgesandter, der Domherr Jacob von Elz, die ersehnte päpstliche Bestätigung nach Trier bringen können. Im gleichen Jahr hatte der Kaiser jedoch einen Reichstag in Trier abgehalten, bei dem auch der Heilige Rock gezeigt worden war, und Richard von Greiffenklau war sehr schnell sehr bekannt und anerkannt worden.

Nun erwartete sie dieser Mann bereits beim Hochaltar. Langsam und mit demütig gesenktem Haupt schritt Albrecht neben seinem Bruder nach vorne. Demut wurde erwartet von ihm. Zumindest heute, zumindest bis zum Ende dieses Hochamtes. Die fast dreistündige Messe zelebrierte der Trierer Bischof alleine. Erst gegen Ende wurde Albrecht hinzugezogen. Nach erfolgter Krönung durfte er den Gottesdienst zu Ende bringen. Stolz hatte er die Mitra in Empfang genommen und sich aufs Haupt setzen lassen. Er hatte im Vorfeld darauf bestanden, eine ›Mitra pretiosa‹ aufgesetzt zu bekommen – die kostbare Version der Bischofsmütze, mit Juwelen und Halbedelsteinen besetzt und mit Goldfäden bestickt.

Dann war die Krönungsmesse vorbei, ein letztes Mal läuteten die mächtigen Glocken die Regentschaft des neuen Bischofs von Magdeburg ein. Nun hatte Albrecht nichts Eiligeres zu tun, als nach Halle zu reiten, zu seiner neuen Bischofsresidenz auf der Moritzburg. Der stramme Zweitageritt führte Albrecht zu seiner neuen, unüberwindlichen Festung, der ›Arx insuperabilis‹, die sein Vorgänger, Erzbischof Ernst, für die unglaubliche, sagenhafte Summe von über hundertfünfzigtausend Gulden hatte bauen lassen.

Die nächsten Tage verbrachte er auf der Moritzburg.

Als er sich wieder in der Öffentlichkeit blicken ließ – eine knappe Woche später –, sorgte er sofort erneut für Gesprächsstoff: Er wollte sich nämlich, bitte schön, auch noch gerne das Bistum Halberstadt einverleiben.

Das war unerhört!

Eine derartige Ämterhäufung war nicht nur unüblich, eigentlich hatte der Papst verboten, dass ein Mensch zwei oder mehr Bistümern vorstehen durfte. Und so ein junger Bischof, das ging wohl gar nicht. Außer, der Papst konnte irgendwie überzeugt werden. Das ging immer und am besten mit Geld. Viel Geld. Und geschickter Diplomatie, denn schließlich sollten ja die Wettiner den Braten nicht riechen, wenn die Hohenzollern schon dabei waren, die Vormachtstellung ihrer Erzfeinde in Nord- und Mitteldeutschland infrage zu stellen.

25

Joachim, der Herrscher von Brandenburg, zog im Hintergrund geschickt die Fäden und ließ eine Kommission zusammenstellen, die den Papst mit allen Mitteln überzeugen sollte, dem jungen Hohenzollern seinen Wunsch zu erfüllen.

Der Mann fürs Grobe der Hohenzollern in Rom war Doktor Johann Blankenfeld, seines Zeichens Prokurator des Deutschen Ordens. Ein gerissener Jurist mit exzellenten Beziehungen zum Vatikan. Und, Zufall oder nicht, um ein paar Ecken mit den Fuggern verwandt.

Die Geheimbotschaften flogen nur so hin und her zwischen Blankenfeld, dem Heiligen Stuhl und Johannes Zink, der von Jakob Fugger beauftragt worden war, für die nötige finanzielle Schmiere zu sorgen. Etwas mehr als eintausend Dukaten erhielt zum Beispiel der päpstliche Kämmerer von Johannes Zink persönlich. In bar, versteht sich …

Nach ungewöhnlich kurzer Zeit schon war die Sache erledigt und Albrecht durfte sich doppelter Bischof nennen. Und stand jetzt tief in der Schuld bei Johannes Zink und der Fuggerbank.

Diese Schuld sollte aber Kleingeld gewesen sein, verglichen mit dem, was noch folgen würde.

Im Februar verstarb Uriel von Gemmingen, der Bischof von Mainz, im Alter von nur fünfundvierzig Jahren an einem Schlaganfall. Der Mann an der Spitze der größten deutschen Kirchenprovinz war seit jeher einer der sieben Kurfürsten; als Erzkanzler für Deutschland hatte er den höchsten Rang.

Nun wurde Albrecht von Brandenburg zu gierig. Noch nicht einmal ein Jahr lang Bischof von Magdeburg und Halberstadt, wollte er sich nunmehr dieses Herzstück der deutschen Kirche einverleiben. Und der erste Dreifachbischof im Reich werden. Im Grunde ein unmögliches Unterfangen, war doch schon die Beschaffung der zweiten Mitra eine heikle Mission gewesen.

Mainzer Bischof zu werden, war also doppelt schwer: Politisch *und* finanziell gesehen.

Uriel von Gemmingen hatte sechs Jahre vorher mit einundzwanzigtausend Gulden bereits ungewöhnlich viel für das Bistum Mainz bezahlt. Und hatte, obwohl er kein Prasser und Verschwender gewesen war, so viel aus seinen lieben Mainzer Schäfchen herausgepresst, wie möglich war.

Albrecht konnte also zum einen nicht zu viel von den Mainzern erwarten, zum anderen gab ihm die von Uriel gezahlte Summe bereits eine Vorstellung von der Größenordnung dessen, was im Erfolgsfall zu zahlen war.

Zudem war mit dem Bruder des Kurfürsten Ludwig von der Pfalz ein ernsthafter Mitbewerber aufgetaucht. Was tun? Die bewährte Strategie in diesen Fällen war immer: denunzieren, verleumden, schlechtmachen. Beim Kaiser, beim Volk, bei den Domherren. Und so kochte innerhalb kürzester Zeit die Gerüchteküche über; alle waren empört ob der Untaten, die der Pfälzer Bewerber angeblich verbrochen hatte. Keiner wusste so genau, wer die Gerüchte in die Welt gesetzt hatte, aber wo Rauch war, gab es sicher auch Feuer.

Zur hohen Schule der Politik hatte außerdem von jeher schon gehört, mehr zu versprechen, als man halten konnte. Also versprach auch Albrecht von Hohenzollern den Mainzern das Blaue vom Himmel:

Die verpfändete Stadt Gernsheim wolle er auslösen.

Das Mainzer Hochstift gegen alle Feinde auf eigene Kosten verteidigen.

Allen ein guter und gerechter Herr sein.

Und dergleichen Unfug mehr...

Anfang März fand eine Bischofswahl statt, deren Ergebnis von vorne herein feststand.

Albrecht von Brandenburg wurde einstimmig zum neuen Mainzer Bischof gewählt.

Nachdem so die erste, die leichteste Hürde genommen war, kamen die beiden großen.

Er musste dem Papst seine Wahl schonend beibringen.

Außerdem brauchte er schon wieder ein Menge Geld.

Sehr, sehr viel Geld.

Mehr als jemals zuvor.

Die Mainzer waren bereits gründlich geschröpft worden, diese Wahl war die dritte Bischofswahl in zehn Jahren gewesen. Zweimal schon hatten die Bischöfe sich ihren Einsatz von den Gläubigen wieder geholt. Da war also nichts mehr zu holen.

Guter Rat blieb teuer. Fremdes Geld musste her.

Nur die Fugger konnten hoffentlich noch helfen.

Erneut wurde Albrechts Bruder Joachim tätig. Er ließ Empfehlungsbriefe aufsetzen. Die wurden nach Augsburg zu den Fuggern geschickt. Mit der Bitte, diese sofort nach Rom weiterzuleiten. An den guten Doktor Johann Blankenfeld.

Das persönliche Anschreiben an Jakob Fugger endete mit dem Satz:

»Wir bitten Euch dringlichst, Euch auf die Auszahlung einer größeren Summe Geldes in Rom vorzubereiten.«

Jakob Fugger garantierte erst einmal für einundzwanzigtausend Dukaten, die gleiche Summe, die Uriel von Gemmingen ausgegeben hatte. Die Brandenburger gaben im Gegenzug das Versprechen, für je einhundert Dukaten an Fugger einhundertvierzehn Goldgulden, und zusätzlich noch fünfhundert Gulden als Zinsen, zurückzuzahlen. Das sollte doch ausreichen …

So simpel dachte Joachim I. Nestor, der Kurfürst von Brandenburg:

Geld von den Fuggern leihen, als Bestechungsgelder im Vatikan auszahlen, fertig …

Diesmal war jedoch der Bogen überspannt worden, da mussten selbst die Fugger passen.

Und die machtgierigen Akteure würden sich neue Methoden einfallen lassen müssen, um den Papst erneut zu überzeugen.

26

»Das können wir ihm nicht durchgehen lassen!« Kaiser Maximilian war außer sich. »Für wen halten diese Hohenzollern sich? Am Ende möchte er auch noch Kaiser werden!«

Erbost schaute er in die Runde seines Rates. Und sah ausschließlich in betroffene Gesichter, die alle der gleichen Meinung waren wie er. Bis auf einen. Der jedoch verbarg die Tatsache geschickt, dass er gedachte, aus dem dritten Bischofssitz für Albrecht von Hohenzollern geschäftlichen Profit zu schlagen. Der Kaiser richtete das Wort an seinen wichtigsten Finanzier:

»Was sagt Ihr, vom Standpunkt des Kaufmanns, zu dieser Anmaßung der Hohenzollernbrut?«

Jakob Fugger überlegte kurz, bevor er antwortete:

»Lasst ihn ruhig einen Versuch machen, Euer Majestät. Bevor Ihr Euch in Streit mit den Brandenburgern begebt, überlasst dies doch dem Papst.«

Maximilian ließ nicht locker.

»Glaubt Ihr im Ernst, der Papst wird ihm den Wunsch verwehren?«

»Diesmal: Ja!« Entschieden kam Fuggers Erwiderung.

»Was macht Euch so sicher?«

»Ihr, Majestät, seid ja beileibe nicht der Einzige, der sich über diese Ämterhäufung echauffiert.«

Jakob Fugger war einer der wenigen Menschen, die mit Kaiser Maximilian in ehrlichem, offenem Ton reden konnten, kannten sie sich doch bereits seit einer halben Ewigkeit und – wäre Jakob Fugger zu so etwas wie Freundschaft in der Lage –, Maximilian wäre einer seiner nächsten Freunde gewesen.

So winkte der Fugger nur ab.

»Lasst ihn laufen, Ihr werdet schon sehen.«

»Und die Fuggerbank verdient wieder einmal prächtig daran?« Eigentlich war dies keine Frage, eher eine Feststellung. »Ich habe gehört, Ihr habt für die Schulden des Albrecht von Brandenburg in Rom bereits mit neunundzwanzigtausend Gulden garantiert.«

Erbost antwortete Fugger dem Kaiser, in einem Tonfall, den sich sonst gegenüber dem Herrscher des Heiligen Römischen Reiches Deutscher Nation mit Sicherheit niemand erlauben konnte:

»Und wenn? Wir müssen unser Geld ja irgendwie verdienen, um es den Habsburgern« – indigniert schaute er den Kaiser an – »wiederum zur Bestreitung ihres Hofstaates zur Verfügung zu stellen. Außerdem reichte die Summe nicht aus. Es ist noch alles in der Schwebe.«

Jetzt war es an Maximilian abzuwinken.

»Macht nur, Fugger, was Ihr wollt. Aber diesmal stehe ich nicht hinter Euch, wenn es Schwierigkeiten gibt.«

Das hatte Jakob Fugger auch nicht erwartet. Er hatte schon gehört, dass die neue Mission extrem heikel werden würde. Sogar beinahe dreißigtausend Gulden hatten nicht ausgereicht, um den Papst von der Ernsthaftigkeit der Hohenzollern zu überzeugen.

Deswegen hatte er auch schon beschlossen, ab sofort offiziell gar nicht mehr in Erscheinung zu treten. Die Diskussion mit dem Kaiser war also mehr eine Art Rückzugsgefecht gewesen. Zur Wahrung des Gesichts. In Rom würde von nun an mit anderen Mitteln gekämpft. Schmutzigen Mitteln, und nur noch im Verborgenen. Dafür war er noch nie der richtige Mann gewesen. Aber er hatte ja seinen Faktor. Den tüchtigen Johannes Zink …

Der Kaiser stand beileibe nicht allein mit seinem Widerstand gegen Albrecht von Brandenburg. Vom einfachen Klerus über Bischöfe in ganz Europa bis hoch zu den Kardinälen in Rom war inzwischen Kritik laut geworden. Eine Kumulation von drei Bistümern war eine Ungeheuerlichkeit und ohne Beispiel in den vergangenen Jahrhunderten.

Als Zink Mitte Mai um eine Audienz beim Papst ersucht hatte – mit einem Wechsel über neunundzwanzigtausend Gulden in der Tasche –, war ihm höflich, aber bestimmt von dem mächtigen Kardinal Raffaele Riario sowie dem päpstlichen Datar Silvius de Passerinis der Einlass verwehrt worden.

»Seine Heiligkeit möchte mit dieser völlig absurden Geschichte nicht belästigt werden.«

Wutentbrannt beschloss Zink, seine eigenen Wege zu

gehen. Abseits der Diplomatie. Ohne den Fugger zu fragen, der jedoch in Augsburg zur selben Zeit beschlossen hatte, Zink freie Hand bei der Wahl seiner Mittel zu lassen. Es war Zeit, allen, dem Papst wie auch den Hohenzollern und allen anderen Regenten Deutschlands, zu zeigen, dass es nur eine deutsche Bank in Rom gab, die alle kniffligen finanziellen wie diplomatischen Aufgaben zuverlässig erledigte. *Die* repräsentative deutsche Auslandsbank: Die Fuggerbank!

Tage später hörte Zink, dass der Papst einem anderen Bewerber eine Audienz gewährt hatte. Einem, den man nicht, wie den Bruder des Kurfürsten Ludwig von der Pfalz, mit ein paar Denunziationen in die Schranken weisen konnte. Denn völlig unerwartet hatte Matthäus Lang von Wellenburg Ansprüche auf den Mainzer Bischofsthron erhoben. Und sofort bei Papst Leo vorgesprochen.

»Uriel von Gemmingen hatte mir alle Prälaturen und Benefizien in Mainz versprochen«, versicherte dieser glaubhaft. »Und ich gedenke, dieses Versprechen im Sinne des Verstorbenen auch einzulösen.«

Ausgerechnet Matthäus Lang, der Intimus Kaiser Maximilians! Der bei seiner Kandidatur also mit Sicherheit vom Haus Habsburg unterstützt wurde. Ein harter Brocken war da aus dem Weg zu räumen, um Bischof von Mainz zu werden.

Leo X. hörte ihn an und hielt aber nicht damit hinter dem Berg, was Lang dieser Posten kosten würde.

»Die Brandenburger wollen sich das Ganze angeblich fast dreißigtausend Gulden kosten lassen.«

»Wieso angeblich, Euer Heiligkeit?«, fragte der Kardinal von Gurk.

»Weil der Bote der Brandenburger nicht zu mir vorgedrungen ist.« Er grinste unverschämt. Matthäus Lang tat es ihm gleich. Er wähnte sich bereits auf der Siegerstraße. Der Papst holte ihn zurück auf den Boden der Tatsachen.

»Und, habt Ihr so viel Geld?«

Kopfschüttelnde Verneinung.

»Das ist schlecht. Dann warten wir eine Weile ab. Ihr versucht, das Geld zu beschaffen. Dann sehen wir weiter.«

Auch davon hörte Zink. Seine Zuträger im Vatikan waren zuverlässig. Die Zeit lief ihm davon. Also machte er einen erneuten Versuch, Papst Leo X. zu treffen. Diesmal mit mehr Erfolg, so dass er Anfang Juni beim Papst vorsprechen konnte.

»Nun, Zink, was führt Euch zu mir?«, heuchelte Leo X. Unkenntnis über den Anlass der Audienz.

»Ich habe läuten hören, Euer Heiligkeit, Ihr hättet vor Kurzem den Kardinal von Gurk empfangen und Euch sein mehr als fragwürdiges Anliegen angehört. Ich vertrete die andere Bewerberpartei, wie Ihr wohl wisst, mit gesicherteren Ansprüchen.«

»Inwieweit gesicherter, mein lieber Zink?«

»Zum einen ist Albrecht von Brandenburg bereits im März in Mainz zum Bischof gewählt worden.«

Der Papst winkte lässig ab.

»Diese Wahl kann ich mit einem Federstrich für ungültig erklären lassen.«

»Zum anderen«, Zinks Stimme hob sich und er blickte dem Papst genau in die Augen, »steht unsere Bewerbung finanziell nicht auf so tönernen Füßen.«

»Das ist sicher das gewichtigere Argument«, lachte Leo. »Aber nicht das einzige.«

Zink hakte nach.

»Wenn jetzt, ich denke nur einmal laut, ein Unbekannter Euch, Euer Heiligkeit, eine Summe offerieren würde, eine Komposition von größeren Ausmaßen. Eine Summe, für die es keinen Beleg gäbe, keinen Schuldschein, keine Rückzahlungsverpflichtung, wie hoch müsste, natürlich nur rein theoretisch, diese Summe sein?«

»Zink, Ihr seid ein Schuft. Ihr wisst genau, dass ich immer Geld brauchen kann. Und Geld, das ich nicht zurückzahlen muss, ist mir natürlich am liebsten.«

Dann drehte er die Frage um.

»An wie viel würde Euer unbekannter Finanzier denn denken?«

Zink überlegte kurz, bevor er antwortete.

»Er würde erst einmal die geforderte Summe für die Brandenburger Schulden hinterlegen, dazu noch zehntausend Dukaten nur für den Heiligen Vater, ganz diskret manu in manu, ohne Zeugen.«

Sollte dies Erfolg haben, gedachte er das Geld aus seiner schwarzen Kasse zu nehmen, in der neben dem restlichen Vermögen Girolamo di Selvios auch allerhand Erlöse aus anderen zweifelhaften Unternehmungen vor sich hin schlummerten.

Er setzte seinem Angebot aber noch eins drauf, indem er zeigte, dass er an alles dachte:

»Und dann könnte der Heilige Vater dem Kardinal von Gurk das Bistum Salzburg versprechen. Leonhard von Keutschach ist alt, schon über siebzig. Wenn er gestorben ist, hättet Ihr gleich einen geeigneten Kandidaten und wir für Mainz einen Bewerber weniger. Und alle wären zufrieden.«

»Zink, Ihr solltet in die Politik gehen, so durchtrieben, wie Ihr seid. Ich werde mir das Angebot Eures Unbekannten durch den Kopf gehen lassen. Seht nächste Woche wieder vorbei.«

Damit war Zink entlassen.

Der wartete aber nicht darauf, dass der Papst zusagte, sondern begann gleich mit weiteren Verhandlungen. Er bestellte Blankenfeld zu sich.

»Bestellt Euren Herren in Brandenburg, gegen eine diskrete Zahlung von zehntausend Dukaten wäre der Heilige Stuhl bereit zu einer Einigung in der Causa Mainz. Ihr dürft aber unter keinen Umständen sagen, woher das Geld kommt.«

Blankenfeld hatte verstanden. Noch nie hatte er über so eine große Summe verfügen können, geschweige denn, dass jemals ein so hohes Bestechungsgeld gezahlt worden war.

Also schrieb er am 3. Juli an Albrecht:

»Mir ist bei den Verhandlungen unterwegs einer entgegengekommen, so stattlich und glaubhaft, der sagte, wenn wir gedächten, unsere Sache nach unserem Willen auszurichten, dass wir dann mit dem Papst uns einer Komposition von zehntausend Dukaten wegen einigen sollten.«

Ganz wohl war ihm, dem altgedienten Intriganten, bei dieser Sache jedoch nicht, so fügte er noch an:

»Das geht uns zu Herzen; wir sind dessen doch nicht so sehr erschrocken, weil wir unsere Sache und Absicht so durch Geld erlangen, hoffen aber, dass es geringer wird und wir die Stiege nur halb hinunter fallen werden.«*

Nachdem Albrecht von Brandenburg den Brief gelesen hatte, waren seine ersten Reaktionen: Ein ungläubiger Blick, dann lautes Gelächter.

»Was glauben die Römer, mit wem sie es zu tun haben? Glauben im Ernst, wir würden einem Unbekannten Geld in die Hand drücken, um für uns beim Papst Schönwetter zu machen.«

Er schrieb zurück an Blankenfeld, das Angebot des Unbekannten abzulehnen und erteilte gleichzeitig Anweisung, mit dem mächtigen Kardinal Giulio de Medici – dem späteren Papst Clemens VII. – Kontakt aufzunehmen und zu versuchen, die Dinge auf diplomatischem Wege zu lösen.

Der war wenig erfreut, in diese unappetitliche

* Dies ist eine fast wörtliche Abschrift von Blankenfelds Brief. (Anm. d. Autors)

Geschichte hineingezogen zu werden, und beschied kurz und brüsk, »des Papstes Gemüt wäre nicht, für eine solche Konfirmation Geld zu nehmen.« Und verspottete die Hohenzollern für ihre Naivität, mit der sie in Rom Politik machen wollten.

All dies erfuhr Zink noch vor Albrecht, derweil er in seiner Villa saß und sich an der Stümperhaftigkeit der Hohenzollern erfreute. Er wusste genau, seine Stunde würde kommen …

27

Während in Rom unbestätigte Gerüchte kursierten, der Kardinal von Gurk sei gestorben – niemand wusste genau, wer diese in die Welt gesetzt hatte –, lautete der nächste Auftrag Albrechts an Blankenfeld: Verhandeln mit dem großen Unbekannten.

Obwohl Blankenfeld als Einziger um die wahre Identität des Unbekannten wusste, hielt er dicht. Er sah seinen Vorteil eher dabei, auf Zinks Seite zu sein, als aus alter Loyalität auf der Seite des Brandenburgers.

Er ließ sich mit Zink auf ein paar Scheinverhandlungen ein und schrieb in gespielter Entrüstung an seinen Auftraggeber:

»Der Unbekannte gibt nicht einen Deut nach. Er behauptet sogar, die zehntausend Gulden seien ein Vorzugspreis und der Preis könne gar noch nach oben gehen. So wie es ja auch zwölf, nicht zehn Apostel gegeben habe.«

Ein Delegationsmitglied der Hohenzollern, Uso von Alvensleben, konterte beim Vorlesen des Briefes schlagfertig, es gäbe indes nur sieben Todsünden. Da Zink dabei jedoch nicht anwesend war, verpuffte der Scherz im Gelächter der eigenen Delegation.

Zink lachte erst später, als Blankenfeld ihm davon erzählte.

»Wenn er noch weiter unverschämt wird, erzählt ihm von den Himmlischen Heerscharen und ihren mehr als dreihundert Engeln«, ergänzte er mit vor Lachen hochrotem Kopf.

Aber es genügte auch so. Denn, so war Blankenfelds Eindruck gewesen, Albrecht hatte die Forderung des ›Unbekannten‹ akzeptiert.

»Dann werde ich mich dieser Sache jetzt verstärkt annehmen«, versprach Zink dem Gesandten des Hohenzollernfürsten.

Und der Kurfürst Joachim versprach seinem Bruder, er wolle ihm helfen, sich mit den Banken zu verständigen, nachdem es jetzt nur noch ums liebe Geld ginge. Dabei war die Entscheidung noch längst nicht gefallen.

Der Kardinal von Gurk erfreute sich natürlich bester Gesundheit. Dennoch: Der Verhandlungsmarathon zwischen Zink und dem Papst begann. Anfangs wollte der Papst von allen Zusagen, die er angeblich gemacht hatte, nichts mehr wissen. Nur die zehntausend Dukaten nahm er als fix an. Zuerst wollte er das Bistum Halberstadt wieder herausnehmen aus dem Paket.

»Dann sind es immer noch zwei Bistümer, und die wichtigen dazu«, kommentierte er trocken.

»Euer Heiligkeit, wir hatten etwas anderes vereinbart.« So konterte Zink. »Ich nehme ja auch nicht so einfach wieder dreitausend Dukaten heraus aus meiner Komposition.«

Er tat es dann aber doch. So fingen die beiden mehrmals fast von vorne an. Wurde der Papst ungeduldig oder zornig, gestand er Albrecht mit einem Mal nur noch den Titel eines Ökonomen von Halberstadt zu. Dann zog Zink im Gegenzug wieder einen Teilbetrag von der Bestechungssumme ab. Er wusste nicht, was dabei Ernst war und was Schauspielerei. Aber er spielte geduldig mit. Den ganzen langen Juli lang.

Sie verhandelten sogar, während der Papst seinem Hofmaler Raffael Modell saß. Oder dieser dem Papst Vorschläge für die weitere Gestaltung des Petersdomes unterbreiten wollte. Dann hieß Leo den Fuggerfaktor schweigen und zuhören, bis er eine Entscheidung getroffen hatte. Erst wenn er beifällig nickte und Raffael sich wieder seiner Arbeit zuwandte, ging es weiter. Zink war geduldig. Anfang August – nach vielen langen und zermürbenden Sitzungen– war der Papst weich gekocht. Unter anderem auch, weil er dringend Geld brauchte und Zink dies wusste. Zum 1. August war Raffaelo Santi zum Architekten des neuen Petersdomes bestellt worden. Und der teilte Leo X. ganz unverblümt seine Forderungen mit, ohne die er seinen Auftrag nicht weiterführen könne.

Schließlich war das wochenlange Ränkespiel vorüber.

Mitte August erklärte Leo X. vor seinem Konsistorium, dass Albrecht von Brandenburg zum Bischof von Magdeburg und Mainz sowie zum Administrator des Bistums Halberstadt ernannt würde. Das simonistische Geschäft war perfekt. Matthäus Lang wurde das Versprechen gemacht, nächster Erzbischof von Salzburg zu werden.

Er selbst, Leo X., würde demnächst zehntausend Dukaten in bar und ohne Spendenquittung in Empfang nehmen. Und diese Zehntausend durften ausdrücklich nicht mit den anderen Einnahmen aus Ablässen verrechnet werden. Aber das sagte er nicht. Zink hatte die Zahlung der zehntausend Dukaten seinerseits bereits vorausschauend an einen neuen Ablass gekoppelt. Details konnte man immer noch später klären.

Erleichtert teilte Blankenfeld seinem Brotherrn mit: »Darum jubiliere Eure Fürstliche Gnaden in Domino.«

Albrecht von Brandenburg war endlich Bischof von Magdeburg, Halberstadt *und* Mainz.

Matthäus Lang musste nur noch fünf Jahre warten,

bis Leonhard von Keutschach das Zeitliche segnete. Dann wurde er Erzbischof von Salzburg. In der Folgezeit der bald ausbrechenden Reformation tat er sich als fanatischer Verfolger abtrünniger Katholiken, insbesondere der Täufer, hervor.

Anfang November, acht Monate nach seiner Wahl, hielt Albrecht von Brandenburg Einzug in Mainz. Nicht so festlich wie vorher in Magdeburg, zu sehr hatte ihn die langwierige Prozedur zermürbt, zu deutlich war er sich der Tatsache bewusst, dass die Familie der Hohenzollern de facto pleite war. Und er war schuld, beziehungsweise seine Gier nach Titeln. Natürlich sah er das Ganze anders, er war nicht gierig nach Titeln, er war lediglich der fähigste Mann dafür. Und seine Herkunft, sein Hohenzollern-Blut, bestimmte ihn von vorneherein für Höheres. Vielleicht sogar dereinst einmal dazu, Papst zu werden?

Jetzt hieß es, die Rechnung aus Augsburg abzuwarten. Mit der Rückzahlung konnte man sich Zeit lassen, der Fugger wusste ja, wie so etwas lief. Erst musste man neue Geldquellen auftun. Da müsste er ihm schon tatkräftig mithelfen.

In Augsburg saßen derweil Jakob Fugger und seine Buchhalter im Kontor zusammen und addierten die zahlreichen kleinen und großen Beträge, die sie Albrecht vorgeschossen hatten. Für die vielen kleinen und großen Dienste, Bestechungsgelder, sonstige Schmiere, Botenlöhne, Aufwand und Zinsen. Da kam ziemlich was zusammen.

Am Ende stand unten rechts in der Kladde eine eindrucksvolle Zahl: 48.235 Gulden. »Achtundvierzigtausendzweihundertfünfunddreißig Gulden!«

Jakob Fugger war entsetzt. Das war eine sagenhafte Summe. Er hatte immer schon ein phänomenales Zahlengedächtnis besessen – für seinen Erfolg als Kaufmann unerlässlich – und wusste daher noch genau, dass elf Jahre zuvor die Papstkrone für Julius II., oder Guilano della Rovere, für läppische viereinhalbtausend Gulden zu haben gewesen war. Und nun mehr als das Zehnfache für einen Bischofssitz!

War die ganze Welt verrückt geworden?

Wie konnte das angehen?

Was hatten sie sich da angetan?

Und vor allem: Wie sollten sie diese Riesensumme Geld jemals zurückbekommen?

Das war ein Ding der Unmöglichkeit.

28

In Mainz versuchte Albrecht von Anfang an, die Kritik an seiner Ernennung durch eifrige Tätigkeit und Präsenz vor Ort zu widerlegen.

Zuerst ließ er für seinen Vorgänger, den sehr beliebten Uriel von Gemmingen, ein eindrucksvolles Grabdenkmal errichten. Albrecht verstand aber nicht, dass Uriels Beliebtheit im Volk daher gekommen war, weil er nur wenig prunksüchtig, dafür fleißig, gewissenhaft und pflichtbewusst gewesen war. Genau das, was den meisten Klerikern dieser Zeit fehlte, auch ihm selber. Diese Unkenntnis und seine dazu passende, prunkvolle Lebensweise sollten ihm später in seinem Leben noch große Schwierigkeiten bereiten.

Er ließ Uriel im Kreuzgang des Mainzer Doms beisetzen. Sein Grabdenkmal ist heute noch im Mittelschiff des Doms, am ersten nördlichen Pfeiler vor dem Stiftschor, zu besichtigen.

Aber sogar Albrechts Sorge um Uriels Grabstätte wurde ihm von seinen Kritikern zum Nachteil ausgelegt. Uriel war nämlich recht jung – mit sechsundvierzig Jahren – und ziemlich unerwartet gestorben. Nun schossen die Gerüchte ins Kraut.

Gerüchte, die für beide Bischöfe, den toten wie auch seinen Nachfolger, wenig schmeichelhaft waren.

Angeblich habe Uriel seinen Kellermeister auf dem Familiensitz in Gemmingen eines Nachts beim Weindiebstahl ertappt und ihn im Zorn erschlagen. Von Reue geplagt, habe er sich einige Tage danach auf den Weg nach Mainz gemacht, sei in der kalten Nacht im dichten Nebel alleine über den Rhein gerudert. Kurz darauf sei er krank geworden, wenig später gestorben.

Eine andere Version lautete, Uriel habe seinen Tod

nur vorgetäuscht und sei heimlich nach Italien abgereist, wo er sich versteckt halte.

Und der erschlagene Kellermeister sei an seiner Stelle mit bischöflichen und fürstlichen Ehren und Pomp von Albrecht beigesetzt worden.

Wieder andere Stimmen behaupteten, Albrecht habe von der Sache vorher Wind bekommen, Uriel erpresst, um schneller Bischof von Mainz zu werden, und ihm sowohl bei der Flucht wie auch der Vertuschung des Mordes an dem Kellermeister geholfen.

Um sich bei seinen Schäfchen wieder lieb Kind zu machen und die bösen Gerüchte zu zerstreuen, begann er mit etwas, was beim Volk immer gut ankam: Er startete die Vertreibung der Juden aus Mainz. Der Versuch misslang jedoch gründlich.

Derweil saß Johannes Zink in Rom und überlegte, mit Auftrag Jakob Fuggers, welche Vorschläge er dem Papst unterbreiten könne, um dem frischgebackenen Mainzer und Magdeburger Bischof die Rückzahlung seiner enormen Schulden zu ermöglichen. Denn das Geld, so viel war klar, musste Bischof Albrecht ja von den Gläubigen eintreiben.

In Form eines Ablasses, so weit hatte er schon vorab mit Papst Leo geschachert.

Nur: Wo, wie und wie lange?

Fast fünfzigtausend Gulden waren eine unglaubliche Summe, für die hätte mancher nicht nur gemordet, sondern sogar einen Krieg angezettelt.

So gingen, kurze Zeit nach Albrechts Krönung, die unappetitlichen Verhandlungen zwischen Zink und Papst Leo X. weiter.

Zinks erste Forderungen wurden von Leo X. empört zurückgewiesen.

»Ein Ablass fürs ganze Reich! Seid Ihr jetzt komplett närrisch geworden?«

»Euer Heiligkeit, Ihr habt selbst dem hohen Preis für die drei Bistümer zugestimmt. Dazu gehört jedoch auch die Möglichkeit für die Hohenzollern, das Geld wieder hereinzubekommen.«

»Ihr übertreibt aber, mein lieber Zink.«

»Mitnichten übertreibe ich. Euch hat das Ganze nur eine läppische Unterschrift auf einem Stück Pergament gekostet. Und wir, das heißt, die Hohenzollern wie auch die Fugger, werden Euch überdies fürstlich am neuen Ablass beteiligen.«

Er sandte einen stechend-blauen Blick über den Verhandlungstisch. Jedoch, obwohl eigentlich alle Parteien von dem geplanten gigantischen Ablassgeschäft profitieren sollten, gestalteten sich die Verhandlungen zäh und langwierig. Papst Leo X. ahnte, dass sie, sollte er Zinks Forderungen nachgeben, eine imaginäre Grenze des Anstands überschreiten würden. Obwohl Anstand nicht sonderlich hoch im Kurs stand, sogar hier im Vatikan schien es Grenzen dafür zu geben.

Zum Ende des Jahres hatten sich Zink und der Papst so weit angenähert, dass Albrechts Gesandte, als sie am

2. Dezember in Mainz eintrafen, nicht mit leeren Händen kamen.

Zink hatte auf der ganzen Linie gesiegt und alle seine Forderungen durchsetzen können.

Als die Details der Abmachung innerhalb der Kurie bekannt wurden, wollten selbst die korruptionserfahrenen Beamten nicht glauben, was sie da lasen, und verhängten erst einmal Geheimhaltung. Bis der Papst offiziell seinen Segen gab.

Die Vereinbarung beinhaltete Folgendes:

Der offizielle Titel des Ablasses lautete: ›Jubelablass für den Bau der Sankt-Peters-Kirche in Rom‹. Dies war natürlich schamlos gelogen, war der Ablass doch ausschließlich zur Tilgung der Hohenzollern-Schulden bei der Firma Fugger bestimmt.

Der frischgebackene dreifache Bischof durfte auf einem Gebiet, das beinahe die Hälfte des Heiligen Römischen Reiches Deutscher Nation ausmachte, Gelder von den Gläubigen eintreiben. Beziehungsweise eintreiben lassen. Denn auch das sollten ja die Fugger erledigen.

Während gewöhnliche Ablässe über ein bis drei Jahre lang liefen, sollte der ›Jubelablass für den Bau der Sankt-Peters-Kirche in Rom‹ sage und schreibe *acht* Jahre lang gültig sein!

Und unkündbar dazu. Zink hatte sich wirklich nach allen Seiten hin abgesichert.

Als Stichtag für den Jubelablass war, heuchlerisch und

schamlos wie das ganze Konstrukt, rückwirkend der 1. August 1514 festgelegt worden: Der Tag, an dem Raffaelo Santi seine Arbeit als Architekt der neuen Peterskirche aufgenommen hatte.

Mit einer päpstlichen Bulle, die Ende des darauffolgenden März unterzeichnet wurde, schaffte Papst Leo X. weitere Tatsachen. Und für solche, die man am besten weiterhin unter dem Tisch ließ, erließ der Papst zwei Wochen später einen geheimen inneren Dienstbefehl – auch ›Motu proprio‹ genannt –, der nur intern, innerhalb des Vatikans, kursierte.

Denn gleichzeitig wurden fast alle anderen Ablässe im Reich für ungültig erklärt. Aber, und hier zeigte sich erneut die hohe, tückische Verhandlungskunst Johannes Zinks, erstaunlicher Weise nur fast alle, denn die aktuellen Ablassverträge der Fugger, wie zum Beispiel der ›Konstanzer-Münster-Ablass‹ oder der für das Augsburger Dominikaner-Kloster, waren als Einzige nicht betroffen.

Somit hatte Zink für die Firma Fugger praktisch ein Monopol auf das gesamte Gnadenwesen, oder besser gesagt, für die Ausbeutung der Ängste der Gläubigen, in weiten Teilen Deutschlands ausgehandelt.

Und das für acht lange Jahre.

Der treue, loyale und vor allem schweigsame Blankenfeld ging ebenfalls nicht leer aus: Er wurde zum Bischof von Reval befördert und erhielt die Rechte für einen Sonderablass für Skandinavien und Litauen.

In Augsburg herrschte große Freude, als Einzelheiten des Ablasshandels bekannt wurden. Jakob Fugger war voll des Lobes für seinen römischen Faktor.

Anderer Meinung waren die Gegner der Fugger wie auch der Hohenzollern. Den Wettinern stand buchstäblich der Schaum vor dem Maul. Und viele Kleriker, die dem ernsthaften, besonnenen Lager zuzurechnen waren, schimpften von den Kanzeln über diese päpstliche Entscheidung. Nur: Niemand, selbst Kenner der Materie, konnte so recht verstehen, wie es die Fugger geschafft hatten, den Papst zu diesem ungeheuren Ablass von nie gesehenem Ausmaß zu überreden. Zink operierte ja im Geheimen, also wurde allgemein angenommen, dass Jakob Fugger, im Auftrag Albrechts von Brandenburg, hinter der Sache steckte.

Letzten Endes war die Auflösung dieses Mysteriums simpel und banal, erklärbar durch die ungeheure Geldgier des Papstes: Neben diversen Bestechungsgeldern hatte Johannes Zink dem Papst die Hälfte aller Erträge versprochen. Bei anderen Ablässen war ein Drittel die übliche Summe gewesen.

So einfach war das …

29

Um die immer stärker werdende Kritik am Treiben von Fugger und Zink auszuhebeln, suchten die beiden nun händeringend Verbündete. Mächtige, einflussreiche Verbündete.

»Kennt Ihr den Johannes Eck?«, fragte Johannes Zink bei einem ihrer Treffen in Augsburg seinen Arbeitgeber. Fugger nickte beiläufig, seine Gedanken waren woanders. Er addierte gerade lange Zahlenreihen in einer schweren Buchhaltungskladde, war aber mit seinen Gedanken offensichtlich woanders. Entnervt klappte er das Buch zu und griff nach seiner Mütze.

»Kommt mit, Zink, mir ist nach frischer Luft und einem Spaziergang.«

Die beiden gingen in den Garten, den Jakob Fugger hinter seinem neuen, fast schon palastartigen Stadthaus hatte anlegen lassen. Sie flanierten durch frisch angelegte Laubengänge, passierten grüne Kabinette und zahlreiche Zierbrunnen.

»Verzeiht, ich war vorhin nicht bei der Sache«, nahm Fugger das Gespräch von drinnen wieder auf. »Ihr hattet mir eine Frage gestellt.«

»Ich fragte Euch, ob Ihr den Magister Johannes Eck kennt.«

Fasziniert blieb Zink vor einer Figur stehen, die sich wie eine Ballerina im Kreis drehte und ihre Arme hob und senkte. Jakob Fugger stoppte neben ihm und wusste nicht, ob er seinem Faktor die Figur erklären oder dessen Frage beantworten sollte.

»Nein, lieber Zink, den kenne ich nicht. Sollte ich ihn kennen und warum?« Gleich schob er nach: »Gefällt Euch mein neuartiger technischer Automat?«

Zink nickte, obwohl er für derlei Dinge normal wenig übrig hatte.

»Ich habe für derlei Dinge wenig übrig«, erläuterte Fugger, als hätte er Zinks Gedanken gelesen. »Aber als Kaufmann – das alte Lied – ist nur kreditwürdig, wer so erscheint, als brauche er keinen Kredit. Daher muss man ab und zu mal etwas herzeigen. Diese bewegten Figuren sind etwas gänzlich Neues. Sie werden durch Wasserräder angetrieben und durch Nockenwalzen gesteuert.« Er schüttelte den Kopf, als sei es genug der Erklärungen und ging weiter. »Aber letzten Endes kostet es alles nur Geld, mein Geld.«

Nun erinnerte er sich des anderen Themas.

»Was ist mit diesem Eck? Sagt schon.«

»Der Eck ist ein gerissener Hund«, übernahm Zink nun das Gespräch. »Der verknüpft das kaufmännische Geschäft mit der Theologie, das könnte sich als nützlich erweisen für uns.«

»Inwiefern?« Jetzt legte Jakob Fugger interessiert den Kopf zur Seite.

»Der Eck ist ja Professor an der Universität von Ingolstadt und hielt dort im letzten Jahr Vorlesungen zu Fragen des Kaufmännischen, auch zu den Wucherzinsen.«

»Was hat das mit uns zu tun?«

Zink erläuterte: »Ich habe mir Unterlagen beschafft über das, was der Eck so predigt. Der hat ein Kreditmodell entwickelt, mit dem er das kirchliche Zinsverbot umgeht.«

Nun spitzte der Fugger beide Ohren.

»Erzählt weiter.«

»Eck geht vom ›gerechten Preis‹ – ›justum pretium‹ – aus, den die Kirche fordert.«

Jakob Fugger schüttelte den Kopf angesichts der Erwähnung des ›gerechten Preises‹. Jeder Anfänger als Kaufmann wusste, dass sich damit niemals Geld verdienen ließ, geschweige denn, dass man reich werden konnte. Zink fuhr fort.

»Also hat er ein Darlehensmodell für einen Kontrakt in drei Stufen entwickelt. Die erste Stufe ist die Besiegelung einfacher Partnerschaft. Die zweite betrifft eine Investition, die mit Risiko behaftet ist und hohen Gewinn verspricht.«

»Und die dritte? So weit ist das ja nichts Neues.«

Jakob Fugger war ungeduldig.

»Jetzt kommt der Trick«, versprach Zink. »In der dritten Stufe verkauft der ›Kreditnehmer‹ dem Geber die Investition mit geringerem Gewinn zurück. Beide haben den Nutzen. Und offiziell gab es keine Zinsen.«

Fugger war beeindruckt.

»Wo finden wir diesen Mann?«

»Er ist viel unterwegs. Zudem hat Gabriel von Eyb, der Bischof von Eichstätt, ihm verboten, über dieses Thema zu reden.«

»Dann interveniert in Rom gegen diese Gewissens-Tyrannei.«

»Werde ich machen. Jetzt haben wir einen Kaufmannssohn auf dem Stuhl Petri, da sollte es uns endlich gelingen, Zinsen und Gewinne aus dem Handel theologisch zu rechtfertigen und religiös zu untermauern.«

»Das wäre sehr erfreulich. Tut Euer Bestes.«

Zufrieden mit dem Gespräch verließen die beiden den Fuggerschen Garten, ohne dessen wahre Schönheit nur im Entferntesten wahrgenommen zu haben und gingen vorbei an den Fugger-Zeughäusern und der Stadtwaage, in Jakob Fuggers Stamm-Gasthaus, auf eine deftige, schwäbische Wurstsuppe und ein Glas kräftiges, dunkles Bier.

Auch wenn Johannes Zink in der Folge offene Ohren in Rom fand und fleißig gegen von Eyb intrigierte, fanden weitere Disputationen in Deutschland zu viel Widerstand. Also musste man anderswo beginnen, um Ecks Theorie europaweit salonfähig zu machen. Die Fuggerbank finanzierte Eck daher eine Reise nach Italien. Der machte sich, aufgeregt über die Möglichkeiten, die Fuggers Unterstützung ihm bot, Mitte Juni auf zur ersten großen, internationalen Disputation seines Lebens. Nach mehrtägigen Aufenthalten in Innsbruck wie Brixen, wo er beide Male von den ortsansässigen Fugger-Mitarbeitern betreut wurde, erreichte er in der ersten Juliwoche Oberitalien. Sein Reiseziel war nahe …

Seit Papst Julius II. neun Jahre zuvor Bologna zuerst belagert und dann ein wenig geplündert hatte, gehörte es zum Kirchenstaat und wurde de facto von Rom aus regiert. Wenn der Papst seinen Segen dazu erteilt hatte, konnten hier, in der Stadt mit der ältesten Universität der Welt, Disputationen zu jedem erdenklichen Thema stattfinden. Kein Einspruch war mehr möglich; kein noch so mächtiger Herr, sei er Bischof, Kardinal, König oder Kaiser, konnte ein Verbot darüber aussprechen. Zinks Interventionen bei Leo X. waren von Erfolg gekrönt gewesen. Dazu kam, er reiste gerne nach Bologna. Er mochte die Stadt, das fette Essen, den erstaunlichen Ausblick auf die gut hundertachtzig Geschlechtertürme – darunter mit dem ›Torre degli Asinelli‹ einen Turm, der erst mit Fertigstellung des Südturms des Wiener Stephansdomes seinen Rang als höchstes Gebäude Europas verloren hatte –, und letzten Endes liefen auch die Geschäfte in Bologna nicht schlecht.

Am 12. Juli 1515 platzte das Auditorium der weltberühmten Universität in der Hauptstadt der Emilia-Romagna aus allen Nähten. Nicht nur die Studenten drängten sich, um möglichst nahe an das Podium zu gelangen, auf dem neben Johannes Eck sieben weitere Männer saßen, um die Frage des kirchlichen Zinsverbotes zu debattieren. Auch Kaufleute und Juristen aus ganz Europa, Männer der Kurie aus Rom sowie sämtliches Lehrpersonal der Universität waren anwesend. Die Luft war geschwängert mit Gerüchten, an jeder Stelle wurde erregt diskutiert, bevor noch die eigentliche Veranstaltung eröffnet war.

Zink hatte sich einen günstigen Platz reserviert; einen Platz am Rand des Podiums, von dem er sowohl jedes Wort verstehen sollte wie auch einen guten Ausblick auf *alle* Disputanten hatte. Schließlich hatte er allen, immer unter vier Augen, ein üppiges Handgeld gegeben oder sie sonstwie gefügig gemacht, damit sie Johannes Ecks Ausführungen nicht zu schwer bekämpften; sein rhetorischer Sieg also umso triumphaler ausfallen sollte. Daher wollte er im Auge behalten, ob sich auch alle an seine Direktiven hielten. Es war im Grunde ein Leichtes gewesen, Ecks Opponenten für diesen einzunehmen.

Dort, auf dem Podium, saß, neben Eck, unter anderem der Augsburger Dominikanerprior Johann Faber, der Jakob Fugger durch einen besonderen Ablass zu Dank verpflichtet war, also gar keine Handsalbe benötigte. Weiterhin gab sich ein Herr Johann Dobeneck-Cochleus als Sekundant Fabers die Ehre, der, welch ein Zufall, ein Vetter von Zinks Adlatus Engelhard Schauer war. Ursprünglich hatte Johann Speiser, ein Stipendiat der Fugger-Gesellschaft, Eck opponieren sollen. Dieser Plan war aber als zu durchsichtig fallen gelassen worden. Neue ›Gegner‹ hatten her gemusst. Diese Juristen und Kaufleute als neue Opponenten für Eck waren jedoch sowieso, von Berufs wegen, pro Zins eingestellt, und überdies teilweise Kunden bei Zink und Fugger. Da waren von vorneherein nur Scheingefechte zu erwarten. Das wusste jedoch kaum jemand, außer dem kleinen Kreis der Eingeweihten um Johannes Zink und Jakob Fugger.

Die Universität war als Austragungsort für eine solch publikumswirksame Diskussion perfekt geeignet. Zum einen rühmte sie sich des ältesten Lehrstuhls der Rechtswissenschaft, zum anderen wurde Theologie dort nicht gelehrt, lediglich gewisse Aspekte des Kirchenrechts. Man hatte also viel zu gewinnen und so gut wie nichts zu verlieren.

Ecks Auftritt in Bologna geriet zum Spektakel. Zu einem Ereignis, das europaweit riesiges Aufsehen erregte. Er argumentierte geschickt, redete seine Gegner an die Wand, blamierte und düpierte die Theologen und plädierte in der wichtigsten, grundsätzlichsten aller Fragen für einen Zins von fünf Prozent. Der tosende Applaus kam von fast allen Seiten. Zink rieb sich die Hände. Diese nicht unbeträchtliche Investition dürfte sich rasend schnell auszahlen. Auch Jakob Fugger wäre sicher mehr als zufrieden. Der Sieg Ecks in dieser Disputation war offensichtlich, triumphal und öffentlichkeitswirksam.

Mit einem Mal standen Eck die Tore der wichtigsten Universitäten Deutschlands offen. In Tübingen und andernorts wurde er mit Lobeshymnen empfangen.

Der Einzige, der sich bei dieser Affäre merklich zurückzog, war Jakob Fugger. Ihm war es nicht recht gewesen, auf diese unsaubere Art und Weise seine Ziele voranzutreiben. Er reduzierte den Kontakt mit Eck auf ein Minimum.

Ganz im Gegenteil zu Zink. Der lud Eck gleich darauf nach Rom ein. Dort verbrachten sie viel Zeit miteinander und es entwickelte sich fast so etwas wie Freundschaft zwischen dem Fuggerfaktor und dem fast fünfundzwanzig Jahre jüngeren Theologieprofessor. Zink lernte ihn dabei nicht nur als herausragenden Rhetoriker kennen, sondern auch als einen, für die Verhältnisse seiner Zeit, außergewöhnlich gebildeten Menschen. In ihren charakterlichen Schwächen erkannten sie einander, und das schuf die Basis für eine langjährige Bekanntschaft und den Kampf gegen gemeinsame Gegner.

PFRÜNDENJAGD UND ABLASSHANDEL

30

Durch die erfolgreichen Verhandlungen hatten Zink und Papst Leo X. sich persönlich sehr angenähert. Gemeinsam begangene Untaten schweißen zusammen. So auch hier.

Und so schamlos beide auch sonst Recht und Anstand ignorierten, ihre gegenseitigen Abmachungen hielten beide in der Folge peinlich genau ein.

Zuerst erfüllte Papst Leo X. Johannes Zinks lange gehegten Wunsch und ernannte ihn im März zum päpstlichen Kanzleischreiber, Pronotar, Lateranensischen Pfalzgrafen und Ritter.

Zink brachte im Gegenzug immer wieder prall gefüllte Säcke voller Dukaten in den Vatikan, deren Herkunft mehr als zweifelhaft war. Auch wenn sich das Geschäftsvolumen mit der Kurie enorm vergrößerte, allein mit Einnahmen aus Pfründen und Ablässen waren diese Summen nicht erklärbar. Insofern können die Fugger beziehungsweise Johannes Zink als Erfinder der ›schwarzen Kassen‹ gelten.

In dieser Zeit ging kaum eine Zahlung eines deutschen Kirchenfürsten an die Kurie nicht durch Fuggers beziehungsweise Zinks Hände. Er saß wahrhaftig wie die Spinne mitten in einem fein gewebten Netz. Einem Netz aus Gold, Silber und feinen Beziehungen.

Zink gedachte dies zum besten Vorteil zu nutzen.

Hinzu kam, dass er und Jakob Fugger auch in der Nachrichtenübermittlung ihrer Zeit voraus waren. Die Familie Taxis hatte nämlich mittlerweile von Bergamo aus für den Kirchenstaat einen Postdienst eingerichtet, der bis hinauf nach Deutschland funktionierte. Dabei gab es zweierlei Möglichkeiten, Nachrichten zu übermitteln: Den regulären Weg, für jedermann zugänglich, der aber noch nicht sehr regelmäßig ging und auf alle Fälle recht langsam war. Und daher unzuverlässig für Nachrichten. Wer mehr Geld investieren wollte, konnte die offiziellen Taxis-Relaispferde benutzen. Die waren schneller, viel schneller. Und das war genau das, was Jakob Fugger tat. Seine Kuriere nutzten die schnellere, teurere Art der Fortbewegung nach Taxis-Art. So waren die Fugger, ihre Günstlinge und Geschäftspartner immer die Ersten, denen Neuigkeiten bekannt waren. In Augsburg und Rom wusste man alles Wichtige, bevor es im Rest des Reiches ankam. Für gute Geschäfte konnte das entscheidend sein. Oder auch ausschlaggebend für eine erfolgreiche Posten- oder Pfründensicherung, wenn man schneller war als andere. So strebten viele einflussreiche Männer danach, Günstlinge von Zink und Fugger zu werden. Das ging am einfachsten, indem man Kunde der Fuggerbank wurde. Kardinäle und Prälaten standen beinahe Schlange, um bei Johannes Zink ihr Geld als Einlage für die Fuggerbank abzuliefern. Leo X. unterstützte Zink dabei, indem er unter der Hand seinen ranghohen Klerikern gestattete,

Testamente abzufassen, damit sich das Geschäft mit der Fuggerbank auch für die nachfolgenden Generationen lohne, die ja immer unehelich geboren waren. Oder man konnte seiner Mätresse ein kleines Vermögen hinterlassen. Leo X. unterschied aber genau, wer seiner Schäfchen dies tun durfte und wer nicht. Vermögen, das Kleriker außerhalb der Kurie bei Zink angelegt hatten, wurde nach deren Tod rücksichtslos eingezogen und Jakob Fugger sogar bisweilen mit der Exkommunikation gedroht. Der nahm diese Drohung aber gelassen auf als das, was sie war: Ein taktisches Scharmützel des Papstes, um beim nächsten Geschäft wieder einen Vorteil zu haben.

Nun begann Zinks wirklich große Phase der persönlichen Bereicherung. Vorbei die Zeiten, in denen er Hemmungen hatte, sich als Nicht-Kleriker kirchliche Pfründen zuteilen zu lassen. Nördlich der Alpen ließ er sich in kurzer Zeit nach seiner Beförderung ganz ungeniert allein Benefizienansprüche in zehn Bistümern eintragen. Und er wurde immer gieriger. In den folgenden fünf Jahren raffte er sich sage und schreibe sechzig (!) Pfründenstellen zusammen. Kirchen, Klöster, Bistümer; überall, wo etwas zu holen war. Die Orte und die dort lebenden Gläubigen interessierten ihn überhaupt nicht, die meisten seiner Pfründen sah er nur auf dem Papier. Hauptsache, sie schickten ihm das ihm zustehende Geld nach Rom.

Dabei verfolgte Zink drei Strategien.

Eine war, die Pfründe zu besetzen und bald darauf an den Meistbietenden ›unterzuvermieten‹, gegen Zahlung einer jährlichen Rente.

Die andere wandte Zink bei den Pfründen an, die er erst gar nicht besetzen wollte. Er ließ sie sich überschreiben, und, sobald wie möglich, verkaufte er sie mit maximalem Profit weiter.

Als dritte Möglichkeit behielt er die Pfründe und kassierte direkt dort ab, auch wenn er sich selbst niemals oder selten blicken ließ. Allein in seiner Heimatstadt Augsburg besaß er sechs Pfründen, ebenso in Mainz, in Regensburg drei, in Freising zwei, in Passau drei, Salzburg vier, Eichstätt zwei, Würzburg zwei, Speyer zwei, und je eine in Konstanz und Worms.

Dieser Pfründenschacher war zwar seit Längerem gängige Praxis gewesen, aber in Deutschland lange Jahre in eher bescheidenem Rahmen vor sich gegangen; zumindest verglichen mit dem, was in Spanien oder Frankreich üblich war. Nun begann eine Phase, die auch von seriösen Historikern eine ›monströs-ruinöse, grenzenlose Ausplünderung Deutschlands‹ genannt wird. Mit Johannes Zink an der Spitze der Pfründenjäger.

Im Frühjahr und im Sommer des Jahres 1516 fand in Rom, auf dem Hügel Viminal, ein dichterischer Wettbewerb statt, an dem eine Reihe deutscher Humanisten teilnahmen. In der Villa des Johannes Goriz, über den Trümmern des Trajansforums, wurde aber nicht nur Dichtung deklamiert, sondern auch diskutiert und politisiert. Entsetzt war der gekrönte Poet Ulrich von Hutten, nachdem er einige Wochen in Rom verbracht und Gelegenheit bekommen hatte, ein wenig hinter die Kulissen des Vatikans und des Pfründenhandels zu schauen. Dort, in der Villa Goriz, schrieb er seine ›Räuber‹, worin es heißt:

›*Ich habe den alten Zink mit großem Eifer am Werke gesehen.*
Die Fugger verdienen, die Fürsten der Kurtisanen zu heißen; …
Sie haben dort ihren Marktisch aufgeschlagen und kaufen vom Papste
was sie später höher verkaufen;
Nicht allein Benefizien, auch dauernde Gnaden;
Man findet bei ihnen Bullen, und Dispense gehen durch ihre Bank;
Und es ist auf keine Weise leichter das Priestertum zu erreichen,
als wenn du die Fugger zu Freunden hast.
Sie sind die einzigen, durch die man in Rom alles erreichen kann …‹

Harte Worte, fürwahr, aber das war erst der Beginn von Ulrich von Huttens Spott. Mit jeder dichterischen Note wurde dieser bitterer. Von Hutten fühlte sich sicher, stand er doch unter dem persönlichen Schutz Kaiser Maximilians. Denn der benötigte die Stimme von

Huttens als Puffer zwischen der Bevölkerung und dem Papst. Jakob Fugger und Johannes Zink ließ solcher Spott generell unberührt, wenn sie überhaupt etwas davon mitbekamen.

Noch mehr Klatsch auf der Straße als die verächtlichen Dichterverse verursachte in diesen Tagen jedoch der Tod des Elefanten Hanno, Papst Leos Lieblingstier. Der war nämlich recht spektakulär dahingeschieden, infolge einer Verstopfung und ihrer Behandlung mit einem durch Gold angereicherten Abführmittel. Wasser auf die Mühlen derer, die Papst Leo X. Verschwendungssucht vorwarfen.

Ende Oktober, kurz nach von Huttens Abreise aus Rom, wurde Johannes Zink von Leo X. das Kanonikat verliehen.

Wieder einmal stand er vor seinem mannshohen Spiegel und begutachtete sein Gegenüber, um sich für die ehrende Audienz in Schale zu werfen. Wie ähnelten sich die Szenen im Vorfeld, wie unterschiedlich waren sie jedoch gleichzeitig!

Denn die letzten zwei Jahre der hemmungslosen Bereicherung und der Pfründenjagd hatten aus Johannes Zink endgültig einen alten Mann gemacht.

Wieder drehte er sich, trotz des immer stärker werdenden Podagras in den Beinen, einmal um seine eigene Achse. Ein unscheinbarer Mann von Mitte Fünfzig schaute ihm entgegen. Er schien in den letzten zwei Jahren leicht geschrumpft zu sein.

Ein immer noch leicht maliziöses Lächeln stand unter der spitzen Nase und den apfelroten, runden Wangen. Das blaue Feuer seiner Augen schien jedoch erloschen zu sein. Haare und Zähne hatte er lassen müssen, nicht zu knapp. Und das, was ihm davon verblieben war, war überwiegend grau und schwarz geworden.

Nein, ein schöner Mann war er beileibe nicht mehr, er, der Johannes Zink aus Augsburg. Von dessen früherer, schlanker Erscheinung waren nur noch die dünnen Beinchen übrig geblieben. Der mächtige Kugelbauch des Wohlstands wölbte sich im Zentrum seiner Figur, so dass er aussah wie ein Ball auf zwei Kienspänen. Seine dünnen Waden über den inzwischen dicken, gichtgeschwollenen Knöcheln störten ihn schon ein wenig. Die ebenso mageren Oberschenkel kaschierte er meist mit weiten, diesmal roten Hosen, die nach Art der italienischen Mode kurz unter dem Knie endeten und dort zusammengebunden waren.

Wie seit seiner vorigen Beförderung üblich, durfte er alleine und formlos Leos Arbeitszimmer betreten. Er war einige Minuten zu früh dran. Seit sowohl er wie auch der Papst stets diese neuartigen, praktischen Sackuhren bei sich führten, gab es keine Ausreden mehr für Unpünktlichkeit. Zink hatte sich in Nürnberg ein besonders schönes Exemplar anfertigen lassen. In Apfelform, mit einem vergoldeten Gehäuse. Sie schlug jede Stunde und lief mit einem einmaligen Federaufziehen bis zu vierzig Stunden lang. Und weil sie so schön war, hatte er für Papst Leo auch gleich ein Exemplar gekauft. Der hatte sich gefreut wie ein König.

Er wartete noch die exakte Minute ab, dann öffnete er die schwere, große, goldbeschlagene Eichenholztüre. Auf leisen Sohlen trat er ein.

Als Zink vor Leo trat, war dieser gerade mit dem Lesen einer Urkunde beschäftigt. Leo schaute auf, zog seine Brille aus, noch so eine neue Erfindung, die er mit Erfolg gegen seine zunehmende Kurzsichtigkeit verwendete, und stand auf. Beinahe schon kollegial legte er Zink die Hand auf die Schulter und sagte ohne allzu viel Ernst:

»Mein lieber Zink, im Rest des Reiches ist es erforderlich, dass ich Euch überprüfe, ob Ihr Mängel in der Grammatik, im Gesang oder im Rezitieren des Stundengebets aufweist. Falls dies der Fall wäre, müsste ich Euch zurückweisen.«

Zink verneigte sich gespielt huldvoll, während er den Papst schelmisch angrinste.

»Kann ich davon ausgehen, dass Ihr alles vorab Genannte hinreichend beherrscht?«

Zink nickte ergeben, während Leo X. genau wusste, dass Johannes Zink noch nie ein Gebet gesprochen, geschweige denn ein Kirchenlied gesungen hatte. Lediglich die Grammatik beherrschte er als Jurist gut, eigentlich perfekt. Für viele zu perfekt. Aber sei's drum.

Der Papst schaute Zink an und nickte.

Beide lachten herzhaft.

Einige weitere Weihen und Pfründen Zinks gingen außerdem auf das Konto Jakob Fuggers. Während Zink in Rom in vorderster Reihe stand, zog Jakob hinter den Kulissen immer wieder mal intrigant die Fäden. Und wenn der für eine seiner Stiftungen, ein Mitglied seiner Familie oder einen sonstigen Günstling Unterstützung oder gar einen Posten aus Rom plante, schob er Zink als Strohmann vor. Der nahm gerne von beiden Seiten, die Pfründe von der Kirche, den Lohn von Fugger, so lange, bis Jakob Fugger den Posten benötigte.

Dann gab er die Pfründe unauffällig ab, nicht ohne nochmals zu kassieren.

Doch es braute sich Unheil zusammen.

Die Ausbeutung der Pfründen zog sehr schnell großen Unmut auf sich. Sowohl bei den gläubigen Zahlern wie auch den Oberen.

Denn die Fürsten, weltliche wie kirchliche, begannen, sich gegen den Jubelablass aufzulehnen, noch bevor er richtig angelaufen war. Eines nämlich hatte Zink in seiner Gier, bei all seinem Verhandlungsgeschick, übersehen: Dadurch, dass alle anderen Ablässe auf einmal ungültig wurden, schufen sie sich viele mächtige Feinde. Fürsten, die bislang prächtig an kleineren Ablässen mitverdient hatten, fehlte plötzlich Geld in der Kasse.

Damit der Aufstand gegen diesen Ablass, der auch ein Aufstand gegen den Papst und die Fugger wäre, tatsächlich losbrechen sollte, fehlten nur noch zwei Faktoren:

Ein passender Anlass, gewissermaßen der Tropfen, der das Fass zum Überlaufen brächte.

Und Menschen, die einen solchen Aufstand anführten.

Beides sollte schneller auf der Weltbühne erscheinen, als dem Papst, Jakob Fugger und Johannes Zink lieb war.

Zudem zog Jakob Fugger in Augsburg einige unliebsame Aufmerksamkeit auf sich, weil er bei der Bischofswahl in Augsburg gedroht hatte, seinen Favoriten zum Bischof zu machen, denn Papst und Kaiser habe er in seinem Sack. Das hörte niemand gerne. Zumal die anderen Augsburger Kaufmannsfamilien in dieser Hinsicht einen untadeligen Ruf hatten. Nur die Fugger waren im Ruch von Simonie und Ablasshandel. So wandten sich auch Fugger bisher gut gesinnte Bischöfe langsam gegen ihn. Wie der Augsburger Domherr Bernhard Adelmann von Adelmannsfelden. Und ein bis dahin unbekannter Mönch, der in Wittenberg lehrte, hörte von Fuggers Prahlereien …

Albrecht von Brandenburg zögerte zuerst, dieses ungeheuer mächtige Werkzeug des Jubelablasses, das ihm der Papst in die Hände gegeben hatte, wirksam einzusetzen. Er misstraute seiner eigenen Ämterhäufung, fast so, als könne er nicht glauben, dass es wirklich so geschehen war. Er wartete noch drei Briefe der päpstlichen Kammer ab, in denen zweifelsfrei bestätigt wurde, was die Bulle vorher schon besagt hatte.

Dann ließ er seine Hunde von der Leine …

Bald darauf zogen die berüchtigten Ablassprediger durch die deutschen Lande, um den Menschen einen höllischen Schrecken vor dem Fegefeuer einzujagen. Und den verängstigten Menschen mit Visionen, wie die nackten Sünder von Dämonen gemartert würden, mit riesigen Messern zerschnitten, von Höllenbestien zerfleischt oder über ein Feuer gehängt würden, die letzten Münzen aus ihren Taschen zu ziehen.*

Jakob Fuggers Frömmigkeit war weithin bekannt, er kaufte jeden erdenklichen Ablassbrief für sich und seine Familie. Und Kardinal Albrecht von Brandenburg, der eigentliche Besitzer des Zinkschen Jubelablasses, hatte zum Ende seines Lebens hin so viele Ablassbriefe erworben, dass diese ihm eine Ersparnis von neununddreißig Millionen Jahren im Purgatorium garantierten!

Der einzige Mensch in diesem Szenario, von dem kein einziger Kauf eines Ablassbriefes bekannt wurde, war Johannes Zink.

Einzelne Prediger hielten von ihren Kanzeln flammende Ansprachen gegen den Ablasshandel, auch möglichen

* Aus heutiger Sicht erscheint es kurios, dass auch diejenigen, die am meisten vom Ablasshandel profitierten, anscheinend auch am stärksten daran glaubten. (Anm. d. Autors)

Ärger mit dem Papst in Kauf nehmend. Der jedoch registrierte diese vereinzelten Proteste nicht. Da musste schon mehr kommen.

Ein typisches Lamento war: »Die Leute wollten schon gute Schafe sein, wenn sie nur einen guten Hirten hätten. Die Hirten aber versuchen nicht nur, ihnen die Wolle zu scheren und sie vor den Wölfen zu beschützen, sondern sie versuchen, ihnen das Fleisch vom Leibe zu reißen und zu verschlingen. Trost aber bieten sie wenig oder gar nicht, und auch keine Frömmigkeit. Was für Hirten sind das?«

So schimpften sie auf den höheren Klerus: »Der Bischöfe Werk ist es, mit vielen Pferden reiten, große Ehr‹ einnehmen, den Säckel füllen, gute Hühnlein essen und den Huren nachlaufen.«

Wieder andere wussten sich über den Jubelablass nur mit Spott zu helfen: »So teuer konnte der Papst noch nie eine Leinwand verkaufen.«

Mit militärischer Präzision wurde das Unternehmen ›Eintreiben der Ablassgelder für den Jubelablass St. Peter‹ vorangetrieben. Das Land wurde in Regionen unterteilt, innerhalb derer die jeweiligen Ablassprediger aktiv sein durften. Diese Gebiete waren exakt einzuhalten, damit sie sich nicht gegenseitig in die Quere kamen. Es wurden Subkommissare bestimmt, Generalsubkommissare zu deren Kontrolle, und diese Kontrolleure wurden kontrolliert von Mitarbeitern der Firma Fugger, die jeden Kommissar begleiteten und sicherstellten, dass die eingenommenen Gelder auch in den versiegelten Ablassladen landeten.

Keiner traute dem anderen über den Weg.

Das waren keine guten Voraussetzungen für den Erfolg einer derartigen Aktion.

Die Domkapitel von Konstanz, Augsburg, Straßburg und Chur, sogar Trier fügten sich in ihre Pflichten und trieben vorbildlich die Ablassgelder ein, wovon die Hälfte bei den Fuggern verblieb. Salzburg folgte ebenso brav. Nachdem Zinks Praxis, im Norden und Osten keine Ablassgelder einsammeln zu wollen, für den großen St.- Peter-Ablass nicht galt, trieben die Fugger ihre Prediger auch hinüber nach Bremen, Sachsen und Magdeburg.

Und leider wurden selbst zwielichtige, alles andere als seriöse Personen mit dem Abhalten von Ablasspredigten und dem Einkassieren der Gelder betraut.

31

JOHANN TETZEL WAR EINER DAVON. Er war ein Schwein. Ein gewissenloser Mensch, der sich die Schwächen seiner Mitmenschen gnadenlos zunutze machte. Geboren in Pirna, war er nun, mit Mitte fünfzig, fett, feist und aufgedunsen und entsprach in jeder Hinsicht dem schlechten Bild, das der Klerus in der Öffentlichkeit hatte. Er war, trotz seltener Anwesenheit, Mitglied im Leipziger Dominikanerkloster St. Pauli und hatte sein Leben als Lehrer für theologische Fragen verbracht. Viele Dispute und lange Erfahrung hatten ihn jedoch außergewöhnlich eloquent gemacht. Er kannte alle rhetorischen Tricks und wusste auf jede noch so verzwickte theologische Frage eine einfache, verständlich klingende Antwort.

Seit über zehn Jahren war er bereits in Sachen Ablasshandel tätig, als ihn der Ruf des Bistums Meißen ereilte, beim Jubelablass als Subkommissar aktiv zu werden.*

Der Meißener Bischof Johann von Saalhausen störte sich auch nicht an der Tatsache, dass Tetzel ein paar Jahre zuvor in Innsbruck wegen Ehebruchs zum Tode verurteilt worden und nur vom damals zufällig ebenfalls dort weilenden Kurfürsten Friedrich von Sachsen bei Kaiser Maximilian I. losgebeten werden konnte.

Im Frühjahr begann Tetzel mit seiner Arbeit. Arbeit, die gut bezahlt wurde. Er selbst bekam achtzig Gulden im Monat, seine drei Diener deren zehn, dazu Kost und Wagen frei. Seine Reisegruppe baute sich auf den Marktplätzen vor und in den Kirchen auf, setzte sich

---

* Ob trotz oder gerade wegen des schlechten Rufes, der ihm in Sachsen vorauseilte, ist heute nicht mehr zu klären.(Anm. d. Autors)

gekonnt in Szene, rechnete jedoch vor allem mit dem Eindruck des päpstlichen Wappens, welchem doch alle Christen noch tiefen Respekt entgegenbringen sollten. Vor den Kirchen stand jeweils ein großes rotes Kreuz mit der Dornenkrone und den Nagellöchern des Heilands.

Die marktschreierische Vorstellung begann. Gift und Galle spuckend, geiferte Tetzel über den Teufel, ließ seine üblichen Sprüche ab vom Höllenfeuer und den unermesslichen Qualen, die den Sündern dort drohten. Damit auch die einfachen Leute seine Drohungen verstanden, setzte er auf simple bildliche Vergleiche.

Tetzel begann:

»Stellt euch einen überheizten und weißglühenden Ofen vor, und ihr liegt darin, nackt und wimmernd, ohne Aussicht, von einer solchen Qual erlöst zu werden. Stellt euch vor, wie ihr euch herumwälzt in dem rotglühenden Ofen, wie ihr heult, weint und schreit vor Schmerzen, denn ihr *lebt* ja in diesem schrecklichen, fürchterlichen Ofen. Welche Angst, welcher Schrecken euch begleitet, für immer und ewig, weil ihr merkt, dass diese unerträgliche Strafe *niemals* endet.«

Betretene Gesichter. Furchtsame Mienen.

Tetzel legte nach:

»Die verdammten Sünder werden von glutäugigen Dämonen gepfählt oder angefressen. Man hängt sie an den Zungen auf. Die Teufelsdiener zwicken sie mit glühenden Zangen, sie werden gerädert, entbeint, geblendet, gesotten und gebraten oder aufgehängt. Selbst der Heilige Erasmus, dem mit einer Winde die Gedärme aus dem Leib gezogen wurden, kann euch nicht mehr helfen, wenn die teuflischen Monster das Gleiche bei euch tun werden.«

Die Menschen überlegten fieberhaft ihre persönlichen Sündenregister; ein jeder fand sich schuldig zumindest lässlicher Sünden, die jedoch auch schon ausreichten, um nicht auf direktem Weg in den Himmel zu kommen.

Alle wurden sie blass beim Zuhören.

Dann, im Moment der größten Furcht bei seinem Publikum, setzte Tetzel seinen sorgsam eingeübten Ausdruck der Erleichterung auf.

»Aber nicht nur Angst und Schrecken, auch Hoffnung gibt es in diesem grauenhaften Ofen, in der Hölle und im Fegefeuer.«

Nun hielt er lächelnd einen Ablassbrief in die Höhe.

»Hoffnung, dass ihr selbst oder, wenn ihr schon gestorben seid wie eure Ahnen, jemand anderer, mit diesen Ablassbriefen eure Qualen verkürzen und erleichtern könnt.«

Den Zuhörern in der ersten Reihe wedelte er mit dem Brief vor der Nase herum.

»Sobald der Gülden im Becken klingt im huy die Seel im Himmel springt.«

»Wenn ihr mir euer Geld gebt, dann werden eure

toten Verwandten auch nicht mehr in der Hölle schmoren, sondern in den Himmel kommen.«*

Die Menschen kamen, lauschten und fürchteten sich zu Tode.

Und kauften, kauften, kauften.

Hohe Würdenträger zahlten fünfundzwanzig Gulden, reiche Bürger und Kaufleute sechs Gulden, ärmere Bürger nur drei, Handwerker einen Gulden.

Sogar von schweren Sünden wie Ehebruch und Meineid konnte man sich loskaufen.

Tetzel log, dass sich die Balken bogen, behauptete bisweilen sogar, der Ablass diene dazu, die Türkenkriege zu finanzieren, wenn er spürte, dass die Stimmung vor Ort nicht allzu papstfreundlich war. Gegen die Türken konnte man immer punkten.

Irgendwann reichte es Johann von Saalhausen aber. Der Bischof von Meißen trat in Opposition zu Tetzel und berief ihn ab.

»Tetzel, Ihr nutzt das Volk frevlerisch aus!«, schmetterte er ihm von der Kanzel entgegen.

Den störte diese Kritik überhaupt nicht, wurde er doch sogleich befördert und durfte nur ein Jahr darauf, nun als Generalsubkommissar lediglich Albrecht von Brandenburg direkt unterstellt, in den Bistümern Halberstadt und Magdeburg sein Unwesen treiben.

---

* Geläufiger ist heute die hochdeutsche Version: »Wenn das Geld im Kasten klingt, die Seele in den Himmel springt!« (Anm. d. Autors)

Eisleben, Halle, Zerbst, Berlin, Jüterbog, Magdeburg, keine Stadt konnte vor ihm sicher sein.

Johann Tetzel und der Ablasshandel wurden eins. So sehr, dass die Ablassladen im Volksmund bald schon ›Tetzelkästen‹ genannt wurden.

Die Kritik wurde stärker.

Die Kritiker prominenter.

Ulrich von Hutten und Bernhard Adelmann von Adelmannsfelden bezogen öffentlich Stellung gegen Tetzel und seine Untaten.

»Törichte Deutsche, die sich Tugend und himmlischen Lohn in Rom holen!«

Auch die ersten Landesherren wehrten sich.

Friedrich der Weise erteilte Johann Tetzel ein Einreiseverbot nach Kursachsen. Friedrich war, als Spross des Hauses Wettin, ein natürlicher Feind der Hohenzollern und insofern sowieso nicht gut auf Albrecht von Brandenburg zu sprechen. Und nun sollten seine Untertanen Albrechts Bischofsmützen finanzieren! Das kam überhaupt nicht infrage.

Zudem hatte der Papst zu Friedrichs großer Verärgerung sogar zwei Mal seine Eheschließung mit Margarethe, der Tochter des römischen Kaisers Maximilian, abgelehnt.

Und diesen unsäglichen Tetzel wollte er in seinen Landen sowieso nicht sehen.

Gründe hatte er also hinreichend.

Also verbot er Tetzel kurzerhand die Einreise nach Wittenberg.

In Wittenberg predigte zu dieser Zeit ein Mönch namens Martin Luther.

Und der wunderte sich, dass immer weniger Leute zu seinen Predigten und zur Beichte kamen. Bis er erfuhr, warum.

Der schlaue Tetzel hatte sich nämlich mitsamt seiner Ablasstruppe genau an der Grenze zwischen Wittenberg und Magdeburg niedergelassen. Er predigte auf der Magdeburger Seite und hielt sich somit an Herzog Georgs Verbot. Das hinderte aber die Gläubigen aus Wittenberg nicht daran, über die Grenze zu gehen, Tetzel zuzuhören und ihr gutes, spärlich vorhandenes Geld für teure Ablassbriefe auszugeben. Damit war dann auch keine Beichte beim strengen Doktor Luther mehr notwendig.

Nachdem viele der Beichtkinder Luthers im nahen magdeburgischen Jüterbog dem tückischen Tetzel ihr Geld für einen Fetzen Papier in den Rachen geworfen hatten, plagten dann später, wieder in Wittenberg, den einen oder anderen dieser religiösen Fremdgänger Zweifel, ob der Ablassbrief wirklich so eine gute Investition gewesen sei. Das müsste man einmal überprüfen lassen, am besten von einem ausgewiesenen Fachmann.

Denn wenn der Doktor Luther etwas war, dann ein Fachmann in religiösen Dingen. Als dann die ersten Wittenberger ihm ihre Tetzel-Ablassbriefe zeigten und um eine Echtheits-Expertise baten, war Luther bestürzt und wütend.

Der Stein hatte zu rollen begonnen …

32

Im Frühjahr darauf verstarb Giulia Farneses Gatte Giovanni Capece Bozzuto, der Baron von Afragola. Guilia kam zu Zink, um den Nachlass des Barons zu übernehmen.

Giulia erschrak, als sie Zink wiedersah, den sie schon länger nicht mehr getroffen hatte, und war froh, dass ihr Verhältnis sich über die Jahre so weit abgekühlt hatte, dass es nur noch rein geschäftlich war.

Auch Zink hatte mitbekommen, dass vom einstigen Wohlstand nicht mehr viel übrig geblieben war. Wenn sie bei der Fuggerbank auch höhere Einlagen hatte, als sie selbst glaubte.

»Ich habe sonst nichts mehr. Meine Legate wurden gestrichen und meine sonstige Barschaft rinnt mir wie Wasser durch die Finger«, klagte sie dem Fuggerfaktor ihr Leid. »Aber mein Gatte war wohlhabend und hat sonst keine Angehörigen mehr. Das sollte mir für die letzten Jahre gerade so ausreichen, die mir das Schicksal noch zugesteht.«

»Gibt es ein Testament?«, fragte der gerissene Kaufmann.

»Nicht, soweit ich weiß. Also steht mir dann alles zu, oder?«

Zink bat um einige Tage, um alles zu klären.

Als Giulia eine Woche später erneut vorsprach, präsentierte Zink ihr ein Testament, das das gesamte Vermögen, mit Ausnahme einer kleinen Apanage, einer Bruderschaft in Rom zusprach. Einer Bruderschaft, die gar nicht existierte und die bei Zink niemals Ansprüche stellen würde. Giulia brach in Tränen aus.

»Das kann nicht sein. Diese Apanage ist zum Leben zu wenig und zum Sterben zu viel!«

Zinks Mitleid hielt sich in Grenzen. Er konnte das Geld gut gebrauchen.

Mit einigen knappen Worten des Beileids entließ er seine einstige Geliebte in die Armut.

Die Briefe und Depeschen flogen hin und her zwischen Rom und Augsburg, zwischen Fugger und Zink. Details des Konfliktes, von dem Luther nur die Spitze des Eisberges darstellte, wurden immer wieder diskutiert. Moralische oder religiöse Aspekte an der Sache gab es für beide nicht, es ging ausschließlich ums Kaufmännische, ums Finanzielle. Fuggers Ton war schärfer geworden, Zink geriet mehr und mehr in die Defensive; zu Unrecht, wie er meinte. Im Herbst reiste der Faktor daher wieder einmal nach Augsburg. Ausnahmsweise konnte er so auch einmal eine neue Pfründe vor Ort in Empfang nehmen. Das Kanonikat St. Moritz in Augsburg war seine neueste Erwerbung, und da sowieso ausgiebige geschäftliche Besprechungen anstanden, konnte Zink ja einmal das Nützliche mit dem Angenehmen verbinden.

Dachte er …

Außerdem freute er sich – er gab es sogar sich selbst nur ungern zu – auf ein deftiges schwäbisches Essen. Er liebte die geschmälzten Spätzle, die in Augsburg in jedem Gasthof serviert wurden. Längst nicht so raffiniert wie die Speisen in Italien, aber wenn er zu Besuch war, fand er sie unwiderstehlich.

In Rom war der junge Anton Fugger seit einem knappen Jahr dabei, ihm, dem langjährigen Fuggerfaktor, den Garaus zu machen. Da schadete es nichts, sich einerseits einmal beim alten Jakob Fugger zu beschweren. Andererseits konnte er ja schon einmal, um allen Eventualitäten vorzubeugen, seinen Rückzug von Rom nach Augsburg vorbereiten.

Auch wenn ihm diese Vorstellung sehr widerstrebte. Das – für einen langjährigen Römer – miefige, provinzielle Schwaben; was für ein Kontrast zur Ewigen Stadt!

Die Gicht machte ihm mittlerweile das Reisen zur Qual. Er war froh, als er aus der elenden Kutsche aussteigen und Quartier in seinem Augsburger Bürgerhaus beziehen konnte.

Im über die Jahre prächtig ausgebauten Fuggerkontor, der ›Goldenen Schreibstube‹, sah er zum ersten Mal einen Globus, eine Erfindung des Nürnberger Kaufmanns und Geografen Martin Behaim. Erstaunt ließ er sich von Matthäus Schwarz diese neuartige Erdkugel erklären. Dieser erst zwanzig Jahre junge Mann hatte sich in kürzester Zeit ein enormes Vertrauen bei Jakob Fugger erarbeitet und war bereits nach weniger als zwei Jahren zum Chefbuchhalter der Firma aufgestiegen. Zink schaute sich den jungen Mann genau an und stellte Vergleiche an, wie es wäre, wenn er an dieser Stelle stünde. Hätte er vor Jahren seine Entscheidung anders gefällt, gäbe es Schwarz in der Firma Fugger womöglich nicht. Die anderen Mitarbeiter belächelten Schwarz' Eitelkeit und verspotteten ihn hinterrücks als ›Kleidernarr‹. Aber, das hatte Zink schon die letzten Monate in diversen Abrechnungen gemerkt, Schwarz war äußerst kompetent, scharfsinnig und ein brillanter Rechner.

So also schaute er gebannt auf die frisch entdeckten Kontinente, die dort markiert waren. Verwundert, dass etwas in der Schreibstube stand, das auf den ersten Blick nichts mit dem Geschäft zu tun hatte – dies war gänzlich ›unfuggerisch‹ –, fragte er Schwarz danach.

»Wir werden mit der neuen Welt irgendwann, in nicht allzu ferner Zeit, Geschäfte machen«, erwiderte Schwarz.

»Nicht nur mit dem Indienhandel und den Gewürzen der Molukken.«

Geziert rückte er seinen Hut zurecht, den er sogar in der Schreibstube trug, hierin seinem Herrn Jakob Fugger nacheifernd.

»Da sollte man wissen, wo die Länder liegen, von denen unser Gewinn kommt.«

Dann zeigte er Zink noch ein Manuskript, an dem er gerade schrieb.

»Demnächst werde ich fertig sein damit, dann geht es in die Druckerei. Das Buch wird den Titel tragen: ›Die Musterbuchhaltung‹ und soll als kaufmännisches Lehrbuch für alle unsere neuen und zukünftigen Mitarbeiter dienen.«

Beeindruckt überflog Zink die dicht vollgeschriebenen Seiten, die fein ziselierten Buchstaben und Zahlen der Musterbeispiele für kaufmännische Rechnungen. Aber nur so lange, bis der zornige Jakob Fugger eintraf und ihn sofort zum Rapport zitierte. Zink stellte befriedigt fest, dass auch der Herr des Unternehmens dabei war, alt zu werden. Mittlerweile voll ergraut, sah man dem Mann mit dem kantigen Schädel jedes seiner achtundfünfzig Jahre an. Auch die anderen Zeichen des Alters waren, wie bei ihm selbst, gnadenlos zum Vorschein gekommen.

Ohne weiteren Gruß oder Vorrede kam Fugger gleich zur Sache.

»Der Jubelablass bringt immer noch bei Weitem nicht so viel ein wie erhofft.«

»Wie kommt's?«

Zink hatte sich wenig um die Abwicklung gekümmert, sondern mehr den Geldeingang überprüft. Er wusste aus Fuggers Briefen, dass die Einkünfte nicht den Erwartungen entsprachen, sich aber bisher nicht für die Gründe dafür interessiert.

»Die Leut‹ kaufen zu wenig, weil der Ablass mittlerweile zu viele Gegner hat.«

»Mit welchen Gegnern haben wir's zu tun?«

»Priester, Mönchlein, sogar der eine oder andere Landesherr zetern wider uns, schimpfen von ihren Kanzeln oder verbieten unseren Ablasspredigern sogar das Geschäft.«

»Die haben keine Angst vor der Verdammnis oder zumindest dem Papst?«

»Ablasshandel wäre Unrecht, sagen sie. Nur ein Geschäft ohne Gegenleistung. Und nutzen dies, um die Heilige Mutter Kirche als Ganzes zu beschimpfen. Unselige Zeiten sind das, in denen wir leben.«

Diese Kritik wischte Zink aber brüsk ab.

»Lasst sie nur auf die Kirche schimpfen. Die Kirchendächer sind voller Taubenscheiße, ohne dass sie dadurch zum Einsturz gebracht werden.«

»Aber die Taubenscheiße verdirbt uns das Geschäft.«

»Wir werden sehen, noch haben wir viel Zeit. Den Priestern und Mönchlein wird das Lachen schon noch vergehen.«

Jakob Fugger wirkte trotzdem nachdenklich.

»Das Schlimmste, was passieren könnte, ist, wenn die Hohenzollern uns nicht zurückzahlen können.«

Zink war überrascht.

»Wie wahrscheinlich ist das?«

»Nicht sehr, hoffe ich«, sagte Jakob Fugger. »Aber ich mache mir ernsthaft Sorgen um unsere Mutter Kirche. Ob sie diesen Angriffen standhalten kann?«

Zink lächelte tatsächlich.

»Die hat schon so manchen Sturm unbeschadet überstanden.«

»Wir werden etwas unternehmen müssen. Ich plane bereits, um mein Seelenheil zu retten, eine Wohnsiedlung für unsere notleidenden und bedürftigen Bürger von Augsburg.«

Zink konnte ein Lachen gerade noch unterdrücken.

»Und was bezweckt Ihr damit?«

»Wenn die Siedlung erst einmal bezogen ist, dann zahlen alle nur einen symbolischen Mietzins, sollen aber dann täglich für meine Seele beten.«

»Das wird unserem Ablass aber nicht auf die Sprünge helfen.«

»Da mögt Ihr recht haben, Zink. Ich werde meine Idee dennoch ausführen, die Bauarbeiten haben ja bereits begonnen. Und im Weiteren möchte ich daraus eine Stiftung machen. Für den Erfolg des Ablasses sollen unsere Prediger halt das Höllenfeuer noch ein bisschen heißer schüren.«

Zink verließ das Kontor mit der Gewissheit, dass sein Brötchengeber jetzt völlig den Verstand verloren hatte. Den Armen helfen? Da könnte ja jeder kommen …

Zur gleichen Zeit, Ende Oktober, schrieb Martin Luther einen demütigen Brief an Albrecht von Brandenburg mit der Bitte, diesen Ablass zu beenden oder ihn zumindest in ruhigere Gewässer zu überführen.

Derweil führte Tetzel sein Theater weiter auf.

Ungerührt von der Kritik und den Verboten.

Schamlos und skrupellos zog er den Gläubigen ihr Geld aus den Taschen.

Die Antwort Albrechts wartete Luther gar nicht erst ab. Das war auch besser so. Denn Albrecht hatte nie vorgehabt, Luther direkt zu antworten. Stattdessen beauftragte er seine Universität in Mainz mit einem Gutachten zu diesem Ablassprotest und leitete die Angelegenheit zugleich nach Rom weiter.

Mit Luthers Beherrschung war es vorbei.

Am 31. Oktober 1517 heftete er seine fünfundneunzig lateinisch abgefassten Thesen, zu deren Entstehung Zink ja nicht unmaßgeblich – wenn auch unfreiwillig – beigetragen hatte, an die Tür der Schlosskirche zu Wittenberg. These 32 lautete: ›Die werden samt ihren Meistern zum Teufel fahren, die vermeinen, durch Ablassbriefe ihrer Seligkeit gewiss zu sein.‹

Deutliche Worte …

Die Reformation, die größte Umwälzung in Europa seit über eintausend Jahren, hatte begonnen.

Und war nicht mehr aufzuhalten.

Der Anlass war Tetzel gewesen. Und endlich hatte die Protestbewegung auch eine Stimme gefunden, die gehört wurde.

Fortschritte in der Buchdruckerkunst sorgten für

eine massenhafte Verbreitung von Luthers Schriften. Bereits vier Monate später folgte eine erste Luther-Schrift in deutscher Sprache: Der ›Sermon von Ablass und Gnade‹.

Tetzel las die Thesen Luthers und blieb nicht ohne Erwiderung. In einhundertsechs Gegenthesen berief er sich auf die Lehre des Thomas von Aquin und – als höchsten Richter – auf den Papst.

Ein guter Bekannter Zinks, Professor Johannes Eck, warf Luther Ketzerei vor.

Da die Einkünfte aus dem Ablasshandel zu keiner Zeit den Erwartungen entsprachen, zeigte Albrecht von Brandenburg Luther im Dezember bei der Kurie in Rom offiziell an.

Anfang des nächsten Jahres folgte dann sogar eine Denunziation bei der dominikanischen Inquisition.

Es wurde ernst für Luther.

Auch wenn Papst Leo X. ihn zunächst – in der gleichen fatalen Fehleinschätzung wie Fugger und Zink – für bedeutungslos hielt und den Streit für ein ›Mönchsgezänk‹.

Also gab Leo X. die Beschwerden erst einmal nur an den Ordensmeister der Augustiner weiter.

Fugger und Zink blieben immer noch überwiegend gleichgültig gegenüber der Kirchenkritik. Beide hatten die Gefahr längst nicht erkannt, die auf die katholische Kirche und ihre Geschäftemachereien zukam.

Das waren doch Haarspaltereien eines wichtigtuerischen Mönchleins, der sich jetzt als zentrale Stimme des Protests in Stellung brachte.

Dabei merkten sie nicht, dass sie mit ihren Geschäftspraktiken die Kurie in ihrer unglaublichen Reformgleichgültigkeit jahrelang bestärkt hatten. So lange, bis es zu spät war …

Ihre Probleme waren anderer Natur: Der Ablass brachte weiterhin viel zu wenig ein, bei Weitem nicht so viel, wie erhofft. Während Kosten für Organisation und Unterhalt der Ablasstruppen andererseits weit über das kalkulierte Maß hinaus stiegen.

Ende September 1518 wurde Bilanz gezogen. Der Religionsstreit war in vollem Gange, Jakob Fugger erwartete daher nicht, noch bis zum 1. August in vier Jahren, wie vom Papst zugesagt, weitere Ablassgelder kassieren zu können.

Die Bilanz war enttäuschend.

Auf der Habenseite standen Einnahmen in Höhe von 42.043 Gulden.

Ausgaben hatten sie aber 48.235 Gulden gehabt!

Unter dem Strich stand also ein Minus von 6.192 Gulden.

Auch wenn Albrecht von Brandenburg die Differenz beglich, der Profit für die Fugger bestand, offiziell zumindest, lediglich aus fünf Prozent Zinsen für das Vorstrecken der Gelder an Albrecht.

Und für so ein wenig einträgliches Geschäft war

nun Europa auf dem Weg, religiös gespalten zu werden.

Das war die Sache keinesfalls wert gewesen …

Das Lehrbuch der Musterbuchhaltung von Matthäus Schwarz wurde zwar gedruckt, erschien jedoch erst einmal nicht, weil Jakob Fugger es unter Verschluss hielt. Zum einen hatte Schwarz als Vorlage das Fugger-Geschäftsbuch aus Venedig verwendet. Zum anderen hielt Fugger seinem Hauptbuchhalter vor:

»Eine reich machende Kunst behält ein jeder schön für sich!«

Sonst könnte ja ein jeder reich werden …

DIE REFORMATION, ANTON FUGGERS AUFSTIEG & ZINKS NIEDERGANG

33

In der Fugger-Faktorei in Rom waren durch Zinks häufige Abwesenheit und dessen Beschäftigung mit anderen Dingen – überwiegend im Dienst von Papst Leo X. – chaotische Verhältnisse eingerissen. Ohne echte Führung, machte jeder, was er wollte, schaufelte Geld von einer Tasche in die andere und genoss das süße Leben. Nach Augsburg wurde gerade so viel Geld geschickt, dass es nicht allzu sehr auffiel.

Zu allem Überfluss war Johannes Zink auch noch damit beschäftigt, die Erpressung seiner ehemaligen Geliebten Giulia Farnese abzuwehren. Die hatte eine Tages unangemeldet am Tor seiner Villa geläutet und dem überraschten Zink die Tatsache ins Gesicht geschleudert, ja, fast schon gespuckt, so voller Abscheu war sie gewesen, dass die Bruderschaft ›Der neun Helfer des Antonius‹, die angeblich Nutznießer des Testaments ihres verstorbenen Mannes geworden waren, gar nicht existierte. Niemals existiert hatte.

»Ihr seid ein Scheusal«, hatte sie ihn weinend angeschrien. »Ein geldgieriges, korruptes Monstrum.«

Zink hatte sich schnell gefangen und lächelnd erwidert:

»Könnt Ihr beweisen, was Ihr da behauptet?«

Giulia Farnese hatte sich auf dem Absatz umgedreht und war gegangen.

Drei Tage später war die erste Drohung eingegangen. Sie wollte Geld. Mehr Geld, als ihr alter Baron von Afragola besessen hatte. Zink zahlte. Er wollte nur seine Ruhe haben. Das Geld dazu nahm er aus der Fuggerkasse. Das merkte ja sowieso keiner. So viel, wie sich da drin befand.

Und sollte sie eines Tages zu gierig werden, würde er ihr einen seiner Handlanger auf den Hals hetzen. Die erledigten diskret und unauffällig ihre Dienste, die Zink bisweilen – zum Glück selten genug, bei säumigen Schuldnern anforderte.

Einen Jakob Fugger indes konnte man nicht betrügen. Der hatte schnell gemerkt, dass auf den alten Zink immer weniger Verlass war und neue Führung dieser großen Filiale nottat. Komplett ersetzen, sprich: entlassen, konnte und wollte er Zink nicht. Zu viele Fäden hatte der noch in der Hand, besonders die zur Kurie und den direkten Draht zu Papst Leo. Also musste man ihm, wieder einmal, einen Aufpasser vor die Nase setzen. Aber diesmal keinen so schwachen wie Schauer, der sich gleich hatte mitreißen lassen in den Sumpf aus Korruption und Wohlleben. Es gab mittlerweile eine neue Fugger-Generation, hungrig und unternehmungslustig. Und, da mit Fugger-Blut in den Adern ausgestattet, nicht korruptionsanfällig wie einfache Angestellte.

Anton Fugger war vierundzwanzig Jahre alt. Er war der jüngste Sohn von Jakob Fuggers älterem Bruder Georg. In seine Kindheit war der echte Aufstieg der Fugger-Firma gefallen. So waren seine Eltern, als er drei Jahre alt gewesen war, vom alten Fuggerschen Anwesen am Augsburger Judenberg – nicht weit von Zinks Elternhaus – in den Ostbau des repräsentativen Hauses am Rindermarkt gezogen. Mit dreizehn Jahren hatte er den zu frühen Tod seines Vaters erlebt. Durch diesen Verlust war er näher in den Dunstkreis Jakob Fuggers gerückt, der von da an die Fäden in der Hand hielt.

Eine Klausel des 1502 neu formulierten Gesellschaftsvertrages besagte, dass Ulrich und Jakob Fugger aus der nächsten Generation den ›zum Handel tauglichsten und schicklichsten‹ als zukünftigen Regierer der Firma auswählen und ausbilden lassen sollten.

Nachdem drei junge Männer zur Wahl standen, die sich – noch – nicht sonderlich in ihren Fähigkeiten unterschieden, war beschlossen worden, allen dreien eine gute Ausbildung zuteilwerden zu lassen.

Also hatte Anton, nachdem er der Erziehung seines Vater, und nach dessen Tod der der ›Präceptoren‹, entwachsen war, das Handwerk der Fugger von der Pike auf gelernt. Er war in Nürnberg und natürlich in Venedig gewesen. Mit siebzehn Jahren war er offiziell in die Firma eingeführt worden und hatte von Jakob vierzehntausend Gulden Gewinnanteil erhalten. In dieser Zeit hatte er festgestellt, dass er mit Jakob besser zurechtkam als seine Brüder und Cousins. Besonders sein ausgeglichenes Wesen war ihm hier von Vorteil.

Die Jahre von 1512 bis 1514 hatte er, als Angestellter der Firma mit dem Sold eines Faktors, in Breslau verbracht, um die Vertriebswege des ungarischen Kupfers kennenzulernen, aber auch die östlichen Gepflogenheiten im Geschäft.

Nach Breslau hatte er die Leitung der Faktorei in Ofen, einem Teil des heutigen Budapest, übernommen.

Dort hatte er einen Fehlbetrag von eintausend Gulden in der Buchhaltung festgestellt und den talentierten, aber verschwendungssüchtigen Faktor Konrad Spörlin prompt entlassen. Weitere drei Jahre hatte er im Montangeschäft gearbeitet.

Als er dann reif war für Rom, war er nicht nur ein versierter Kaufmann und Bankier, sondern sprach fließend mehrere Sprachen.

Im Mai rief ihn Jakob Fugger zu sich.

Der ging bereits auf die sechzig zu und schaute nicht ohne Neid auf den jungen Fuggerspross. Ein dichter, dunkler Kinnbart, komplettiert von einem ebenso imposanten Oberlippenschnauzer, kühn gezwirbelt, auf dem Kopf eine golddurchwirkte Kappe, ähnlich der, wie sie Jakob immer gerne trug, so stand Anton vor ihm. Nüchtern und ernst, aber die Vorfreude auf die Reise, auf neue Erlebnisse war ihm sichtlich anzumerken. Seine grünlich-braunen Augen blitzten, als er seinen Onkel höflich fragte:

»Womit kann ich dienen?«

»Du gehst bald nach Rom. Ich wollte dich zum einen warnen vor dem, was auf dich zukommt. Zum anderen Mut zusprechen für die Aufgabe, die du vor dir hast.«

Anton wusste zwar, dass es in Rom nicht zum Besten stand, dennoch fragte er nach: »Warnen? Wovor?«

»Nicht nur vor Zink und Schauer, sondern vor der Stadt im Allgemeinen. Sie ist ein Moloch, Sodom und Gomorrha unserer neuen Zeit; aber auch ein Juwel, mit dem und in dem man viel Geld verdienen kann. Derjenige, der es richtig anstellt, kann als reicher Mann nach Hause kommen.«

Jakob schaute einen Moment nachdenklich drein, bevor er fortfuhr:

»Hast du dein Testament gemacht?«

Anton schüttelte den Kopf.

»Wozu?«

»Reisen nach Rom sind gefährlich. Und sollte dir etwas zustoßen, muss die Firma wissen, woran sie ist. Auch Raymund hat schon eines aufgesetzt.«

Anton war zu vernünftig, um dies nicht einzusehen, und so unterfertigte er es kurz vor seiner Abreise im Hause Jakob Fuggers. Darin erklärte er, dass er sein ›Testament, Geschäft, letzten Willen und Ordnung, Seelgerät, Legat und Schickung aller meiner Habe und

Güter und Gerechtigkeiten, so viel das alles auf mein Absterben nach Ausweisung der hernach benannten Verträge und Verschreibungen angezeigt wird, gemacht, genommen und gesetzt‹ habe. Vor allen wirtschaftlichen Klauseln kam jedoch, nicht zuletzt auf Wunsch Jakobs, ein ausschweifendes religiöses Bekenntnis mitsamt dem Zeitplan, wann und wie oft seine Seelenmessen zu lesen seien. Auch Almosenregelungen, Stiftungen und sonstige gute Werke fehlten nicht. Er bedachte seine Mutter, seine Schwester und natürlich die Firma, in Form seines nächsten männlichen Verwandten, Raymund Fugger.

Die Abreise zog sich hin, verzögerte sich Woche um Woche. Jakob Fugger stritt sich mit dem Stift St. Moritz und, da Anton in dieser Causa beim Papst vermitteln sollte, hieß es warten. Währenddessen saß Zink in Rom und ahnte nichts Gutes. Er hatte sich St. Moritz als Strohmann schon sichern lassen und hätte es gerne behalten. Schließlich, das Jahr ging bereits dem Ende entgegen, zog Anton Fugger los, Richtung Rom, während sich zur gleichen Zeit in und um Wittenberg Luther per Pamphletkrieg mit seinen Gegnern herumschlug.

In Rom angekommen, fackelte er nicht lange und versuchte sofort, im Sinne seines Onkels dessen Wunschkandidaten, den Baseler Geistlichen Dr. Johann Speiser, als Prediger nach St. Moritz zu bringen, den das Stift bislang vehement ablehnte.

Auch Anton hatte keinen Erfolg, so gab Fugger

bald nach und präsentierte einen Ersatzmann: Niemand anderer als Zinks alter Freund Johannes Eck sollte Prediger werden. Das lange, gefährliche Taktieren auf diesem neuen, ungewohnten Terrain forderte Anton all sein diplomatisches Geschick ab. Jakob Fugger wurde in Augsburg zusehends ungeduldig und deutete in Depeschen bisweilen schon Antons Abberufung aus Rom an, sollte er die Sache St. Moritz nicht zu ihren Gunsten durchsetzen. Der St.-Moritz-Fall wurde von Jakob Fugger sehr hoch aufgehängt, zu hoch für den Wert dieser Angelegenheit. Das Stift wehrte sich mit Polemiken gegen Fugger, der habe nur mit Geld und wider natürliches und göttliches Recht die Entscheidung Papst Leos beeinflussen wollen. Nicht nur der Papst, auch der Kaiser, alle Kurfürsten und Reichsstände wurden mit St. Moritz behelligt. Jakob intervenierte bei den Mächtigen in Deutschland, Anton Fugger und Zink bei denen in Rom. Schließlich hatten sie den gewünschten Erfolg. Eck wurde akzeptiert. Aber um den Preis, sich in Augsburg nicht wenige Feinde gemacht zu haben, die ihre Kritik an dieser Pfründenvergabe in kurzer Zeit durch den Wechsel ins Lager der Reformation deutlich machen würden.

Antons Schwager Hans Baumgartner, der auch in Rom weilte, half ihm mit guten Ratschlägen. Von dem mittlerweile immer kranker und unbeweglicher werdenden Zink erwartete Anton Fugger diesbezüglich nichts, zumindest keine Verhaltensregeln.

Als es allerdings daranging, beim päpstlichen Datarius und einigen Kardinälen mit Geldgeschenken nachzuhelfen, da war Zink plötzlich wieder in seinem Element. Und Anton Fugger lernte staunend, wie man die Kuriengeschäfte schmieren und so am Laufen halten konnte.

Und eine weitere Lektion lernte er schnell: Nur für kurze Zeit kam er in den Sog des Zinkschen Lebensstils, und schon war er überschuldet. Baumgartner musste ihm mit einem Kredit von siebenhundert Dukaten aus der Klemme helfen.

Aber wieder war es Zink, von dem er nicht lassen konnte – zumindest in der Anfangszeit in Rom. Denn dieser eröffnete ihm, mit heftigen Schmiergeldern an die Kardinäle Armellini und Giulio de Medici, den Zugang zum Kreis der St.-Peters-Ritter. Die erhielten fürstliche Renten aus den päpstlichen Alaunbetrieben und waren so der gröbsten pekuniären Sorgen ledig. Damit war Anton Fugger wieder auf der Sonnenseite gelandet. Zumindest, was seine Finanzen anging.

Bald schon begann er damit, die seiner Meinung nach verlotterten Verhältnisse in der Fugger-Faktorei in Rom zu richten. Neben Zink und Schauer arbeitete dort als dritter Faktor der Nürnberger Patriziersohn Christoph Muehlich. Formal war Zink der Chef, die beiden Jüngeren tanzten nach seiner Pfeife und imitierten seinen Lebensstil und seine Geschäftspraktiken.

Allerdings ließ Anton sehr bald keinen Zweifel mehr daran, wer im römischen Kontor das Sagen hatte. Er wurde von Zink, Schauer und Muehlich in die Kunst der Geheimdiplomatie des Vatikans eingeweiht und fand schnell Zugang zu den erstaunlichsten Stellen der Macht.

Zink ahnte die Gefahr, die von Anton Fugger ausging. Daher schickte er eine unmissverständliche Nachricht an Giulia Farnese, dass nun ein Ende sei mit der Erpressung.

»Ich habe genug gezahlt. Mehr, als Ihr wert seid. Und Euer Leben. Das dürft Ihr ruhig wörtlich und als Drohung ansehen, solltet Ihr Euch nicht mit dem bescheiden, was Ihr bislang erhalten habt.«

Giulia verstand und gab Ruhe. Einstweilen …

Instinktiv erkundete Anton Fugger mit Zink die verschlungenen Pfade der Kurie. Sein Sprachtalent und seine guten Umgangsformen erlaubten es ihm, schnell Kontakte zu knüpfen. Gezielt trieb er andererseits den alten, gewieften Faktor in Unzufriedenheit und Aufmüpfigkeit. Mal kanzelte er Zink vor dessen Untergebenen ab, mal ließ er ihn bei einem Geschäft ganz außen vor. Mehr und mehr gab er ihm bewusst das Gefühl, überflüssig geworden zu sein. Gerade so, als warte er darauf, dass Johannes Zink ihm selbst einen direkten Grund zur Kündigung liefern würde.

Das Frühjahr war ungewöhnlich nass und kalt. Bei zwei der größten Kornspeicher Roms begann das Dachgebälk zu faulen. Sie liefen Gefahr, feucht zu werden. Das in den Speichern gelagerte Getreide, das noch bis zur nächsten Ernte vorhalten musste, drohte zu verderben. Der Rat der Stadt war sich ausnahmsweise einmal einig und ließ die Speicher räumen, um das noch brauchbare Getreide in Sicherheit zu bringen. Das bereits verdorbene ließ man einfach offen zugänglich darin liegen. Das sollte sich als grober Fehler erweisen. Es dauerte nur einige Wochen, dann wurde Rom von Ratten geradezu überrannt. Die ersten Pestkranken folgten auf dem Fuße. Allerdings brauchte es eine Weile, bis die Römer diese Bedrohung auch wirklich als solche erkannten. Denn die ersten Toten auf den Straßen wurden einfach fortgeschafft, wie die anderen auch, die seit ewigen Zeiten an irgendwelchen Krankheiten in den dreckigen Gassen der Städte elendiglich verreckten. Dann begannen die Menschen, in ihren Häusern zu sterben, und man bemerkte es erst, als der Gestank der verwesenden Körper die Nachricht brachte, dass die Pest wieder einmal zu Besuch in Rom weilte. War es doch beileibe nicht die erste Pestepidemie, die Rom heimsuchte. Die Römer behaupteten von sich, sehr erfahren im Umgang mit dieser Geißel Gottes zu sein.

Wer einige Wochen später, als die Epidemie schon mit voller Wucht wütete, durch Roms Gassen spazierte, konnte erstaunt feststellen, dass die Kranken dort, in aller Öffentlichkeit, zur Ader gelassen wurden. Das verpestete Blut lief einfach in den Rinnstein, wo Insekten und Ratten sich dran gütlich taten. Half das Aufschneiden der Venen nicht mehr, wurden die Kranken mit Brechmitteln und Einläufen traktiert. Dies allerdings geschah hinter verschlossenen Türen, auch die Belastbarkeit der Römer hatte ihre Grenzen.

Die Zahl der Kranken nahm zu, ebenso die Anzahl der Menschen, die nur noch mit einem Tuch oder einer Maske vor dem Gesicht ihr Haus verließen. Johannes Zink überredete Anton Fugger, dass sie sich einen Jungen anstellten, der, wenn sie geschäftlich das Kontor verlassen mussten, vor ihnen herging und duftende Hölzer und Kräuter in einem schwenkbaren Messingkelch verbrannte. In dieser wohlriechenden Wolke fühlten sie sich sicher in Roms Gassen.

Wie vorher bereits, bei anderen Pestausbrüchen, glaubten die Römer fest an die Unbesiegbarkeit Roms und – erstaunlicherweise –, verließ fast niemand die Stadt. Anton Fugger und Zink diskutierten ein paar Tage lang darüber, das Kontor vorsichtshalber zu schließen und aus der Stadt zu flüchten. Zink empfand eine Flucht jedoch als unrömisch und feige, womit er Anton Fugger, der ja ein echter Römer werden wollte, überzeugte. Das Fuggerkontor wurde lediglich komplett mit Essigwasser ausgesprüht. Das sollte reichen, nach Meinung der Büroleitung.

Für Johannes Zink war diese Entscheidung verhängnisvoll. Denn tatsächlich sah sich der Rat der Stadt bald darauf genötigt, Zinks Domizil, die ehemalige De-Doffis-Villa, neben vielen Hundert anderen Häusern als Pesthaus zu markieren.

Zink lag darnieder, mit allen Symptomen dieser fürchterlichen Krankheit. Er, der zeitlebens kerngesund gewesen, niemals ernsthaft erkrankt war – von seiner Gicht einmal abgesehen–, rang mit dem Tode. Und kein Geld, kein Fugger, kein Papst, kein Ablass konnten ihm Heilung verschaffen. Selbst die wundersamen Bäder, die ihm sein Leibarzt verordnete – mit Malve, Johanniskraut, Tausendgüldenkraut, Spitzwegerich, Kamille, Sellerie und Grindkraut, alles zusammen in heißes Wasser gerührt, halfen ihm nicht wieder auf die Beine. Johannes Zink betete um einen wirklich fähigen Arzt, nicht einen Quacksalber, wie sein Leibarzt einer war; was er allerdings zu spät erkannt hatte. Wirklich fähige Ärzte waren dieser Tage rar gesät in Rom, doch nur ein solcher Arzt könnte es zumindest versuchen, ihm Heilung zu verschaffen. Die Chancen standen jedoch eher schlecht. Er hatte starkes Fieber, seine Kopf- und Gliederschmerzen trieben ihn in den Wahnsinn. Am Hals, in den Achselhöhlen und in den Leisten bildeten sich schmerzhafte Beulen. Dicker und dicker wurden sie, schwarzblau gefärbt. Es konnte nur eine Frage weniger Tage sein, die Zink noch zu leben hatte.

Da empfahl ihm einer seiner Kunden, der erst vor einem Jahr ernannte Kardinal Francesco Armellini Pantalassi de' Medici, einen jungen Arzt aus der Schweiz. Philippus Theophrastus Aureolus Bombast von Hohenheim hatte vor Kurzem in Ferrara seinen Doktor gemacht und war derzeit auf Wanderschaft.

Einer Wanderschaft, die ihn, zufällig, während dieser unseligen Pestzeit nach Rom geführt hatte. Ein hohes Honorar wurde ihm versprochen für Zinks Heilung. Armellini selbst hatte noch ein paar Goldmünzen draufgelegt, weil im Falle von Zinks Tod unzweifelhaft die anrüchigen Geschäfte ans Licht kämen, die viele Kardinäle betrieben hatten.

»Macht, dass er wieder aufsteht und seinen Geschäften nachkommen kann!«

So stand der hochgewachsene junge Mann mit sanft gewellten, schulterlangen rotblonden Haaren, vor dem Gesicht eine Maske in Form eines Raubvogels, vor Zinks Krankenbett. Der fühlte sich zu elend, um nach Herkunft und Qualifikation des Arztes zu fragen, er hechelte nur: »Könnt Ihr mich heilen?«

Der Doktor beugte sich hinüber zu seinem Patienten, der seit Tagen sein Hemd nicht mehr gewechselt hatte – er selbst war zu schwach und sonst wollte ihn niemand mehr berühren. Er beschaute und befühlte die Pestbeulen.

»Noch besteht die Möglichkeit zur Heilung, ich glaube, es ist noch nicht zu spät«, sinnierte er.

»Wirklich, oder wollt Ihr mir nur törichte Hoffnung machen?«

Zink hatte von den vielen Toten in Rom gehört, er wollte nicht zu den nächsten gehören.

»Noch sind Eure Beulen nicht aufgeplatzt. Wenn das geschehen wäre, wärt Ihr verloren.«

Er nahm sein Skalpell und mahnte Zink:

»Ihr müsst jetzt sehr stark sein. Ich werde Eure Pestbeulen aufstechen und den Eiter abfließen lassen.«

Zink nickte ergeben. Er hatte keine Wahl. Mit Hilfe des Arztes richtete er sich mühsam auf, gemeinsam zogen sie sein Hemd aus. Nackt, ausgemergelt und hilflos lag dieser sonst so einflussreiche Mann auf seinem Krankenbett. Nichts erinnerte in diesem Moment an den raffinierten, intriganten Fuggerfaktor, der andere Menschen mit seinem Blick förmlich verhexen konnte. Flehend sah er seine letzte Rettung an, eine Mischung aus Todesangst und Hoffnungsschimmer in den Augen.

Philippus Theophrastus Aureolus Bombast von Hohenheim nahm Maß, zielte genau und stach sein Messer in die erste Eiterbeule in Zinks Fleisch. Schwarzgrüner Eiter spritzte heraus. Zink schrie, das hatte nichts Menschliches mehr. Aber nur kurz, dann fiel er in Ohnmacht. Die hielt, zu seinem Glück und zu dem seines Arztes, so lange an, bis der alle Beulen aufgestochen, auslaufen lassen und mit Essigwasser desinfiziert hatte. Auf die frischen Wunden legte er Verbände, die mit Essigwasser und einem Kräutersud getränkt waren.

»Das ist einstweilen alles, was ich für Euch tun kann«, sagte er, ohne zu wissen, ob der vor Schmerz immer noch wie betäubt daliegende Zink ihn verstand.

»In einigen Tagen komme ich nachsehen, ob meiner Behandlung Erfolg beschieden war.«

Das Wunder geschah: Zink genas, als einer der wenigen Infizierten überlebte er die Pestwelle. Nach einer Woche war er schon so gut beisammen, dass er wieder Scherze machte über die wenig göttliche Art dieser Strafe, die doch heilbar war, und auch sogleich nachfragte, ob die Pest wenigstens die Zahl der verkauften Ablassbriefe in die Höhe getrieben habe. Sie hatte, und nicht zu knapp …

Vierzig Tage musste er zu Hause bleiben, unter Verschluss gewissermaßen. Der Rat der Stadt hatte mittlerweile verfügt, dass diese Regel, vom Epidemie-erfahrenen Venedig übernommen, durchaus sinnvoll war, um weitere Ansteckungen zu vermeiden. Zink konnte aber während dieser Quarantäne* seiner Arbeit wieder nachgehen. Seine Papiere wurden ihm durch eine Öffnung in der Türe gereicht.

Der Arzt, der sich, ermutigt durch diesen Erfolg und einige weitere, nun den Künstlernamen ›Paracelsus‹ zugelegt hatte, war schon weitergereist, mit einem fetten Honorar im Geldsack. Sein Ruhm als Arzt sollte bereits in wenigen Jahren durch ganz Europa hallen.

Sobald Zink seine Erkrankung und die Pestwelle endgültig überstanden glaubte, reiste er im Spätsommer für einen längeren Aufenthalt nach Augsburg. Dort sollte es ein unerwartetes, nicht unbedingt erfreuliches Wiedersehen geben …

---

* Das Wort ist in diesem Zusammenhang entstanden. ›Quaranta‹ ist das italienische Wort für ›vierzig‹ (Anm. d. Autors)

34

Luthers Rebellion zog weiterhin bedenkliche Kreise. Während in Rom die Pest wütete, hatte Papst Leo, der sich auf der Engelsburg sicher vor der Krankheit wähnte, auf eine abermalige Anzeige der Dominikaner hin den Ketzerprozess gegen Luther eröffnen lassen. Der rebellische Mönch hatte sich, Pest hin, Pest her, innerhalb von sechzig Tagen in Rom einzufinden. Zusätzlich forderte der päpstliche Kardinallegat in Deutschland, der Italiener Thomas Cajetan, Luther ganz ohne Verhör abzuurteilen. Wegen ›offenkundiger Ketzerei‹.

Mit Ausspruch dieses Urteils war Luthers Reise natürlich unmöglich geworden. Er wäre in den sicheren Tod gegangen. Zum Glück wurde Luthers Landesherr, Friedrich der Weise, seinem Beinamen einmal mehr gerecht. Friedrich wusste um seine Bedeutung bei der kommenden Königswahl, die Kurie ebenso. Rom wollte es sich mit einem wichtigen Wahlmann nicht verderben. Also einigte man sich diplomatisch auf Friedrichs Vorschlag, Luther zuerst einmal in Deutschland zu verhören. Eine gute Gelegenheit dazu wäre der Reichstag, der von Juli bis Oktober stattfand. Zufällig in Augsburg.

Luther wurde angewiesen, zum Ende des Reichstages nach Augsburg zu kommen.

Drei Monate lang wurden andere Themen besprochen, wurde in Augsburg Weltpolitik gemacht. Hauptanliegen des Reichstages war, einen geeigneten Nachfolger für Kaiser Maximilian zu finden. In dieser Hinsicht schlug der Reichstag fehl, da sich die Delegierten nicht einig wurden.

Nebenher wurde intrigiert, geschauspielert, korrumpiert und – gemalt.

Nürnberg hatte als seinen Vertreter einen Maler namens Albrecht Dürer entsandt. Der nutzte die Gelegenheit, so viele reiche Menschen auf ein Mal zu treffen, und verdiente dabei gutes Geld. Er porträtierte außer vielen Adeligen auch den Kaufmann Jakob Fugger.

Große Aufregung herrschte im Ratssaal, als ein Schreiben von Papst Leo eintraf, mit dem er dem ebenfalls in Augsburg weilenden Mainzer Kurfürsten Albrecht von Hohenzollern zu seinen drei Bischofsmützen noch zusätzlich die Kardinalswürde verlieh. Mit einer Mischung aus Neid, Spott und Anerkennung kommentierten die Delegierten diese erneute kirchliche Beförderung Albrechts.

Zwei Tage, nachdem Zink in Augsburg eingetroffen war, hatten auch er und Jakob Fugger endlich wieder einmal Grund zur Freude.

»Den Brief hätte Leo mir auch persönlich mitgeben können«, lachte Zink und schwenkte fröhlich den Papierbogen mit dem päpstlichen Siegel, mit dem die Fugger die päpstliche Münze ganz offiziell zurückerhielten. Seine Krankheit hatte ihn so geschwächt, dass er auch jetzt, Monate später, noch darunter litt. Nur so war es zu erklären, dass Zink sich überhaupt nicht fragte, warum der Papst den Brief nach Augsburg geschickt hatte, anstatt, wie sonst auch, ihn direkt in Rom an Zink zu überreichen. Anton Fugger hatte im weit entfernten Italien somit ein weiteres Ziel erreicht: Der Papst sah in Johannes Zink nicht mehr den allerersten Ansprechpartner für die Firma Fugger.

Zink dachte nicht genauer darüber nach. Erfreut hatte er in den Straßen Augsburgs auch seinen Protegé Johannes Eck entdeckt. Einige Abende voller Gespräche und einigen Bechern guten Weins folgten.

Im Fuggerhaus traf Zink zudem den päpstlichen Gesandten Cajetan, da das Verhör von Martin Luther unter Fuggers Dach stattfinden sollte. Fugger und Zink stellten bei dieser Gelegenheit Eck und Cajetan einander vor. Daraus sollte sich eine Art Freundschaft entwickeln, die in erster Linie auf der gemeinsamen Abneigung gegen Luther gründete.

Anfang Oktober traf Martin Luther nach langer Wanderung in Augsburg ein, um dem päpstlichen Gesandten Thomas Cajetan Rede und Antwort zu stehen. In allen Klöstern, in denen er unterwegs übernachtet hatte, war er gastfreundlich aufgenommen worden. Und überall hatte man ihm geraten, ja, gebeten, sogar bedrängt umzukehren.

»Euer Scheiterhaufen ist schon errichtet und wartet

nur auf Euch, ihn zu besteigen. Auch die Schergen mit den brennenden Fackeln stehen schon bereit.«

»Man hat mir freies Geleit zugesichert.«

»Was ist eine läppische Zusicherung gegen die Möglichkeit, Eurer habhaft zu werden. Ihr werdet Eure Reise noch bereuen. Kehrt um!«

Luther war jedoch nicht umgekehrt, sondern hatte, wenn auch angsterfüllt, seine Reise fortgesetzt.

Kurz vor Augsburg war ihm Friedrich der Weise entgegengekommen, auf dem Heimweg vom Reichstag. Friedrich hatte auf einem prächtigen Pferd gesessen, der Bettelmönch war im dreckigen, nassen Habit herumgelaufen.

»Luther, was schaut Ihr so ängstlich drein?«, hatte der ihn, praktisch im Vorbeireiten, gefragt.

»Traut Ihr etwa dem freien Geleit nicht, das Euch zugesichert ist?«

Luther hatte bescheiden genickt und sich dafür geschämt, in dieser Kutte seinem hohen Herrn gegenüberzutreten. Friedrich hatte angehalten und an seinem Geldbeutel herumgenestelt, der an seiner Hüfte hing.

»Hier, als Wegzehrung. Und, um Eure Sorgen ein wenig zu vertreiben.«

»Das sind zwanzig Gulden, Herr!«, hatte Luther ungläubig gesagt. »Für einen Mönch wie mich ist das eine ungeheure Summe Geldes.«

»Wenn es Euch zu viel ist, dann gebt es den Armen.«

Friedrich hatte gelacht, gegrüßt und war davongeritten, Richtung Heimat.

Luthers Augsburger Abenteuer hingegen sollte erst beginnen.

Unterkunft fand er im Stift St. Anna. Als Gast des Priors durfte er im Priorat wohnen, das am nördlichen Ende des Querbaus an der Ostseite untergebracht war. Dort, im Klosterinnenhof, traf er auf einen anderen Reisenden, der dort untergebracht war: Johannes Eck. Der hatte sich mit einer der Mönchszellen über den Kreuzgangflügeln zufriedengeben müssen. Schnell fanden die beiden heraus, wes Geistes Kind der andere war. Jedoch bei aller Gegnerschaft respektierten sich Luther und Eck zu diesem Zeitpunkt noch. Das sollte in späteren Jahren anders werden. Einige Tage lang diskutierten die beiden sich in St. Anna die Köpfe heiß. Sie vereinbarten sogar eine öffentliche Disputation in Leipzig.

»Sobald ich dieses Verhör hinter mich gebracht habe«, meinte Luther optimistisch. Auch, weil er in dem mehrtägigen Wortgefecht mit dem eloquenten Eck seine Argumente noch einmal hatte nachschärfen können, sah er der Ausfragung im Fuggerhaus mit frohem Mut entgegen.*

Das Verhör begann zuerst durchaus freundlich. Cajetan begrüßte Luther als ›lieben Sohn‹ und fragte ihn nach dem Verlauf seiner Reise. Bevor es dann zur Sache ging.

---

* Der Klosterinnenhof von St. Anna heißt seither ›Lutherhöfle‹. (Anm. d. Autors)

Johannes Zink hatte zwar am Rande mitbekommen, dass der päpstliche Gesandte in diplomatischer Mission im Fuggerhaus weilte, hatte aber mit dem Namen Luther nichts anfangen können.

Zwei Tage lang versuchte Cajetan nun schon, den halsstarrigen Mönch umzustimmen. Drei Dinge verlangte er von Luther: Einen Widerruf seiner Schriften, die Zusicherung, solches nicht wieder zu behaupten sowie das Versprechen, in Zukunft den Frieden der Kirche nicht noch einmal zu stören.

Jakob Fugger war bei den Diskussionen, oder besser: dem Verhör, nicht anwesend. Dennoch war seine Präsenz spürbar, allgegenwärtig. Schließlich waren er und seine Geschäftspraktiken ein wichtiger Teil von Luthers Anklage. Der Kardinal kämpfte verzweifelt, um Luther zu überzeugen.

»Bedenkt, wie wichtig die Einheit des Abendlandes und der Kirche gerade in diesen Zeiten ist! Wo die Türken vor den Toren stehen. Überall Bedrohungen, und Ihr wollt unsere Heilige Mutter Kirche spalten.«

Alle Argumente zogen nicht. Luther blieb stur. Im Gegenteil, er wurde sogar richtig zornig, als er während einer Pause Zink im Stiegenhaus des Fuggerhauses begegnete. Im Gegensatz zu diesem erkannte er nämlich seinen Kontrahenten aus Rom sogleich, auch wenn dies schon einige Jahre her war und Zinks äußere Erscheinung sich seither nicht zu ihrem Vorteil verändert hatte.

Zink hingegen hatte den Zwischenfall bereits lange

vergessen und war verblüfft, als ihn Luther ansprach, bevor der Kardinal die beiden einander vorstellen konnte:

»Der römische Herr Fuggerfaktor, seid Ihr immer noch zum Spott aufgelegt, auf alles, was uns heilig ist?«

Zink stutzte, es dauerte eine Weile, bis es ihm dämmerte. Nun brachte er den Streit, den Besuch des Kardinals und den Namen Luther in Zusammenhang. Erstaunt hob er eine Augenbraue und schaute Luther – diesmal nicht gänzlich ohne Respekt – an.

»Ach, schau an, unser Augustinermönchlein von damals in Rom. Lang ist's her. Und wie ich sehe, seid Ihr immer noch streitlustig. Und rauft jetzt mit den ganz großen Tieren.«

Sprach's und ließ ihn mit dem Kardinal stehen.

Die Diskussion ging in die nächste Runde. Aufgestachelt durch den offensichtlichen Reichtum, den die Fugger hier zur Schau stellten, aber auch durch das erneute Aufeinandertreffen mit Zink, schimpfte Luther empört los:

»Wie sollte das immer göttlich und gerecht zugehen, dass ein Mann in so kurzer Zeit so reich werde, dass er Könige und Kaiser auskaufen möge?«

Cajetan entgegnete nur, dass das nicht Luthers Sache sei, darüber nachzudenken.

»Bleibt bei den Dingen der Kirche und des Glaubens, nicht des Handels und Gewinnstrebens.«

Das Verhör steckte fest, keine der beiden Parteien

war bereit, sich in ihrer Argumentation auch nur ein kleines Stück zu bewegen. Der Ton wurde schärfer, erste Drohungen wurden ausgestoßen. Cajetan deutete die Möglichkeit eines Kirchenbanns für Luther an; eine Vorstellung, die diesen nicht sonderlich beeindruckte. Vielmehr insistierte er darauf, er müsse zunächst widerlegt werden, bevor er widerrufe. Dazu war Cajetan natürlich nicht in der Lage, er wollte es auch erst gar nicht versuchen. Einen Vermittlungsversuch des päpstlichen Kammerherrn Karl von Miltitz lehnte Luther brüsk ab.

Hin und her wogte die fruchtlose Diskussion. Auf der einen Seite der päpstliche Legat, der sich auf Thomas von Aquin und die päpstliche Autorität berief. Gegenüber Luther, der nur die Bibel als Autorität akzeptierte. Unmöglich, so eine Einigung zu erzielen.

Schließlich forderte Cajetan Friedrich den Weisen auf, Luther jetzt endgültig auszuliefern. Dies wies der Kurfürst zurück.

Dennoch: Luther war in Augsburg nicht mehr sicher, hatte zum Glück aber zuverlässige Freunde vor Ort. Die besorgten ihm ein Pferd und bestachen einen Wärter der ansonsten gut bewachten Augsburger Stadtmauer. Wie von Zauberhand öffnete sich für kurze Zeit ein Tor. Luther entfloh in der Nacht, zurück unter die schützende Hand seines Landesherrn.

Papst Leo hatte da bereits beschlossen, dass die Unterstützung Friedrichs wichtiger war als die Verfolgung eines rebellischen Mönchs. So blieb dieser unter

Friedrichs Fittichen, anstatt, wie geplant, weiter nach Frankreich zu fliehen.

Mitte November war Zink wieder zurück in Rom. Ein ereignisreiches Jahr neigte sich dem Ende zu. Es sollte indes noch etwas geschehen, bevor das neue anbrach. Denn Ende des Monats sollte das einzige Mal im Leben des Johannes Zink sein, dass er weinte. Im Alter von sechsundsiebzig Jahren war Vanozza de' Cattanei gestorben, die späte Liebe seines Lebens, die Frau, die ihm gezeigt hatte, was Liebe war, wie Liebe sein konnte, und die ihn dann doch verlassen hatte. Um der Ehrbarkeit willen, nicht für einen anderen Mann. Wobei Ehrbarkeit auch hier relativ war, hatte sie zuletzt ihr Geld doch mit einer Taverne für Prostituierte verdient. In ihren letzten Lebensjahren hatte sie sich aber dann doch noch vor allem als Wohltäterin und Stifterin zahlreicher karitativer Einrichtungen hervorgetan. Weil sie hoffte, damit für ihre früheren Sünden abbüßen zu können. Das pompöse Begräbnis, zu dem nicht zuletzt Zink einiges beigesteuert hatte, hätte eines Kardinals würdig sein können. Viele angesehene Bürger Roms erwiesen ihr die letzte Ehre, sogar Mitglieder des päpstlichen Hofstaates waren anwesend. Und Zink war nicht der einzige geknickte Mann am Grab der einstigen päpstlichen Mätresse. Vielen Männern hatte sie das Herz gebrochen und so ihre Spuren im Kirchenstaat hinterlassen.

Und noch etwas für Zink Untypisches war Vanozza im Tod gelungen: Er behielt ihr Geld nicht. Er hatte zwar mit dem Gedanken gespielt, ein gefälschtes Testament vorzulegen oder einfach Vanozzas Schuldschein wiederum als gefälscht darzustellen. Schließlich setzte sich, als eines der sehr wenigen Male in seinem Leben, das Gute durch: Er gab das Geld für alle Verfügungen her, die in Vanozzas Testament vorgesehen waren. Waisenhäuser, eine Kapelle, Spenden für das Kloster Maria Magdalena der reuigen Kurtisanen sowie Gaben für die Bruderschaft der Gonfalone. Dazu sollten zwölf stille Messen ›submissa voce‹ gelesen werden. Überdies je vier Gottesdienste in den sieben Hauptkirchen Roms. Vanozzas Vermögen schien unermesslich. Und all das, um die Qualen des Fegefeuers abzumildern, dessen Ausmaße die gläubige Vanozza dem ungläubigen Zink in den guten Zeiten ihrer Beziehung zu dessen Belustigung gelegentlich ausführlich geschildert hatte.

Während sie einerseits fromm und gottesfürchtig geworden war am Ende ihres Lebens, hatte sie doch noch Scherz treiben können mit dem Tod. Beinahe hätte sie den frivolen Gedanken ausgeführt, auf ihren Grabstein die Inschrift meißeln zu lassen: ›Ich bitte dich, Vorübergehender, der du mich so oft bestiegen hast, nun nicht mehr auf mich zu treten.‹

Aber auch wenn Zinks Verhalten beim Tode seiner Geliebten eine Wende zum Guten andeutete, dafür war es nun zu spät. Der Niedergang Zinks, nicht nur der körperliche, sondern auch berufliche, war bereits in vollem Gange und nicht mehr aufzuhalten.

Im Januar starb Kaiser Maximilian. Erst mit seinem Tod war das Mittelalter endgültig beendet. In der neuzeitlichen Nüchternheit war in Zukunft kein Platz mehr für die romantischen Herrschaftsträume dieses ›letzten Ritters‹.

In dem nun entstehenden Machtvakuum stieg die Bedeutung der Kurfürsten, der ›Kaisermacher‹, noch einmal an. Friedrich der Weise konnte noch besser seine schützende Hand über Luther halten. Der war so einstweilen in Sicherheit.

Im Sommer fand die öffentliche Disputation in Leipzig statt, die Luther und Eck in Augsburg vereinbart hatten. Nur stand, anstelle Luthers, dessen großer Anhänger Andreas Bodenstein von Karlstadt, Dekan der Wittenberger theologischen Fakultät, im Ring mit Johannes Eck. Das Thema des auf mehrere Wochen angelegten Gesprächs waren die Grundsätze von ›Gnade und freiem Willen‹. Eck bedauerte öffentlich Luthers Abwesenheit und hätte ihn gerne hineingezogen in die Debatte. Nach einer Woche zeigte sich bereits, dass Bodenstein Eck in keiner Weise gewachsen war, also musste Luther doch eingreifen. Nun offenbarte sich die ganze perfide Kunst Johannes Ecks. Geschickt provozierte er Luther zu positiven Aussagen über den als Ketzer verbrannten Johannes Hus, mit denen Luther sich selber in die Ketzerecke stellte. Luther erklärte, unter den vom Konzil in Konstanz verdammten hussitischen Sätzen seien ›manche gut christlich gewesen‹.

Und Luthers Folgerung: ›Wenn Johannes Hus recht gehabt hatte, aber trotzdem vom Konzil verurteilt worden war, so konnten auch allgemein Konzilien irren.‹

Nach zwei Wochen wurde die Leipziger Disputation für beendet erklärt. Der Graben zwischen Luther und der katholischen Kirche war endgültig zu breit geworden, um ihn noch einmal zuzuschütten. Beide Parteien reisten aus Leipzig unversöhnlich ab. Luthers Unterstützung wuchs jedoch durch das zusätzliche neue Renommee für den Mut, den er bei der Leipziger Disputation bewiesen hatte. Alle Gegner Roms schlugen sich nun schlagartig auf seine Seite. Dazu gehörte die nationale Opposition in Deutschland mit ihrem Wortführer Ulrich von Hutten genauso wie die noch junge Bewegung des Humanismus. Besonders von Hutten klagte in immer schärferen Worten das päpstliche Finanzwesen, die Ausbeutung der Deutschen und das Treiben der kurialen Günstlinge und Prälaten an.

Es musste, bei allen religiösen Scharmützeln, alsbald ein Nachfolger für Maximilian gefunden werden. Bei der Kaiserwahl schlugen die Fugger sich traditionell auf die Seite Habsburgs. Allerdings sollte dies eine mehr als heikle Mission werden. Zum einen war der spanische Habsburgerspross Karl anfangs gar nicht an einer Unterstützung durch Jakob Fugger interessiert. Er dachte, er könne auch mit Hilfe der Welser und einiger italienischer Banken erlangen, was ihm der Fugger versprach. Zum anderen wurden die Wahlmänner, die

Fugger benötigte, immer teurer. Besonders die Hohenzollern waren mittlerweile extrem gierig geworden. Zusätzliche Pensionswünsche und Pfründen für Söhne und Neffen trieben die Kosten in die Höhe. Nachdem die Gesamtforderungen aller Wahlmänner auf über siebenhunderttausend Gulden gestiegen waren, hatte Jakob Fugger aus Zorn über die zögerliche Haltung sogar Verhandlungen mit dem Haus Valois aufgenommen. Sollte halt der französische König nächster Kaiser werden, wenn der halsstarrige Habsburger zu dumm und zu ignorant war, um die ausgestreckte Hand Jakob Fuggers zu ergreifen. Franz I. von Frankreich hatte ihm in die Hand sofort zehn Prozent der gesamten Kosten, die dem Franzosen entstehen würden, als Lohn versprochen und als Entschädigung für das, was ihm eine Wahl des Habsburgers eingebracht hätte.

Aber schließlich siegte die alte Treue Jakobs zum Haus Habsburg, und auch Karl ließ sich überzeugen: Ende Juni 1519 wurde Karl V. mit Hilfe unermesslicher Schmiergelder aus dem Hause Fugger zum neuen Kaiser gewählt. Aber erst über ein Jahr später gekrönt.

Bei der Schmierung der Kurfürsten, um Karl V. gegen den Willen des Papstes zu wählen, ließ Jakob Fugger Zink bewusst außen vor. Der war inzwischen, nicht durch seine angeschlagene Gesundheit, sondern durch seinen Ruf, zur Belastung geworden und hätte für eine erfolgreiche Kaiserwahl des Habsburgers hinderlich sein können.

Aus dem gleichen Sommer ist im Vatikan ein, für Zinks Verhältnisse, erstaunliches Schriftstück erhalten: Er beschaffte dem Franziskanerinnenkloster in Augsburg, dem seine Schwester vierzig Jahre lang vorgestanden war, einen großen römischen Ablass, somit die Möglichkeit, Geld zu verdienen. Das ist das einzige erhaltene Dokument aus Johannes Zinks Leben, nach dem zu urteilen er etwas getan hatte, ohne an seinen eigenen Vorteil zu denken.

Zur gleichen Zeit starb Tetzel in Leipzig an der Pest.

Im November veröffentlichte Luther seinen ersten ›Sermon vom Wucher‹. Dabei hatte er sicherlich Fugger und Zink im Kopf gehabt. Bei dieser Gelegenheit forderte Luther unmissverständlich, ›dem Fugger und dergleichen Gesellschaft einen Zaum ins Maul zu legen.‹

Während Martin Luther mit der Verbreitung seiner rebellischen Anschauungen beschäftigt war, blieben auch seine Gegner nicht untätig. Die ›Leipziger Disputation‹ hatte Luther noch angreifbarer gemacht. Johannes Eck hatte er nun die Waffen in die Hand gegeben, um Luther in Rom endgültig als Ketzer zu denunzieren. Und selbstverständlich nutzte er diese Gelegenheit.

Ein Jahr nach der Kaiserwahl wurde die Bulle ›Exsurge Domine‹ erlassen, in welcher Luther der Kirchenbann angedroht wurde, wenn er nicht innerhalb von sechzig Tagen einundvierzig der in seinen Werken vertretenen Thesen zurücknähme.

Diese Bulle war fast einen Meter lang und einen halben Meter breit.

Im gleichen Monat wurden einundsiebzig Sätze aus Luthers Schriften als ketzerisch erklärt und ihm unumstößlich eine letzte Frist von sechzig Tagen zum Widerruf gelassen. Andernfalls sollte er dem Bannfluch verfallen. Die Veröffentlichung dieser Bulle wurde Johannes Eck übertragen.

Jedoch auch davon ließ sich Luther nicht beeindrucken. Er beschimpfte Eck und verfluchte die Bulle. Gegen Ende des Jahres verbrannte Martin Luther die Bulle feierlich vor dem Elstertor in Wittenberg, im Beisein von zahlreichen Hochschullehrern, Studenten und Einwohnern Wittenbergs. Anfang des nächsten Jahres war der Kirchenbann perfekt. Luther war, aus der Sicht des Papstes, vogelfrei.

Johannes Zink trieb derweil, als eine seiner letzten Amtshandlungen in Rom, Schulden ein. Und zwar gemeinsam mit Matthäus Ehem, dem Faktor der langjährigen Rivalen aus Augsburg, den Welsern. In Krisenzeiten musste man Seite an Seite kämpfen.

Immer noch hielt Zink regelmäßigen Kontakt zu seinem Freund Johannes Eck, obwohl der immer seltener in Rom weilte. Er musste ja, auch im Sinne Fuggers und Zinks, Luther bekämpfen. Langsam hatte sich der anfängliche gegenseitige Respekt zwischen Luther und Eck für den Intellekt und die rhetorischen Künste des jeweils Anderen, in Ablehnung verwandelt, die in Feindschaft enden sollte. Ursprünglich hatte Eck Luthers Anliegen durchaus wohlwollend gegenübergestanden. Ecks öffentlich gemachte Haltung zum Zins und seine bekannten Kontakte zu Jakob dem Reichen ließen ihn in den Augen Luthers dann aber nur noch als Fuggerknecht, als Opportunist und Handlanger des Großkapitals erscheinen. Eck hatte Luthers Thesen pikant kommentiert und als ›Adnotationes‹ zum Eichstätter Bischof geschickt. Diese waren nicht zur Veröffentlichung gedacht gewesen, gelangten jedoch durch eine Indiskretion in Luthers Hände. Der schäumte vor Wut über diese Anmerkungen, die ›Obelisci‹ genannt wurden.* Er konterte mit ›Asterisci‹.**

In der Folgezeit wurde das Verhältnis der beiden brillanten Rhetoriker immer schlechter. Luther machte aus Johannes Eck eine Zielscheibe für die protestantische Propaganda und erklärte ihn, neben dem Papst und Fugger, zu seinem ganz persönlichen Feindbild.

In späteren Jahren beschimpfte Martin Luther ihn als ›Doktor Sau‹ und ›das Schwein aus Ingolstadt‹. Brillant verkürzte er dessen Titel ›Dr. Eck‹ auch gerne zu ›Dreck‹.

Aber Luthers größte Bewährungsprobe sollte noch kommen …

* Spießchen, wie man sie zur Notierung verdächtiger Stellen in Handschriften und Büchern gebrauchte (Anm. d. Autors)
** Sternchen zur Kennzeichnung von Anmerkungen (Anm. d. Autors)

35

Am 17. April 1521 stand eine grosse, erwartungsvolle Menschenmenge seit Stunden vor dem Wormser Bischofshof. Die Stadt war komplett überfüllt, siebentausend Wormser Einwohnern standen zehntausend auswärtige Besucher aus ganz Europa gegenüber. Sogar auf umliegenden Dächern hatten sich neugierige Zuschauer niedergelassen, um die Ankunft des berühmtesten Ketzers des Reiches nicht zu verpassen. Martin Luther war tatsächlich nach Worms gereist, obwohl ihn Papst Leo X. exkommuniziert und die Verbreitung seiner Schriften nicht nur verbieten hatte lassen, sondern deren Verbrennung angeordnet hatte. Nur der zugesagte Geleitschutz des Kaisers hatte ihn überzeugen können, den langen Weg zur Rechtfertigung vor Kaiser Karl V., anlässlich des Wormser Reichstages, anzutreten. Dreihundertneunzig Kilometer hatte er mit einer kleinen, zweirädrigen Kutsche zurückgelegt, wobei ihm bei seiner Ankunft am Vortag die Wormser Bürger einen triumphalen Empfang bereitet hatten. Der päpstliche Gesandte war von diesem Empfang wenig begeistert gewesen und sollte dies auch so nach Rom schreiben. Der ›große Ketzermeister‹ habe bei seinem Eintreffen mit ›dämonischen Augen‹ um sich geblickt.

Am nächsten Tag holten zwei kaiserliche Beamte Luther um vier Uhr am Nachmittag in seinem Quartier ab und geleiteten ihn die zweihundert Meter zum Hintereingang des Bischofspalastes, wo der Reichstag nebst Kaiser Karl ihn erwarteten. Selbst hier, auf einem geheimen Nebenpfad, waren sie nicht sicher vor Schaulustigen und mussten sich ihren Weg durch die Menge bahnen. Ein paar Stufen hinauf, ein, zwei, drei Gänge lang, dann standen sie vor der Tür des zum Bersten vollen Auditoriums. Kaiser Karl V., die Deutschen Kurfürsten, Dutzende Bischöfe, Ritter, Fürsten, Grafen, Delegierte der Reichsstädte und Diplomaten aus ganz Europa sahen ihn erwartungsvoll an, als er den Saal betrat. Luther erschien sichtlich nervös. Nur ein Jurist und einige wenige Getreue standen hinter ihm, waren auf seiner Seite. Er ließ seine Blicke schweifen und erkannte unter vielen unbekannten Gesichtern ein bekanntes, das er auch gleich ansprach, um seine Nervosität abzulegen. Sofort wurde er von einem kaiserlichen Beamten gerüffelt, nicht ungefragt zu reden in Gegenwart des Kaisers.

Der Kaiser war schon da? Das hatte er gar nicht bemerkt in seiner Aufgeregtheit.

Und dann stand der 37-jährige Martin Luther dem sechzehn Jahre jüngeren Kaiser gegenüber. Der Mönch aus Wittenberg vor dem Beherrscher eines Reiches, in dem die Sonne nicht unterging. Karl sah viel jünger und schmächtiger aus, als Luther erwartet hatte. Das berühmte Habsburgerkinn war das markanteste Merkmal im blassen kaiserlichen Gesicht. In modischen Strumpfhosen saß er auf seinem Thron, musste sich alles übersetzen lassen, da er kein Deutsch sprach, und musterte den Religionsrebellen, der vor ihm stand. Der trug die einfache, schwarze Kutte seines Ordens, gegürtet mit einem Lederriemen. Kräftiges Profil, eine feste Stirn, mächtig gewölbte Augenbrauen und braune Augen, strahlend vor Energie; Augen, die nur ein sehr böswilliger Mensch als ›dämonisch‹ empfinden konnte. Dazu eine Kinn- und Mundpartie, die Entschlossenheit ausdrückte. Ein Gesicht, das von den vielen Kämpfen in den letzten Jahren geprägt war. Ein Gesicht, dem anzusehen war, dass sein Besitzer nicht so ohne Weiteres klein beigeben würde. Der Kaiser murmelte beim Anblick Luthers:

»Der soll mich nicht zum Ketzer machen.«

Wenn es nach ihm ginge, würde Luther sofort verhaftet und eingekerkert werden. Aber der Mönch wusste viele Sympathien auf seiner Seite. Kluges, diplomatisches Vorgehen war also gefragt. Am liebsten wäre es Karl gewesen, wenn Luther einfach widerriefe und in den Schoß der katholischen Kirche zurückkehrte. Vergeben, vergessen, Schwamm drüber! Aber er sah ihn an und wusste genau: Das wird nicht leicht heute. Erwartungsvolle Stille.

Luthers Gegner hatten vergeblich gehofft, er werde, abgeschreckt durch das Schicksal von Johannes Hus, nicht auf dem Reichstag erscheinen und sich somit schuldig machen. Aber Luther hatte zugesagt, dass er kommen werde. Später sollte er schreiben: ›Und wenn so viel Teufel in Worms wären, als Ziegeln auf den Dächern, ich wollte doch wohl hineinkommen.‹ Noch während er unterwegs nach Worms gewesen war, hatte der päpstliche Legat ein Verbot seiner Schriften durchgesetzt.

Luther ahnte nichts davon, als Johann von Eck, der Beauftragte des Bischofs von Trier – nicht zu verwechseln mit Zinks Freund, dem Ingolstädter Theologieprofessor Johannes Eck – auf ihn zutrat und ihm die erste Frage stellte:

»Martin Luther, die kaiserliche Majestät hat dich aus zwei Gründen hierherkommen lassen. Zuvorderst, um zu erfahren, ob du dich hier öffentlich zu den Büchern bekennst, die bisher unter deinem Namen verbreitet worden sind. Tust du das, sollst du zweitens erklären, ob du ihren Inhalt aufrechterhalten oder etwas davon widerrufen willst.«

Luther schaute die Bücher an, die auf einer Bank aufgestapelt lagen. Er überflog die Titel. Ja, sicher, es waren seine Schriften, in denen er das Ablass-Unwesen kritisiert hatte, zuletzt immer heftiger und polemischer, in denen er die Gültigkeit mehrerer Sakramente und zuletzt sogar die Autorität des Papstes angezweifelt hatte. Der versammelte Reichstag erwartete nun eine Antwort von ihm. Leise begann Luther zu sprechen.

»Die genannten Bücher muss ich als die meinen bezeichnen und werde niemals eines verleugnen.«

Die Angst war in seinem Gesicht deutlich zu erkennen, zur großen Befriedigung nicht nur des päpstlichen

Gesandten, der bereits glaubte, Luther werde eingeschüchtert klein beigeben.

Luther war jedoch nicht eingeschüchtert, sondern überrascht. In der Einladung nach Worms war lediglich von ›Erkundigungen‹ über seine Schriften die Rede. Der päpstliche Legat hatte Luther mit dem Verbot seiner Schriften hintergangen und übertölpelt. Auf einen Widerruf war Luther nicht vorbereitet. So holte er aus und begann eine langatmige Erklärung, warum er den Widerruf jetzt nicht leisten könne. Am Ende bat er um Bedenkzeit, ›damit ich, ohne das Gotteswort zu verletzen und meine Seele zu gefährden, die rechte Antwort auf die Frage geben möge.‹

Unruhe im Saal.

Luthers Anhänger waren verwundert.

Warum Bedenkzeit?

Zweifelte Luther an seiner eigenen Sache?

Der Kaiser und seine Berater zogen sich zurück. Nach einer Pause erklärte der Sprecher Karls, Luther habe zwar kein Anrecht auf Bedenkzeit, doch der Kaiser in seiner angeborenen Güte gestehe ihm dennoch eine zu. Als letzte Frist.

Einen Tag hatte Luther gewonnen, allerdings mit der Einschränkung, dass Luthers Erklärungen nur mündlich erfolgen würden. Alles schriftlich niederzulegen, würde zu viel Zeit kosten. Und die hatte Karl V. nicht.

Der Kaiser zog sich zurück. Ebenso die Fürsten, Bischöfe und Diplomaten.

Die Beamten führten Luther wieder in seine Herberge, vorbei an vielen enttäuschten Anhängern. Dieser kleinlaute Auftritt war nicht das, was sie sich vorgestellt hatten. Sollte es das schon gewesen sein mit der Reformation?

Die nächsten vierundzwanzig Stunden dehnten sich, zäh rann die Zeit.

Wieder um vier Uhr am Nachmittag standen die kaiserlichen Beamten vor Luthers Türe.

Es war Zeit. Die Entscheidung nahte.

Pünktlich standen sie vor dem Bischofssitz, konnten aber nicht hinein. Andere Verhandlungen drinnen waren noch in vollem Gange. Luther musste inmitten der Schaulustigen warten, eingelassen zu werden. Er wurde immer nervöser.

Zwei Stunden wartete er, dann durfte er ins Innere.

Es war schon dämmrig im großen Saal der Residenz – das Auditorium wäre heute zu klein gewesen, Fackelschein verbreitete flackerndes Licht.

Es war heiß.

Luther schwitzte.

Er begann zu reden. Seine Stimme klang anders heute. Fester, bestimmter. Er entschuldigte sich, sollte er gegen höfische Sitten und Gebräuche verstoßen haben.

»Ich bin nicht an Höfen, sondern in Mönchswinkeln versiert.«

Und erneut stand Johann von Eck vor ihm, stellte die Frage aber etwas anders als am Vortag:

»Willst du deine Bücher alle verteidigen oder etwas davon widerrufen?«

»Ich habe drei Arten von Büchern geschrieben«, erläuterte Luther.

Zum einen erbauliche Texte über den Glauben, die sogar seine Gegner schätzten.

Zum anderen Schriften »gegen das Papsttum und die Dinge der Papisten als diejenigen, die mit ihren grundschlechten Lehren und Beispielen den christlichen Erdkreis an Geist und Leib verwüsten.«

Außerdem habe er noch Texte verfasst gegen einzelne Personen, die diese römische Tyrannei verteidigten.

Luther sagte, er wolle nicht behaupten, dass er nicht irren könne, aber er müsse verlangen, erst widerlegt zu werden, wenn er widerrufen solle. Keine Hand erhob sich, um mit Luther zu diskutieren. Der kaiserliche Sprecher erteilte ihm eine Abfuhr:

»Vergeblich erwartest du, Martinus, eine Disputation.«

Johann von Eck forderte Luther noch einmal auf:

»Nun gebe er eine schlichte und ungehörnte Antwort.«

Luthers Schlussworte waren endlich das, was seine Anhänger hören wollten: »So will ich eine Antwort ohne Hörner und Zähne geben dieser Maßen: Es sei denn, dass ich durch Zeugnisse der Schrift oder einleuchtende Gründe überwunden werde, – denn ich glaube weder dem Papst noch den Konzilien allein, dieweil es am Tag ist, dass sie öfters geirrt und sich selbst widersprochen haben –, so bin ich überwunden durch die heiligen Schriften, die von mir angeführt worden sind, und mein Gewissen ist gefangen in Gottes Wort. Derhalben kann und will ich nichts widerrufen, dieweil wider das Gewissen zu handeln beschwerlich, unheilsam und gefährlich ist. Ich kann nicht anders. Hier stehe ich. Gott helfe mir! Amen!«

In diesem Moment war die Kirchenspaltung vollendet. Aber keiner der Anwesenden, selbst nicht Luther oder Kaiser Karl V., erkannte die historische Bedeutung dieses Moments.

Schon am folgenden Tag legte der Kaiser dem Reichstag den Entwurf für eine Ächtung Luthers vor. Er fand jedoch keine Mehrheit.

Noch einmal wurden Verhandlungen mit Luther geführt. Man wollte ihm entgegenkommen. Es wurde nur noch die Anerkennung des Konstanzer Konzils gefordert. Schließlich verlangte die Reichskommission lediglich die Unterwerfung durch ein künftiges Konzil.

Auch das lehnte Luther ab.

Wieder einen Tag später erklärte Karl V., dass er Luther ›als einen wahren und überführten Ketzer‹ behandeln wolle.

Allerdings waren die Reichsstände in dieser Meinung gespalten, sie fürchteten die Stimmung im Volk. Also wartete Karl, bis die finanziellen und politischen Angelegenheiten des Reichstags erledigt waren und er die Zustimmung der Reichsstände nicht mehr benötigte.

Am vorletzten Tag, dem 25. Mai 1521, unterzeichnete er das vom päpstlichen Nuntius Alexander abgefasste ›Wormser Edikt‹.

Damit wurde über Luther die Reichsacht ausgesprochen, er war als vogelfrei erklärt und jedermann durfte ihn nach Belieben totschlagen.

Luther musste auf Verlangen des Kaisers bereits einen Monat früher Worms verlassen. Er kam aber nicht bis Wittenberg. Unterwegs wurde er überfallen und gefangen genommen. Doch die Ritter, denen er folgen musste, waren von Kurfürst Friedrich dem Weisen ausgeschickt worden, ihn zu retten. Sie führten ihn auf die Wartburg, wo er als ›Junker Jörg‹ für einige Zeit bleiben sollte.

36

Als Papst Leo X. drei Wochen nach Luthers Ankunft in Worms den Brief seines Gesandten an seinem Hof laut vorlesen ließ, war auch der kranke Johannes Zink anwesend. Gicht und allgemeine Altersgebrechen hatten ihn weiter in sich zusammenfallen lassen wie ein Kartenhaus. Gebückt, am Stock humpelnd, lachte er ein letztes Mal vor dem Papst ein hämisches Lachen über Luther. Der Papst indes lachte nicht mit.

»Zink, letzten Endes habt Ihr das alles angerichtet.«

Wenngleich er diesen Vorwurf nicht gänzlich ernst gemeint hatte, blieb Zink doch das Lachen im Halse stecken. Er wollte dem Papst entgegnen, dessen Gier sei schuld gewesen am Jubelablass, der Luther letzten Endes auf die Barrikaden getrieben hätte, da winkte der müde ab. Auch Leo X. war krank, obwohl erst Mitte vierzig. Er sollte dieses Jahr nicht überleben. Als er schließlich im Dezember an Malaria starb, hinterließ er ein Italien im Chaos. Er hatte während seines achtjährigen Pontifikates die ungeheure Summe von viereinhalb Millionen Dukaten verprasst.

Aufgrund der hohen Schulden, die Papst Leo X. bei seinem Tod hinterließ, konnten angeblich nicht einmal die Kerzen für seine Bestattung bezahlt werden. Leos Diener sorgten mit eigenen Mitteln für eine standesgemäße Bestattung.

Das Volk auf der Straße spottete: »Leo X. hat gleich drei Pontifikate ausgegeben: Die Überschüsse seines Vorgängers, die Einnahmen seines eigenen und auch die seines Nachfolgers.«

Dies war das letzte Treffen Johannes Zinks mit einem Papst gewesen. Sein letzter Besuch im Vatikan überhaupt. Nachdem ihn Anton Fugger Schritt für Schritt aus dem Geschäft gedrängt hatte, verbrachte er wieder mehr und mehr Zeit in Deutschland, wo er vom Erlös seiner Pfründen lebte.

Luther sah er nie wieder. Er interessierte sich auch nicht für ihn und die mit dem Reichstag in Worms endgültig ausgebrochene Reformation.

Als Nachfolger Leos X. wurde, zum ersten und einzigen Mal, ein Niederländer zum Papst gewählt. Mit der Wahl Hadrians von Utrecht hoffte Anton Fugger wieder auf bessere Zeiten mit der Kurie. Durch Meister Perino del Vaga wurde die Faktorei glanzvoll renoviert. Hadrian enttäuschte jedoch die hochfliegenden Erwartungen der Fugger. Er war wenig interessiert an einer Zusammenarbeit und kämpfte mehr gegen die Ablehnung, die ihm als Nichtitaliener auf dem Papstthron entgegenschlug. Der Speiseplan des neuen Papstes bestand in erster Linie aus dem preiswerten Stockfisch, was Hadrian zum Gespött der Marktfrauen Roms machte. Auch die kostbare Laokoon-Gruppe betrachtete der nur mit Verachtung.

»Das sind nur heidnische Götzenbilder.«

Die Römer waren entsetzt. Ein humorloser Asket auf dem Stuhl Petri! Und das in der Stadt des Leichtsinns und der Laster. Konnte das gut gehen? Die hohe Geistlichkeit bangte um ihre Pfründen, die Puttana und Cortigiani sorgten sich um ihr Auskommen, die Dichter und Hofnarren befürchteten sogar, arbeitslos zu werden. Pasquino lief zur Hochform auf, spuckte täglich Gift und Galle gegen den ungeliebten Holländer und die Kardinäle, die ihm zu seinem Amt verholfen hatten.

All dies bekam Johannes Zink nur noch am Rande mit. Mit dem Tod Leos X. war Zink für Anton Fugger nicht mehr von Nutzen.

Anton hatte noch vergeblich versucht, seinem alten Faktor die Neuerungen in der Rechenkunst beizubringen. Mathematiker aus Frankreich hatten erfolgreich Bezeichnungen für die ganz großen Zahlen eingeführt. Zink verstand nicht, warum.

»Was soll das? Eine Million, eine Billion, eine Trillion, wer braucht so große Zahlen? Und was sollen die Zeichen + und – bedeuten, wenn ich Zahlen addiere? Das schreibe ich untereinander und rechne es zusammen. Neumodischer Firlefanz!«

Auch die neue ›Rechnung auf der Linie‹, eine Idee aus dem neuen Lehrbuch des Rechenmeisters Adam Riese, ließ ihn kalt.

»Ich habe Zeit meines Lebens gute Rechnung geführt mit meinen römischen Ziffern. Behaltet eure modernen ›arabischen‹ Zahlen. Aus Arabien ist noch nichts Gutes gekommen für uns.«

Obwohl Anton Fugger ihn eindringlich darauf hinwies, dass im Hause Fugger in Kürze nur noch so gerechnet würde, blieb Zink stur. Also zog Anton Fugger die Konsequenzen.

»Herrn Hans Zink halber«, so schrieb er an seinen

Onkel Jakob Fugger, »wäre es gut, hättet Ihr das Konto mit ihm klargemacht, denn er auch alt ist und täglich schwach.«

Und entließ ihn.

Kurz und schmerzlos.

Nach fast vierzig, größtenteils erfolgreichen Jahren im Dienste der Firma Fugger.

Diese unsentimentale Art der Kündigung gab für Jakob indes den Ausschlag, Anton zum Regierer der neuen Fugger-Generation zu befördern.

»Das ist ein Mann nach meinem Geschmack!«, befand er. Gefühlsduseligkeiten konnten sie sich nicht leisten, zu keiner Zeit, und erst recht nicht in diesen Zeiten.

Der gedemütigte, gesundheitlich angeschlagene Johannes Zink verkaufte seine Villa in Rom für einen guten Preis und übersiedelte endgültig zurück nach Augsburg. Mit diesem Schritt war seine jahrzehntelange finanzielle Glückssträhne aber ein für alle Male vorbei.

Ebenso wie die von Hadrian, an dessen Reformwillen Luther zweifelte, weswegen er ihm hämische Pamphlete wie ›Das Mönchskalb‹ oder ›Der Papstesel‹ zugedachte, und dessen Pontifikat bereits nach zwanzig Monaten mit einer Vergiftung endete. Selbst im Tod blieb er vom Spott der Römer nicht verschont. Über den ersten Biertrinker auf dem Papstthron lästerten sie: »Hätte er Wein getrunken, wäre er noch am Leben.«

Nach Hadrians Tod kam der Vatikan wieder in die

Hände der Medici. Und die italienischen Kaufleute waren erneut im Vorteil vor den Fuggern.

Anton Fuggers Mission in Rom war erfüllt. Johannes Zink entmachtet und ausgeschaltet. Es herrschte wieder Ordnung in Fuggers römischer Faktorei.

Also kehrte Anton nach Augsburg zurück.

Chef der Filiale in Rom wurde Engelhard Schauer.

Das sollte Anton Fugger noch sehr bitterlich bereuen.

Drei Jahre später …

DAS ENDE

37

Im März darauf starb Giulia Farnese, der von Johannes Zink so übel mitgespielt worden war. Sie starb in Rom, in Armut, von ihrer Familie verstoßen. Ohne dass der Mann, dem sie ihr Unglück zumindest mit verdankte, dies noch erfuhr. So konnte ihm denn auch kein Stein vom Herzen fallen, dass er dieser Bedrohung für immer entronnen war. Giulia Farneses Grab ist unbekannt.*

Währenddessen musste sich Jakob Fugger mit den reformfreudigen Augsburgern herumstreiten, die in ihm immer mehr ein Symbol des alten, verhassten, starren Kirchensystems sahen. So schlimm wurden die Anfeindungen und die Versuche, die großen Firmen zu beseitigen, dass sich der reiche Handelsbaron in seiner eigenen Heimatstadt einer Demonstration ausgesetzt sah. Am 9. August erschienen zweitausend der aufrührerischen

---

* Dennoch soll bis heute eine steinerne Skulptur mit ihrem Abbild erhalten sein – ausgerechnet im Petersdom in Rom. Der Stein ist so lebendig und voll erotischer Ausstrahlung, dass sich angeblich immer wieder junge Männer vor ihm zu ›unsittlichen Handlungen‹ haben hinreißen lassen. Knapp achtzig Jahre nach ihrem Tod ließ daher der Vatikan diese liegende, ursprünglich nackte Figur mit einem Metallhemd aus Blei bekleiden, das sich aber noch im 18. Jahrhundert gegen ein Trinkgeld entfernen ließ.

Giulias Bruder Alessandro hingegen sollte zehn Jahre später als Papst Paul III. den Thron besteigen und ein mächtiger Papst der Gegenreformation werden. (Anm. d. Autors)

Reformer in Harnisch und Waffen vor dem Augsburger Rathaus und forderten unter anderem, den Prediger Johann Schilling in Augsburg zu belassen.

Gejohle und Anfeindungen gegen Jakob Fugger begleiteten die lautstark vorgetragenen Reden. Jakob Fugger hatte nämlich heimlich versucht, Schilling, der nach seiner Meinung erheblich zu große Sympathien mit Luthers Ideen hegte, versetzen zu lassen. Durch eine Indiskretion aus dem Orden Schillings war die stillschweigend geplante Versetzung jedoch vorzeitig bekannt geworden. Auch an der Papsttreue des Rates gab ihm die Menge Schuld. Den Ratsherren wurde ebenso angst und bange. Was tun, wie sollte man da wieder herauskommen? Die Situation war verfahren.

Also ließ man heimlich Truppen anwerben, gleichzeitig aber die Aufrührer beschwichtigen. Niemand aus der Menge vor dem Rathaus glaubte auch nur ein Wort von dem, was die Ratsherren dabei von sich gaben. Die bewaffnete Meute forderte schließlich, Jakob Fugger sehen zu wollen. Das war allerdings das Letzte, was dieser wollte. Mit dem Pöbel auf der Straße zu diskutieren, sich ihm womöglich sogar auszuliefern!

Die Situation drohte, sich weiter zuzuspitzen, so dass der reiche Kaufmann tatsächlich aus seiner Heimat flüchtete und sich klammheimlich auf sein Schloss Biberach zurückzog, wo ihm keinerlei Gefahr drohte.

Dem Augsburger Rat gelang der diplomatische Spagat: Er lenkte ein in der Causa Schilling, ließ aber im

Gegenzug die Anführer der Demonstranten hinrichten.

Offiziell herrschte nun wieder Ruhe in der Stadt am Lech, so dass Jakob Fugger nach Hause zurückkehren konnte. Unter der Oberfläche gärte und brodelte es jedoch weiter …

In Rom stand es nicht zum Besten. Johannes Zink war bereits vor Längerem nach Augsburg zurückgekehrt. Krank war er, alt und verbittert, sowie, erstaunlicherweise, auch völlig überschuldet. Der Mann, der jahrzehntelang alles gekauft hatte, was es für Geld zu kaufen gab – Güter, Pfründen, Meinungen, Recht, Unrecht, Sünden und deren Ablass –, hatte zuletzt privat schlechten Geschäftssinn bewiesen. Schiffe, in die er investiert hatte, waren untergegangen. Oder von Piraten ausgeraubt worden. Er war windigen Spekulationen in London und Antwerpen aufgesessen. Die Vorfälle hatten sich gehäuft, bis all sein Geld weg gewesen war. Beziehungsweise: Bis mehr Schuldscheine von Zink im Umlauf waren, als er Geld besaß. Sogar der gute Erlös aus seiner römischen Villa war weg, einfach so verschwunden im Orkus des nunmehr pechbehafteten, kaufmännischen Treibens.

Nur kurze Zeit zuvor hatte Luther sein großes Traktat ›Vom Kauf, Handel und Wucher‹ veröffentlicht, fast als hätte er gewusst, dass die Lebenszeit seiner beiden großen Feindbilder dem Ende zuging und sie diese grandiose Abrechnung mit ihrer Zunft aber noch erleben sollten.

Daheim angekommen, lag der alte, nunmehr ehemalige Fuggerfaktor meist auf dem Krankenlager und verwünschte den jungen Anton Fugger, der jetzt an seiner Stelle in Rom intrigierte und korrumpierte, wenn auch längst nicht so erfolgreich wie er, der Altmeister.

»Sogar die päpstliche Münze hat er sich wieder abluchsen lassen, der Grünschnabel«, murmelte er nicht ganz ohne Genugtuung vor sich hin.

»So viel sind die Verträge mit dem Vatikan also noch wert«, sagte nun genau der Mann, für den Verträge und Abmachungen ein Leben lang nicht mal das Papier wert gewesen waren, auf dem sie aufgesetzt worden waren.

Es war kalt in der Stube, der schwäbische Winter kam unerbittlich näher. Zinks Leibarzt stand vor dem Krankenbett, mit geziemendem Sicherheitsabstand, und schimpfte.

»Euer Wunderheiler, der Euch vor einigen Jahren angeblich von der Pest geheilt hat, hätte das besser einmal anständig erledigt!«

Zink zog sich die Decke über die Schulter. Sie stank nach Moder und Schweiß. Das kleine Feuer im Kamin reichte bei Weitem nicht aus, Zinks Krankenzimmer auch nur angemessen warm zu halten. Er hatte Durst, seine Zunge war trocken und fühlte sich belegt und pelzig an. Wo war nur der verfluchte Wasserkrug? Teuren Falerner gab es schon lange nicht mehr im Hause Zink.

»Wie meint Ihr das?« Die Frage war mehr ein Röcheln.

Der ältere Mann – für einen Arzt im Sold der Stadt war er viel zu teuer gekleidet, hob seine linke Hand, fast so, als wolle er damit ein lästiges Insekt verscheuchen.

»Wenn Ihr die giftigen, bösartigen Miasmen des Schwarzen Todes einmal eingeatmet habt, sind sie drin in Eurem Körper. Auch wenn Ihr danach wieder als geheilt gelten mögt, Ihr könnt immer wieder aufs Neue erkranken.«

»Wie könnt Ihr mir helfen?« Zinks Stimme kam schwach.

»Hier, nehmt diesen Sud zweimal täglich.«

Der Arzt entnahm seiner Tasche eine grünlich schimmernde Glasflasche, zog mit einem ›Plopp‹ den Korken heraus, schnüffelte kurz daran und verzog das Gesicht.

»Theriak ist das Beste, was ich Euch empfehlen kann.«

Er stellte die Flasche mit dem Gebräu auf die Anrichte neben der Türe und wandte sich zum Gehen.

»In einigen Tagen werde ich wieder nach Euch schauen.«

Zink glaubte nicht an den Arzt, ebenso wenig an die Heilwirkung des Theriak. Zu viele schlechte Ärzte hatte er im Laufe seines langen Lebens herumstümpern, zu viele Menschen unter ihren Händen sterben sehen. Aber ihm blieb keine Wahl …

Kaum war der Arzt gegangen, klopfte das Stubenmädchen und meldete einen Besucher. Erstaunt, denn viel Besuch erhielt der alte Mann nicht mehr, raffte sich der ehemalige Fuggerfaktor auf, um eine würdigere, höhere Sitzposition in seinem Bett einzunehmen, und versuchte, die offensichtlichen Flecken auf seinem Hemd, die seine immer schlimmer werdende Inkontinenz verursacht hatte, mit einer Decke gnädig zu verhüllen. Die Tür öffnete sich und Jakob Fugger kam forschen Schrittes hinein. Wieder einmal wunderte sich Zink, wie unterschiedlich das Schicksal mit den Menschen umging. Hier der fünfundsechzigjährige Kaufmann, der stolz die Zeichen seines Alters trug, dessen Wille aber nach wie vor ungebrochen war. Und er selbst, der sogar ein wenig jüngere ehemalige Mitarbeiter Fuggers, einst dessen bestes Pferd im Stall, lag krank und siech darnieder und wartete auf den Tod. Fugger selbst hielt sich weder mit Genesungswünschen auf noch rümpfte er die Nase ob des Gestanks im Zimmer, diese Melange aus Krankheit, Kot, Urin und Schweiß, die der todgeweihte Patient ausströmte. Er kam gleich knallhart zur Sache:

»Ihr wisst, dass Ihr unserer Firma noch eine stattliche Summe Geldes schuldet?«

Zink nickte ermattet. Er wusste es genau, auf den Gulden genau.

Es hatte eine Weile gedauert, bis er dahinterkam, dass

Anton Fugger in Jakobs Auftrag seit einigen Jahren bereits alle Schuldscheine Zinks hatte aufkaufen lassen – meist für einen Bruchteil ihres tatsächlichen Wertes. Anton hatte damit begonnen, sobald sein Plan gereift war, Zink in Rom loszuwerden. Und die Schuldscheine wären ein gutes Druckmittel gewesen, das er aber letzten Endes nicht zum Einsatz bringen musste.

Johannes Zinks heimliche Hoffnung war bis dahin, sein ehemaliger Arbeitgeber würde seiner Verdienste wegen Milde walten lassen.

Mühsam brachte er heraus:

»Könnt Ihr mir die achthundert Gulden noch stunden, bis ich wieder genesen bin?«

Fugger lachte maliziös.

»Stunden? Euch? Mit welchem Recht glaubt gerade Ihr, die Natur und das Schicksal besiegen zu können? Ihr werdet Euch nicht mehr gesund von diesem Krankenlager erheben. Somit bedeutete stunden, Euch Eure Schulden zu erlassen. Das kann ich aus Gründen der Geschäftsräson nicht zulassen.«

Er schüttelte enttäuscht den Kopf, wie sein Vater vor langer Zeit, wenn er als kleiner Junge etwas falsch gemacht hatte.

Zink startete einen erneuten Anlauf, betonte seine jahrzehntelange Loyalität zu Fugger, seine Erfolge für das Augsburger Kaufmannshaus, alles vergebens. Fugger blieb hart. Schließlich versuchte Zink, Mitleid zu erregen.

»Ich bin am Ende meines Lebens angekommen. Ich

bin todkrank und habe keinen Gulden mehr. Und Ihr habt nichts Besseres zu tun, als mich noch weiter zu demütigen.«

»Mit Demütigen hat das nichts zu tun, mein lieber Zink«, kam die mitleidlose Replik Fuggers. »Ihr wusstet genau, auf welches Spiel Ihr Euch eingelassen habt. Nun spielt es auch anständig zu Ende, auch wenn Ihr nicht zu den Siegern zählt.«

Damit drehte er sich um und verließ Zinks Stube, nicht ohne von ein paar kräftigen, gottlosen Flüchen Zinks begleitet zu werden.

Tatsächlich schaffte Zink es drei Wochen später, sich wieder vom Lager zu erheben. Gesund war er beileibe nicht, aber so ganz kampflos wollte er sich Fugger nicht ergeben. Viel war ihm nicht mehr geblieben von seinen einstmals zahlreichen Pfründen, Einnahmen gab es so gut wie keine mehr. Lediglich die Chorherren- und Totenpfründen der Augsburger Sankt-Moritz-Kirche warfen noch genug zum Leben ab. Umso entsetzter war er, als er wenige Tage nach seiner Auferstehung den Pfändungsbeschluss Fuggers über eben diese Augsburger Pfründen erhielt.

»Der Sauhund, jetzt will er mich völlig zerstören«, war sein erster Gedanke. Egal, was er nun tat, wie heftig er sich auch beschwerte: Die Pfändung war rechtskräftig und Fugger konnte so viele Gulden daraus abziehen, wie die Pfründen hergaben.

So verfiel Zink auf einen Trick, der an seine besten,

längst vergangenen Zeiten erinnerte. Er ersuchte Fugger, ihn, den wieder bettlägerig gewordenen Alten, noch einmal zu besuchen. Prompt erschien Jakob Fugger, erneut ohne eine Spur von Nachsicht im Gesicht. Zink versprach sogleich, die leidige Schuldenfrage zu Fuggers Zufriedenheit zu klären. Der blieb skeptisch.

»Erklärt Euch, wie wollt Ihr Euer Konto ausgleichen, bevor Ihr sterbt?«

Zink erhob sich von seinem Lager und stolperte mehr, als er ging, zu einem Schreibpult in der Ecke seines Krankenzimmers. Mit zitternden Fingern öffnete er die Lade und holte einen großen, massiven Schlüssel hervor. Den hielt er Fugger vor die Nase.

»Wenn ich Euch diesen Schlüssel übergebe, als Zeichen, dass Ihr der Besitzer meines Leibes und Gutes seid, wäre dann mein Konto ausgeglichen? Das ist alles, was ich Euch anbieten kann.«

Ein letztes Mal schimmerten Iris und Pupillen Zinks blau und sandten den berühmten Blick zu Jakob Fugger. Der überlegte kurz, natürlich misstraute er Zink immer noch. Zu oft hatte er dessen unglaubliche Durchtriebenheit bewundert, zuletzt hatte er sich davor bisweilen aber sogar gefürchtet. Wo war der Haken? Hof und Gebäude waren gut genug, um einen großen Teil der 800 Gulden wieder hereinzubekommen. Das war sicher das meiste, was von Zink noch zu holen war. Der befand sich inzwischen wieder auf seinem Krankenlager und schaute Fugger müde, aber gespannt an.

»Und, nehmt Ihr mein Angebot an?«

In diesem Moment durchzuckte Fugger der Blitz der Erkenntnis und zugleich die Genugtuung, dass sein Geschäftssinn noch scharf war.

»Ich gehe davon aus, dass Ihr woanders auch noch eine Menge Schulden habt.«

Zink erblasste.

»Und Euer Ansinnen, sollte ich es annehmen, würde dazu führen, dass ich, Jakob Fugger, nicht nur der Besitzer Eures Leibs und Eurer Güter werde, sondern auch Eurer Schulden, nicht wahr?«

Zink nickte ergeben. Er wusste, wann er verloren hatte. Doch dann überraschte Fugger ihn. »Ich werde es mir dennoch durch den Kopf gehen lassen. Um unserer langen, nun ja«, er scheute sich regelrecht, das Wort in den Mund zu nehmen, »Freundschaft willen.«

Tatsächlich ließ der reiche Kaufmann seinen ehemaligen Faktor in der Annahme, er werde dessen Angebot annehmen.

So starb Johannes Zink irgendwann gegen Ende des Jahres, zwar einsam und ungeliebt, aber immerhin in dem Glauben, ohne irdische Schulden in den Himmel zu kommen.

Indes, er hatte sich in Jakob Fugger getäuscht, wieder einmal hatte er ihn unterschätzt. Nur wenige Tage nach Zinks Tod, Anfang Januar, verlangte Fuggers Rechtsanwalt Oswald Werz bei Johann Kohler, Vizedekan von St. Moritz in Augsburg, von Zinks Haupterbin, seiner Schwester Ursula Pflantzenmann, unerbittlich die

Bezahlung der offenen Schulden. Zinks Schwester rief in ihrer Verzweiflung das Bischofsgericht an, musste aber schließlich klein beigeben. Zinks Letzter Wille aus dem Jahr vor seinem Tod hatte die Schuld von achthundert Gulden anerkannt. Da seine Schwester das Erbe angenommen hatte, gingen Zinks Pfründen, die eigentlich seinen Neffen zugedacht gewesen waren, also in Fuggers Besitz über.

Damit war für Zink posthum das eingetroffen, was Fugger seinem Faktor stets gepredigt hatte:

›Wenn Ihr mit gleichberechtigten Partnern Geschäfte macht, dürft Ihr keine Nachsicht zeigen, sonst verliert Ihr. Und verlieren ist für uns verboten!«

Auch Zinks Nachfolger traten ähnlich unrühmlich ab. Im Mai 1527 wurde die Ewige Stadt Schauplatz eines grauenvollen Massakers. Führungslose kaiserliche Landsknechte erstürmten die Stadt, die sich seit ewigen Zeiten nicht mehr direkt eines Angriffs erwehren musste und dementsprechend schutzlos war. Wie eine Naturkatastrophe kamen die verwahrlosten, hungrigen und lüsternen Soldaten über die reiche Stadt und gaben einen Vorgeschmack auf die Gewalttaten, die sich erst einhundert Jahre später, im Dreißigjährigen Krieg, in dieser Art wieder entfesseln sollten.

Tausende römische Bürger wurden getötet, unzählige Frauen vergewaltigt, Paläste und Kirchen geplündert, Reliquien geschändet. Kardinäle, viele davon gute, langjährige Zink-Kunden, wurden öffentlich gedemütigt, nackt durch die Straßen gejagt und geschleift oder in gespielten Leichenzügen symbolisch beerdigt. Jahrzehntelang angestauter Unmut über die Dekadenz und Korruption der katholischen Kirche brach sich hier Bahn. Die Söldner feierten Orgien mit gestohlenem, geweihtem Messgeschirr. Einige Kardinäle schafften es mit letzter Kraft, teilweise nackt und halbtot geschlagen, sich in die Engelsburg zu retten. Durch den Passetto di Borgo hatte auch Papst Clemens VII., zusammen mit zweiundvierzig seiner ursprünglich von Johannes Zink angeworbenen Schweizer Soldaten, dorthin fliehen können. In der Burg wurden sie unter der Führung des kaiserlichen Feldhauptmanns Sebastian Schertlin von Burtenbach belagert. Die Soldaten provozierten die Eingeschlossenen zusätzlich, indem sie dem in der Engelsburg festsitzenden Papst immer wieder zuriefen: »Es lebe Papst Luther!«.

Angeblich fiel die Hälfte der römischen Bevölkerung dem Massaker zum Opfer – etwa dreißigtausend Menschen. Von diesem Gemetzel, das als ›Sacco di Roma‹ die ganze Welt empörte, das auch vor Bibliotheken und Kunstwerken nicht haltmachte, wurde lediglich und wundersam nur die Fuggersche Faktorei am Rio di Ponte verschont. Dies war, neben der Engelsburg, der einzig sichere Platz in ganz Rom. Sogar noch sicherer, denn selbst der Papst musste sich nach vier Wochen Belagerung ergeben und sein Leben gegen Zahlung eines immens hohen Lösegelds – vierhunderttausend Gulden allein für den Papst! – erkaufen, während im Hause Fugger kein einziger Dukaten zu Unrecht angetastet wurde.

Doch so wundersam war die Sache wieder auch nicht: Die Fuggerfaktoren Engelhard Schauer und Christoph Muehlich machten von vornherein gemeinsame Sache mit den Plünderern, ließen gestohlenes Messgeschirr und Tafelsilber aus dem Petersdom und dem Vatikan einschmelzen und halfen den Soldaten, ihre Beute sicher nach Deutschland zu bringen.

Darüber hinaus tätigte die Firma Fugger, die doch so maßgeblich dafür gesorgt hatte, dass der Unmut über die Kirche erst entstanden war, sogar Überweisungen der Plünderer nach Deutschland. Beute im Wert von vierundzwanzigtausend Gulden wurde nach Deutschland transportiert.

Ausnahmsweise nahm das Geld nun mal den anderen, umgekehrten Weg …

Sogar die Marketenderinnen und Huren ließen sich von Schauer – respektive der Fuggerbank– bezahlen.

Als Anton Fugger dies erfuhr, war das Ende der ›Ulrich Fugger und seiner Gebrüder Bank zu Rom‹ gekommen.

Schauer und Muehlich wurden fristlos entlassen.

Auch wenn die Bilanz der römischen Filiale vom 31. Dezember 1527 den Sacco di Roma mit keinem Wort erwähnte, fanden sich dort einige seltsame Posten, die in einer normalen Bank nichts zu suchen hatten. Kurz darauf wurde die römische Fugger-Bank am

Rio di Ponte auf Anweisung Anton Fuggers geschlossen.

Die Geschäfte der Fugger mit dem Papst waren vorläufig am Ende.

EPITAPH

38

In Jakob Fuggers Buchhaltung taucht als letzter Beweis der Existenz Johannes Zinks der Vermerk auf: ›*Debitori Herr Hanns Zinckh seliger tl. 504 ß 19 d 10.*‹

Das Ganze im ›*Kapitel IV:* ›*Böse Schuldner: Hierin werden begriffen Schulden, die nicht gar gewiss, eines Teils gar böse sind.*‹

Auf seinem Grabstein – wenn es einen gäbe – sollte stehen: ›Hier ruht ein Mensch, der in einer Zeit voller schlechter Menschen einer der schlechtesten war.‹

Während man von Jakob Fugger sagen kann, dass er weder besonders gut noch sonderlich böse war, sondern lediglich gefühllos, kalt und korrekt bis zur Besessenheit, ging die Nachwelt mit Johannes Zink weit weniger gnädig um. Sein absoluter Mangel an Skrupeln, sein Geschick zur Korruption und seine bedingungslose Durchtriebenheit machen ihn zu einer der fürchterlichsten, weitgehend unbekannten Gestalten der Geschichte. Ohne seine tätige Mithilfe wären die Reformation, die Spaltung Europas und somit die Weltgeschichte sicherlich anders verlaufen.

Seinem (vermutlichen) Vater hingegen erging es nach dem Tod wesentlich besser. In erster Linie für die Tatsache, mit seiner vierbändigen Augsburger Chronik der

Verfasser der ersten bekannten Autobiografie zu sein, wurde ihm später Ruhm zuteil. In seiner Geburtsstadt Memmingen wurde 1862 ein Denkmal von Hans Leeb, einem Memminger Kaufmann, gestiftet und am Hallhof aufgestellt. Dieses Denkmal steht heute am Königsgraben (beim Westertor). Ebenfalls wurde nach ihm in Memmingen eine Straße benannt (Zinggstraße). Auch in Augsburg trägt eine Straße seinen Namen, die *Burkhard-Zink-Straße*, hier allerdings mit der Schreibweise ZINK.

Von der römischen Fugger-Filiale sind aus der Zeit, als Johannes Zink dort als Faktor agierte, keinerlei Geschäftsbücher erhalten geblieben.

Kein einziges Blatt.

Vielleicht ist das auch gut so …

NACHWORT

Zur Handlung dieses Buches möchte ich – obwohl eigentlich selbstverständlich – ausdrücklich darauf hinweisen: Dies ist ein Roman, was bedeutet, dass große Teile der Handlung fiktiv sind. Selbstredend habe ich mich bemüht, die wenigen Tatsachen, die über Johannes Zink und seine Arbeit für die Fugger bekannt sind, korrekt wiederzugeben. Aber ebenso habe ich mir erlaubt, die Figur Zink um Episoden zu erweitern, die eben nicht nachprüfbar sind, jedoch dieser dem Sinn und Charakter nach so gut wie möglich gerecht werden.

Von Johannes Zink sind nicht viele biografische Daten vorhanden. Nicht nur Geburts- und genaues Todesdatum sind unbekannt. Auch seine Grabstätte …

Einige Historiker halten Johannes Zink für einen direkten Nachfahren Burkhard Zinks. Dieser Sichtweise habe ich mich angeschlossen, indem ich mich für Burkhard als Vater entschieden habe. Nachgewiesen ist dies jedoch auch nicht.

Der offizielle Fugger-Biograf, Götz Freiherr von Pölnitz, hat die Frage, ob und wieweit Jakob Fugger vom wüsten Treiben seines römischen Faktors wusste, ob er es duldete oder gar förderte, wie folgt beantwortet: ›Man wird auch nicht für jede Skrupellosigkeit Zinks die Brüder verantwortlich machen dürfen. Dennoch lässt sich eine gewisse Mitschuld Jakobs daran kaum bestreiten, wenn der Faktor in seinem Namen die fortschreitende Fiskalisierung des spätmittelalterlichen Gnadenwesens für Deutschland begünstigte. Wenigstens ist kein Einspruch der Augsburger Brüder gegen diese Tätigkeit ihrer römischen Filiale bekannt. Allerdings fehlt ebenso jeder urkundliche Beweis dafür, in welcher Art und in welchem Umfang Jakob Fugger Zinks Treiben wünschte oder guthieß. Vermutlich war man am Lech geneigt, die Sache kaufmännisch zu betrachten.‹ (Aus: ›Jakob Fugger‹, Näheres s. Quellenteil)

GESCHICHTLICHE DATENTABELLE

6. März 1459 Geburt Jakob Fuggers (des Reichen) in Augsburg.

22. März 1459 Geburt Kaiser Maximilians I. in Wiener Neustadt.

Um 1460/61 (Vermutlich) Geburt Johannes Zinks in Augsburg.

1474 oder 1475 Todesjahr von Burkhard Zink.

11. Dezember 1475 Geburt von Giovanni de' Medici, dem späteren Papst Leo X., in Florenz.

1476 Die Fugger transferieren zum ersten Mal Gelder aus Schweden an die Kurie in Rom. In den Folgejahren transferierte die Firma u.a. Gelder aus Bremen, Breslau, Utrecht, Krakau und Glasgow nach Rom.

1478 Jakob Fugger tritt ins Handelshaus der Fugger ein.

1479 Jakob Fugger unternimmt eine Lehrreise nach Venedig und Rom.

10. November 1483 Geburt Martin Luthers in Eisleben.

Ab 1485 Beginn der Fugger-Geschäfte in Tirol. Jakob Fugger wird Leiter der Innsbrucker Faktorei. Erstes offizielles Auftreten von Johannes Zink in der Firma Fugger.

Dezember 1485 Erster Fugger-Kredit (3000 Gulden) für Siegmund den Münzreichen von Tirol. Bis 1489 steigt der Kredit auf 268.000 Gulden.

1488 Melchior von Meckau wird Bischof von Brixen.

Die Fugger erhalten gegen eine Anleihe von 150.000 Gulden an Siegmund das Alleinrecht am Silberbergbau in Tirol.

19. März 1490 Thronverzicht Siegmunds zugunsten König Maximilians (des späteren Kaisers). Der erkennt die Fugger-Schulden von Siegmund an und nimmt 1491 selbst einen ersten Kredit (200.000 Gulden).

10. Juni 1493 Geburt Anton Fuggers in Nürnberg.

Ab 1496 Melchior von Meckau legt heimlich immer größere Geldsummen bei Fugger an. Am Ende beträgt seine Einlage 153.000 Gulden, das Dreifache des Fuggerschen Eigenkapitals.

4. März 1496 Tod Siegmunds des Münzreichen in Innsbruck.

9. Juni 1499 Rupert Spiegl, der Göttweiger Agent an der römischen Kurie, sendet seinem Abt Mathias I. das Original der neuen Exemtionsbulle und andere Dokumente und meldet zugleich den Tod des in Rom weilenden Göttweiger Priors Johann. Hier findet sich die erste Erwähnung von Johannes Zink als Fuggerfaktor in Rom. (›Iohannes Zinck, factor Fugkerorum in Urbe‹).

24. Februar 1500 Geburt Kaiser Karls V. in Gent.

25. März 1501 Die Fugger übernehmen zum ersten Mal eine Zahlungsverpflichtung des Papstes.

1501 Seit diesem Jahr wird Johannes Zink als offizieller Faktor (wohl: Leiter) des Fugger-Kontors in Rom geführt.

31. Oktober 1501 Cesare Borgia feiert im Vatikan mit fünfzig Kurtisanen den Vorabend von Allerheiligen, der als ›Kastanienball‹ als eines der unrühmlichsten Kapitel in die lange Geschichte des Vatikans einging.

21. Dezember 1501 Johannes Zink verpflichtet die Bank der Fugger, über die aus dem Ablass in Lothringen eintreffenden Gelder gute Rechnung zu führen. Dies ist das erste vatikanische Dokument, das Zink als Vertreter Fuggers in Rom ausweist.

1503 Fuggers römische Faktorei prägt erstmals Münzen.

18. August 1503 Tod von Papst Alexander VI., dem Borgiapapst, in Rom

22. September 1503 Der Humanist Francesco Todeschini Piccolomini wird zum Papst gewählt. Als Papst Pius III. stirbt er jedoch schon am 18. Oktober 1503.

1. November 1503 Giuliano della Rovere wird als Julius II. zum Papst gewählt.

1505 Fugger finanziert die Anwerbung der Schweizergarde. Damals arbeitete Markus d.J., der älteste Sohn Georg Fuggers, für die Kurie.

22. Januar 1506 Offizieller Gründungstag der vatikanischen Schweizergarde. Damit gehört die Schweizergarde zu den ältesten noch existierenden militärischen Verbänden der Welt.

18. April 1506 Grundsteinlegung des Petersdoms.

4. Februar 1508 Maximilian I. lässt sich im Dom von Trient zum ›Erwählten Römischen Kaiser‹ ausrufen. Sein Zug nach Rom scheitert trotz der Finanzierung Fuggers.

1508 Die Fugger erhalten erstmals die Pacht der römischen Münzstätte, der ›Zecca‹. Bis 1524 tragen 66 Münzprägungen der Päpste die Handelsmarke der Fugger, Dreizack und Ring.

3. März 1509 Tod von Melchior von Meckau in Rom, der die Fugger-Firma an den Rand des Bankrotts bringt.

1509 Fuggersche Finanzierung des Krieges von Maximilian gegen Venedig (170.000 Dukaten).

1510 Jakob Fugger ist nach dem Tod seines Bruders Ulrich alleiniger Firmeninhaber.

1511 Der bürgerliche Unternehmer Jakob Fugger wird aus lehensrechtlichen Gründen in den Adelsstand erhoben.

1511 Markus Fugger verstirbt in Rom.

1512 Neuer Gesellschaftsvertrag für die Firma ›Jakob Fugger und Gebrüder Söhne‹.

21. Februar 1513 Tod von Papst Julius II. in Rom.

11. März 1513 Wahl von Giovanni de' Medici zu dessen Nachfolger. Der erst 37-Jährige gab sich den Namen

Leo X. Da er, obwohl Kardinal, kein Geistlicher war, wurde er nun nach seiner Papstwahl am

15. März zum Priester und am

17. März zum Bischof geweiht. Erst dann konnte die Krönung am

19. März folgen.

11. April 1513 Prozession des neuen Papstes Leo X. durch den Triumphbogen, von Johannes Zink erbaut.

24. Juli 1513 Die päpstliche Schuld bei den Fuggern beträgt 12.457 Dukaten.

6. August 1513 Papst Leo X. reserviert Johannes Zink schriftlich eine Reihe von Pfründen.

1513 Der Erzbischof von Mainz verpfändet Ablassgewinne an die Fugger.

9. März 1514 Albrecht von Hohenzollern wird zum Mainzer Bischof gewählt.

15. Mai 1514 Zink ersucht in Sachen Hohenzollern um eine Audienz beim Papst und wird ausnahmsweise zurückgewiesen.

1. August 1514 Raffaelo Santi wird zum Architekten der neu geplanten Peterskirche ernannt. Mit diesem

Tage läuft auch die Frist von acht Jahren für den ›Jubelablass‹ an, den Zink beim Papst ausgehandelt hat.

18. August 1514 Albrecht von Hohenzollern wird von Papst Leo X. zum Erzbischof von Mainz und Magdeburg sowie zum Administrator des Stifts Halberstadt ernannt. ›Darum jubiliere Eure fürstliche Gnaden in Domino.‹

13. Januar 1515 Papst Leo X. löst das päpstliche Verhältnis der Fugger zur Münze.

1. März 1515 Veröffentlichung der päpstlichen Bulle zum Jubelablass.

23. März 1515 Johannes Zink wird als päpstlicher Familiare ausschließlich der päpstlichen Gerichtsbarkeit unterstellt. Gleichzeitig wird er Pronotar und erhält die Rechte und Titel eines Lateranensischen Pfalzgrafen und Ritters.

Ab Ende 1517 Anton Fugger beginnt, in Rom und Tirol zu arbeiten. Er soll nach Vorgabe Jakob Fuggers Zink auf die Finger schauen.

31. Oktober 1517 Luther nagelt seine 95 Thesen an die Tür der Wittenberger Schlosskirche. (Dies ist die bekannte Version. Ob die Thesen tatsächlich an die Tür genagelt wurden, ist allerdings unter Historikern umstritten.)

November 1517 Zink erhält das Kanonikat St. Moritz in Augsburg als Pfründe.

12. Oktober 1518 Martin Luther wird im Hause Fuggers in Augsburg von Kardinal Cajetan verhört. Das Verhör dauert bis zum 14. Oktober 1518.

12. Januar 1519 Tod von Kaiser Maximilian I. in Wels.

28. Juni 1519 Karl I. wird in Frankfurt mit Hilfe von Fuggers Geld zum neuen römisch-deutschen König Karl V. gewählt und am 23. Oktober 1520 in Aachen gekrönt.

3. Januar 1521 Papst Leo X. exkommuniziert Martin Luther.

1521 Johannes Zink wird Propst des Stifts St. Maria in Campis in Mainz

1. Dezember 1521 Tod von Papst Leo X. in Rom.

1524 Luther veröffentlicht seine Schrift ›Von Kaufhandlung und Wucher‹.

9. August 1524 Aufruhr in Augsburg u.a. gegen Fugger, mit der Forderung, den Prediger Johann Schilling in Augsburg zu belassen.

Herbst 1524 Papst Clemens VII. kündigt Fugger vertragswidrig die Pacht der römischen Münzstätte.

Ende 1524 Tod Johannes Zinks.

Ab 7. Januar 1525 Fuggers Rechtsanwalt betreibt die Einbringung von Zinks Schulden bei Fugger.

30. Dezember 1525 Tod Jakob Fuggers in Augsburg. Anton Fugger übernimmt die Führung der Firma.

6. Mai 1527 Beginn der Plünderung Roms, des ›Sacco di Roma‹, durch deutsche Landsknechte, die mehrere Wochen dauert.

Ende 1527 wird die Fugger-Faktorei in Rom aufgegeben.

18. Februar 1546 Tod Martin Luthers in Eisleben

14. September 1560 Tod Anton Fuggers in Augsburg

BIBLIOGRAFISCHE NACHWEISE

Die Idee zu diesem Buch kam während der Recherche zu meinem zweiten Bierzauberer-Roman ›Das Erbe des Bierzauberers‹, dessen Zeitrahmen ähnlich gesetzt ist. Auch einige historische Figuren (u.a. Siegmund den Münzreichen, Jakob Fugger, Kaiser Maximilian I.) hat der Leser dieses Romans hier wiedergetroffen. Neben den am Ende des Buches ›Das Erbe des Bierzauberers‹ genannten Quellen habe ich zur Recherche, besonders der Fugger-Geschichte und der Biografie Johannes Zinks, auf folgende Quellen zurückgegriffen:

Günter Ogger: Kauf dir einen Kaiser, Verlag Droemer Knaur, München, 1979

Leopold Ahlsen: Vom Webstuhl zur Weltmacht – Die Geschichte vom unglaublichen Aufstieg der Fugger, Verlagsanstalt Bayerland, Dachau, 1983

Götz Freiherr zu Pölnitz: Jakob Fugger, Verlag J.C.B. Mohr (Paul Siebeck), Tübingen, 1949

Will Winker: Jakob Fugger der Reiche, Verlag F. Bruckmann, München, 1940

Aloys Schulte: Die Fugger in Rom 1495-1523, Verlag von Dunker & Humblot, Leipzig, 1904

Martin Kluger: Die Fugger in Augsburg, Context Medien und Verlag, Augsburg, 2010

Martin Kluger: Jakob Fugger / Sein Leben in Bildern, Context Medien und Verlag, Augsburg, 2009

Harald Parigger: Fugger und der Duft des Goldes, Arena Verlag, Würzburg, 2009

Martha Schad: Die Frauen des Hauses Fugger, Piper Verlag, München, 3. Auflage, 2006

Cora Wenzel: Die Fugger – Aufstieg der Familiengesellschaft unter besonderer Berücksichtigung von Jakob Fugger dem Reichen, Studienarbeit, GRIN Verlag, München, 2006

Ulrich Graf Fugger von Glött: Die Fuggerei, Wißner Verlag, Augsburg, 2003

Franz Herre: Die Fugger in ihrer Zeit, Wißner Verlag, Augsburg, 2005

www.wikipedia.de – Für allgemeine Informationen und zu den Themen Päpste, Luther & die Reformation

www.geschkult.fu-berlin/e/jancke-quellenkunde/verzeichnis/ – Biografische Informationen über Burkhard Zink

DANKE

Ein Dankeschön ergeht an Fr. Darius und H. Karg vom Fugger-Archiv in Augsburg für die guten Buchtipps zur Recherche.

Weiterhin an die treuen Leser meiner Bierzauberer-Romane, die mich ermutigen, weiterzuschreiben.

An meine Familie, für Geduld, gute Nerven und das Ertragen meiner häufigen geistigen Abwesenheit.

An meine liebe Freundin Eva Almstädt, die neben ihrer eigenen Krimi- und Thrillerautoren-Arbeit Zeit fand, sich als allererste Testleserin für mein Prä-Lektorat-Manuskript zur Verfügung zu stellen.

Und natürlich – wie immer – für das Team vom Gmeiner-Verlag unter der professionellen Führung der lieben Claudia Senghaas. Denn erst dieses Team schafft es, aus einem Manuskript ein anständiges Buch zu machen.

Günther Thömmes
Der Bierzauberer
978-3-89977-746-8

»Ein altes, geheimnisvolles Buch, ein Brauer aus dem 13. Jahrhundert – und schon steht die Tür zum Kosmos des Mittelalters weit offen.«

Niklas von Hahnfurt macht sich auf den steinigen Weg, der beste Bierbrauer seiner Zeit zu werden. Von seiner fränkischen Heimat gelangt er dabei über das Kloster Weihenstephan nach St. Gallen, der Hochburg mittelalterlicher Braukunst. Als dort mehrere Pilger mit vergiftetem Bier ermordet werden, gerät Niklas ins Visier des fanatischen Inquisitors Bernard von Dauerling. Es beginnt eine Jagd auf Leben und Tod. Niklas' Flucht führt ihn in die Bierstädte Regensburg, Bitburg und Köln, sogar bis nach Lübeck und London kommt der »Bierzauberer«. Doch am Ende ist ein letztes »Bierduell« mit seinem Todfeind unausweichlich …

GMEINER

Wir machen's spannend

Susann Rosemann
Die Tochter des Tuchkaufmanns
978-3-8392-1296-7

»Susann Rosemann gewährt in ihrem Roman Einblicke in das Kaufmannsmilieu im Ulm des Spätmittelalters – spannend, sensibel, authentisch.«

Ulm im Jahr 1485. Die kaufmännisch begabte Jolanthe rivalisiert mit ihrer Schwester Sieglinde um das Unternehmen ihres kranken Vaters. Als auch noch Pascal, ein undurchsichtiger französischer Kaufmann, sich auffallend um die beiden Schwestern bemüht, eskaliert die Situation. Was führt der Fremde im Schilde? Warum hilft er Jolanthe bei ihren heimlichen Geschäften? Sie muss bis in die blühende Handelsstadt Venedig reisen, um die Fäden zu entwirren.

GMEINER

Wir machen's spannend

Christoph Öhm
Das Mozart-Mysterium
978-3-8392-1299-8

»Ein historischer Krimi im Stile von ›Da Vinci Code‹: Geheimbünde, spannende Verschwörungstheorien, eine aufregende Jagd nach der Melodie der Weisen.«

Salzburg 1755. Leopold Mozart, Vater des berühmten Amadeus, steht vor der Herausforderung seines Lebens. Die Mizler'sche Gesellschaft, ein Geheimbund auf der Suche nach der idealen Melodie, möchte ihn aufnehmen. Doch die Ziele der Gesellschaft sind ominös: Geht es ihr wirklich um die Schönheit der Musik? Warum werden Leopolds Bemühungen von den Illuminaten torpediert? Mit seinem Schüler David Stark begibt er sich auf eine Schnitzeljagd voller Fallstricke. Ein Scheitern hätte tödliche Folgen …

GMEINER

Wir machen's spannend

Armin Öhri
Die dunkle Muse
978-3-8392-1295-0

»Bismarcks Berlin als Schauplatz von Sex und Gewalt. Eine packend erzählte Geschichte über die hohe Kunst des Mordens.«

Berlin 1865. Julius Bentheim, junger Student der Rechte, verdient sich ein Zubrot als Tatortzeichner. Als eine Prostituierte bestialisch ermordet wird, begleitet er die Ermittlungen. Da alle Beweise gegen den Philosophieprofessor Botho Goltz sprechen, wird dieser vor Gericht gestellt. Julius verfolgt die Verhandlung gegen den vermeintlichen Mörder. Schon bald erkennt er die undurchsichtige Strategie des Professors, an deren Ende die Kapitulation des preußischen Rechtsapparats stehen könnte …

Unsere Lesermagazine

2 x jährlich das Neueste aus der Gmeiner-Bibliothek

24 x 35 cm, 32 S., farbig; inkl. Büchermagazin »nicht nur« für Frauen

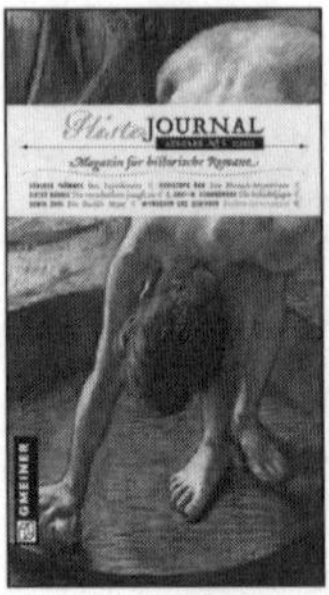

10 x 18 cm, 16 S., farbig

Alle Lesermagazine erhalten Sie in Ihrer Buchhandlung oder unter www.gmeiner-verlag.de.

GmeinerNewsletter

Neues aus der Welt der Gmeiner-Romane

Haben Sie schon unsere GmeinerNewsletter abonniert?

Monatlich erhalten Sie per E-Mail aktuelle Informationen aus der Welt der Krimis, der historischen Romane und der Frauenromane: Buchtipps, Berichte über Autoren und ihre Arbeit, Veranstaltungshinweise, neue Literaturseiten im Internet und interessante Neuigkeiten.

Die Anmeldung zu den GmeinerNewslettern ist ganz einfach. Direkt auf der Homepage des Gmeiner-Verlags (www.gmeiner-verlag.de) finden Sie das entsprechende Anmeldeformular.

Ihre Meinung ist gefragt!

Mitmachen und gewinnen

Wir möchten Ihnen mit unseren Romanen immer beste Unterhaltung bieten. Sie können uns dabei unterstützen, indem Sie uns Ihre Meinung zu den Gmeiner-Romanen sagen! Senden Sie eine E-Mail an gewinnspiel@gmeiner-verlag.de und teilen Sie uns mit, welches Buch Sie gelesen haben und wie es Ihnen gefallen hat. Alle Einsendungen nehmen automatisch am großen Jahresgewinnspiel mit attraktiven Buchpreisen teil.

GMEINER

Wir machen's spannend